LUCY MAUD MONTGOMERY

Anne
de Green Gables

Título original: Anne of Green Gables
Copyright da tradução © Editora Lafonte Ltda., 2020

Todos os direitos reservados.
Nenhuma parte deste livro pode ser reproduzida sob quaisquer meios existentes sem autorização por escrito dos editores.

Edição Brasileira

Direção Editorial Ethel Santaella
Tradução Luciane Gomide / Entrelinhas Editorial
Revisão Rita del Monaco
Capa Cibele Queiroz
Diagramação Demetrios Cardozo

Dados Internacionais de Catalogação na Publicação (CIP)
(Câmara Brasileira do Livro, SP, Brasil)

Montgomery, Lucy Maud, 1874-1942
  Anne de Green Gables / Lucy Maud Montgomery ; tradução Luciane Gomide. -- 1. ed. -- São Paulo : Lafonte, 2020.

  Título original: Anne of Green Gables
  ISBN 978-65-5870-025-8

  1. Ficção canadense I. Gomide, Luciane. II. Título.

20-45671   CDD-C813

Índices para catálogo sistemático:

1. Ficção : Literatura canadense   C813

Maria Alice Ferreira - Bibliotecária - CRB-8/7964

Editora Lafonte

Av. Profª Ida Kolb, 551, Casa Verde, CEP 02518-000
São Paulo - SP, Brasil – Tel.: (+55) 11 3855-2100
Atendimento ao leitor (+55) 11 3855-2216 / 11 3855-2213 – atendimento@editoralafonte.com.br
Venda de livros avulsos (+55) 11 3855-2216 – vendas@editoralafonte.com.br
Venda de livros no atacado (+55) 11 3855-2275 – atacado@escala.com.br

«LUCY MAUD MONTGOMERY

Anne de Green Gables

tradução
LUCIANE GOMIDE

Lafonte

Brasil – 2020

capítulo 1

A senhora Rachel Lynde tem uma surpresa

A senhora Rachel Lynde morava exatamente onde a estrada principal de Avonlea descia para um pequeno vale rodeado de amieiros e brincos-de-princesa, e cortado por um riacho cuja nascente ficava nos bosques da antiga casa dos Cuthbert; o riacho era conhecido por ser sinuoso e rápido, lá onde nascia, nos bosques, com lagos e cascatas secretos e sombrios; mas, quando chegava ao vale dos Lynde, se tornava um riacho calmo e bem conduzido, pois nem mesmo um riacho poderia passar pela porta da senhora Rachel Lynde sem as devidas compostura e decência; provavelmente sabia que a senhora Rachel estaria sentada à janela, vigiando tudo ao redor, fossem riachos, fossem crianças, e que, se ela notasse algo estranho ou fora do lugar, não descansaria até descobrir por que e como.

Havia muitas pessoas em Avonlea e de fora que, para xeretar a vida dos vizinhos, às vezes negligenciavam a própria vida; mas a senhora Rachel Lynde era uma daquelas criaturas capazes de administrar as próprias preocupações e ainda as dos outros. Era uma dona de casa notável, fazia todo o trabalho bem; "dirigia" o Círculo de Costura, ajudava a administrar a escola dominical e era a representante mais influente da Sociedade Beneficente da Igreja e da Assistência aos Missionários. Mesmo assim, a senhora Rachel encontrava bastante tempo para sentar-se por horas à janela da cozinha, tricotando mantas de algodão – ela já tricotara dezesseis mantas, como as donas de casa de Avonlea costumavam contar, espantadas –, e de olhos alertas na estrada principal que atravessava o vale e subia a íngreme colina vermelha logo depois. Como Avonlea ocupava uma pequena península triangular, estendendo-se até o golfo de São Lourenço e rodeada por água nos dois lados, qualquer pessoa que saísse ou entrasse teria de passar pela estrada da colina e defrontar-se com o poder analítico invisível do olhar da senhora Rachel.

E lá estava ela sentada certa tarde do início de junho. O sol quente e brilhante entrava pela janela; o pomar, na encosta abaixo da casa, estava em uma explosão nupcial de flores branco-rosadas, encimada pelo zumbido de uma miríade de abelhas. Thomas Lynde – um homenzinho gentil que toda Avonlea chamava de "marido de Rachel Lynde" – estava plantando nabos no campo da colina depois do celeiro; e Matthew Cuthbert também deveria estar semeando no grande campo vermelho de Green Gables. A senhora Rachel sabia que sim, porque o ouvira dizer a Peter Morrison na noite anterior, na loja de William J. Blair, em Carmody, que pretendia plantar nabos na tarde seguinte. Peter lhe perguntara, é claro, pois Matthew Cuthbert nunca foi de falar sobre si em toda a sua vida.

E, no entanto, lá estava Matthew Cuthbert, às 3h30 da tarde de um dia comum, dirigindo placidamente pelo vale e subindo a colina; além disso, ele usava colarinho branco e sua melhor roupa, o que era uma prova clara de que estava saindo de Avonlea. E ainda estava levando a charrete e a égua, o que indicava que percorreria uma distância considerável. Mas para onde Matthew Cuthbert estava indo e por quê?

Se fosse qualquer outro homem de Avonlea, a senhora Rachel, analisando habilmente uma e outra informação, poderia ter dado um bom palpite sobre as duas perguntas. No entanto, Matthew saía tão raramente de casa que o motivo deveria ser algo urgente e incomum; ele era o homem mais tímido que se conhecia e odiava estar entre estranhos ou ir a lugares onde tivesse de falar. Matthew, bem-vestido, com seu colarinho branco, e dirigindo uma charrete não era algo frequente. A senhora Rachel, por mais que ponderasse, não conseguiu encontrar respostas, e o prazer da tarde se foi.

— Vou para Green Gables depois do chá e descobrir com Marilla aonde ele foi e por quê — concluiu a digna mulher. — Ele não costuma ir à cidade nesta época do ano e nunca visita ninguém; se as sementes de nabo tivessem acabado, ele não se arrumaria tanto para isso nem usaria a charrete para comprar mais; ele também não estava com pressa, então não estava à procura de um médico. Mas algo deve ter acontecido desde a noite passada para ele sair. Estou muito intrigada, isso sim, e não terei um minuto de paz de espírito ou de consciência até saber o que tirou Matthew Cuthbert de Avonlea hoje.

Assim, depois do chá, a senhora Rachel partiu. Não ia muito longe. A casa grande, espaçosa e cercada de pomares onde os Cuthbert moravam ficava a pouco mais de quatrocentos metros do vale dos Lynde, subindo a estrada. Para falar a verdade, parecia mais longe do que realmente era. O pai de Matthew Cuthbert, tão tímido e quieto quanto seu filho, procurara se afastar o máximo possível de seus semelhantes sem ter de se esconder na floresta quando construiu sua propriedade. Green Gables foi erguida na extremidade mais distante do terreno carpido, e ali ficou, quase invisível da estrada principal, ao longo da qual todas as outras casas de Avonlea mostravam-se tão sociáveis. A senhora Rachel Lynde não chamava de vier, morar em um lugar afastado.

— É só continuar, é isso — disse ela, enquanto caminhava pela pista gramada e delimitada por roseiras silvestres. — Não é de admirar que Matthew e Marilla sejam um pouco estranhos, vivendo aqui sozinhos. As árvores não são muito boa companhia, embora, Deus sabe, já seriam suficientes. Eu prefiro as pessoas. Para falar a verdade, eles parecem felizes, mas acho que estão acostumados a isso. Um corpo pode se acostumar com qualquer coisa, até mesmo a ser enforcado, como dizem os irlandeses.

Com isso, a senhora Rachel deixou o caminho e entrou no quintal de Green Gables. O quintal era muito verde, limpo e meticuloso, rodeado de um lado por grandes salgueiros patriarcais e do outro por álamos empertigados. Não havia nem um graveto ou pedra fora de lugar, caso contrário a senhora Rachel os teria visto. Em particular, ela acreditava que Marilla Cuthbert varria o quintal com a mesma frequência que varria a casa. Podia-se comer uma refeição diretamente no chão sem ultrapassar a porção de terra que cabe a cada um.

A senhora Rachel bateu energicamente à porta da cozinha e entrou assim que abriram. A cozinha de Green Gables era um cômodo alegre – ou teria sido se não estivesse tão penosamente limpo a ponto de dar a aparência de uma sala não usada. Suas janelas eram voltadas para leste e oeste; a janela oeste, virada para o quintal, era inundava por uma suave luz do sol de junho; e pela leste se viam as cerejeiras com flores brancas no pomar, à esquerda, e bétulas delgadas logo abaixo, no vale, e, às margens do riacho, via-se um emaranhado verde de trepadeiras. Ali se sentava

Marilla Cuthbert, sempre um pouco receosa do sol, que lhe parecia muito agitado e irresponsável para um mundo que deveria ser levado a sério; e ali estava ela sentada agora, tricotando, e atrás dela a mesa já preparada para o jantar.

A senhora Rachel, antes de fechar por completo a porta, anotara mentalmente tudo o que havia na mesa. Ela contou três pratos e concluiu que Matthew voltaria com alguém para casa para o chá; porém os pratos eram do dia a dia, e haviam sido servidas apenas compotas de maçã e um só tipo de bolo, de modo que a visita não deveria ser muito especial. Mas e o colarinho branco de Matthew e a égua alazã? A senhora Rachel estava ficando bastante tonta com esse mistério incomum sobre a calma e pouco misteriosa Green Gables.

— Boa tarde, Rachel — disse Marilla rapidamente. — Está um ótimo fim de tarde, não? Sente-se. Como está a família?

Havia, e sempre houve, algo entre Marilla Cuthbert e a senhora Rachel que, por falta de nome mais apropriado, poderia ser chamado de amizade, apesar de – ou talvez por causa de – suas diferenças.

Marilla era uma mulher alta e magra, com ângulos e sem curvas. Os cabelos escuros mostravam algumas mechas grisalhas e estavam sempre contidos em um pequeno coque preso agressivamente com dois grampos. Ela parecia uma mulher com pouca experiência e consciência rígida, e realmente era. No entanto, havia algo em sua boca que a redimia, o que, se tivesse sido um pouco desenvolvido, poderia indicar senso de humor.

— Estamos todos muito bem — disse a senhora Rachel. — Achei que poderia não estar em casa, pois vi Matthew sair hoje. Pensei que talvez estivesse indo ao médico.

Os lábios de Marilla se contraíram compreensivamente. Ela já esperava a visita da senhora Rachel. Sabia que a saída tão inexplicável de Matthew seria demais para a curiosidade da vizinha.

— Estou muito bem, apesar de ter tido uma forte dor de cabeça ontem — disse ela. — Matthew foi para Bright River. Vamos receber um garotinho de um orfanato da Nova Escócia, que chegará hoje no trem da noite.

Se Marilla tivesse dito que Matthew fora a Bright River encontrar um canguru australiano, a senhora Rachel não teria ficado mais surpresa. Na verdade, ficou completamente estupefata por cinco segundos. Marilla não poderia estar tirando sarro dela, mas a senhora Rachel quase achou que sim.

— Você está falando sério, Marilla? — ela questionou quando recuperou a voz.

— Sim, é claro — disse Marilla, como se adotar meninos órfãos da Nova Escócia fosse algo habitual na primavera em qualquer fazenda bem regulamentada de Avonlea, e não algo inédito.

A senhora Rachel sentiu como se tivesse recebido um forte choque mental. Seu pensamento eram pontos de exclamação. Um garoto! Marilla e Matthew Cuthbert iam adotar um menino! De um orfanato! Bem, o mundo certamente estava virado de cabeça para baixo! Ela não ficaria surpresa com mais nada depois disso! Nada!

— Por que isso? — ela perguntou, em desaprovação.

Eles haviam tomado essa decisão sem ouvir seu conselho, então, ela precisava mostrar reprovação.

— Bem, estamos pensando nisso há algum tempo. Na verdade, durante todo o inverno — retrucou Marilla. — A senhora Alexander Spencer esteve aqui na véspera do Natal e disse que queria adotar uma garotinha do orfanato de Hopeton, na primavera. Sua prima mora lá e, quando foi visitá-la, informou-se a respeito. Então, Matthew e eu conversamos muito sobre isso. Pensamos em adotar um menino. Matthew está envelhecendo, você sabe – ele tem 60 anos –, e não está mais tão ativo quanto antes. O coração o incomoda bastante. E é muito complicado contratar bons funcionários. Nunca há pessoas disponíveis, a não ser aqueles garotos franceses meio crescidos e estúpidos; e assim que começamos a lhes ensinar algo, eles vão para as fábricas de conservas de lagosta ou para os Estados Unidos. A princípio, Matthew sugeriu um desses meninos. Mas eu disse não. "Talvez não tenha problema – não estou dizendo que tem –, mas não quero nenhum estrangeiro saído das ruas de Londres aqui", eu disse. "Que seja um nativo, pelo menos. Haverá um risco, não importa quem recebamos. Mas me sentiria mais confortável e dormiria melhor se fosse um canadense." Então, no fim, decidimos pedir à senhora Spencer que nos escolhesse um garoto quando fosse buscar sua menininha. Ouvimos falar na semana passada que ela estava indo, então mandamos um recado através de alguns parentes de Richard Spencer em Carmody para que nos trouxesse um garoto esperto, de 10 ou 11 anos. Decidimos que essa seria a melhor idade – suficiente para ser útil em algumas tarefas e jovem o bastante para ser treinado adequadamente. Queremos lhe dar um bom lar e educação. Hoje, recebemos um telegrama da senhora Alexander Spencer – o carteiro o trouxe da estação – dizendo que eles chegariam no trem das cinco e meia. Então, Matthew foi a Bright River recebê-lo. A senhora Spencer o deixará lá. Afinal, ela irá para a estação de White Sands.

A senhora Rachel se orgulhava de sempre dizer o que pensava e começou a falar na mesma hora, assim que se acostumou àquela notícia incrível.

— Bem, Marilla, acho, honestamente, que vocês estão cometendo um erro – algo arriscado, é isso. Você não sabe o que pode acontecer. Está trazendo uma criança estranha para a casa e não sabe nada sobre ela, nem sobre seu comportamento, nem quem são seus pais ou como será no futuro. Ora, na semana passada mesmo, li no jornal sobre um casal do oeste da ilha que adotou um garoto de um orfanato. Ele incendiou a casa à noite – de propósito, Marilla – e quase os queimou enquanto dormiam. Conheço outro caso de um garoto adotado que costumava comer ovos de galinha crus – e não conseguiam fazê-lo parar. Se você tivesse me pedido conselho sobre o assunto – o que você não fez, Marilla –, teria lhe dito, pelo amor de Deus, para não fazer isso.

O consolo de Jó não pareceu ofender nem alarmar Marilla. Ela continuou tricotando.

— Acho que você tem certa razão, Rachel. Também tive medo. Mas Matthew estava irredutível. Eu via isso, então desisti. É tão raro Matthew desejar algo dessa forma, que, quando o faz, é meu dever apoiá-lo. E quanto ao risco, há riscos em quase tudo o que fazemos. Há riscos até ao ter os próprios filhos – nem sempre eles se tornam boas pessoas. E a Nova Escócia é bem próxima da ilha. Não é como se o estivéssemos trazendo da Inglaterra ou dos Estados Unidos. Ele não será muito diferente de nós.

— Bem, espero que tudo dê certo — disse a senhora Rachel em um tom que claramente indicava suas angustiantes dúvidas. — Só não diga que não a avisei se ele incendiar Green Gables ou jogar estricnina na água do poço – ouvi falar de um caso em Nova Brunswick de uma criança de orfanato que fez isso e toda a família morreu em terrível agonia. Mas era uma garota, nesse caso.

— Bem, não vamos adotar uma garota — disse Marilla, como se envenenar poços fosse um ato puramente feminino e que não deveria ser temido no caso de um garoto. "Eu nunca sonharia em criar uma garota. Fico surpresa de a senhora Alexander Spencer fazer isso. Mas ela não deixaria de adotar todas as crianças de um orfanato se colocasse essa ideia na cabeça."

A senhora Rachel queria esperar Matthew chegar em casa com o órfão, mas, como ainda demorariam umas boas duas horas, resolveu subir até a casa de Robert Bell e contar a novidade. Certamente, a notícia traria uma sensação inigualável, e a senhora Rachel adorava causar sensação. Por isso, foi embora, para certo alívio de Marilla, que reviveu suas dúvidas e seus medos sob a influência do pessimismo da senhora Rachel.

— Mas como pode! — exclamou a senhora Rachel, já de volta à segurança distante da estrada. — Realmente devo estar sonhando. Bem, já sinto pelo pobre jovem. Matthew e Marilla não sabem nada sobre crianças e esperam que ele seja mais sábio e mais sério que seu próprio avô, se é que teve um, do que eu duvido. Soa estranho pensar em uma criança em Green Gables, nunca houve uma, pois Matthew e Marilla já eram grandes quando a casa foi construída – se é que um dia eles foram crianças, o que é difícil de acreditar quando se olha para eles. Eu não gostaria de estar no lugar desse órfão por nada. Tenho pena dele, tenho sim.

Foi isso que a senhora Rachel disse, do fundo do coração, às roseiras silvestres, mas, se ela pudesse ver a criança que estava esperando pacientemente na estação de Bright River naquele momento, teria sentido ainda mais pena dela.

capítulo 2

Matthew Cuthbert fica surpreso

Matthew Cuthbert e a égua alazã percorreram tranquilamente os quase treze quilômetros até Bright River. A estrada era bonita e passava por agradáveis fazendas, e, de vez em quando, por bosques de abetos e vales nos quais pendiam as flores das ameixeiras silvestres. O ar era doce com o perfume dos muitos pomares de maçã, e os prados se afastavam ao longe em direção das brumas do horizonte pérola e púrpura; enquanto

> "Os passarinhos cantavam
> como se fosse o único dia do verão do ano."

Matthew aproveitava o passeio à sua maneira, exceto quando encontrava algumas mulheres no caminho e tinha de acenar para elas – pois na ilha do Príncipe Eduardo é preciso cumprimentar todos os que se encontram na estrada, quer os conheça, quer não.

Matthew temia todas as mulheres, exceto Marilla e a senhora Rachel. Ele tinha a sensação desconfortável de que essas criaturas misteriosas riam secretamente dele. Talvez estivesse certo quanto a isso, pois era uma figura estranha e desajeitada, com cabelos longos e grisalhos que tocavam os ombros curvados, e uma barba castanha cheia, que usava desde os 20 anos. De fato, sua aparência não havia mudado muito desde a juventude, exceto pelos cabelos grisalhos.

Quando chegou a Bright River, não havia sinal de trem. Pensou que ainda fosse muito cedo, então amarrou a égua no pátio do pequeno hotel de Bright River e foi até a estação. A longa plataforma estava quase deserta; a única criatura viva à vista era uma garota sentada em um amontoado de seixos, no outro extremo. Matthew, mal notando que se tratava de uma menina, passou por ela o mais rápido possível, sem nem olhar. Se tivesse olhado, dificilmente teria notado a rigidez e a expectativa em sua atitude e sua expressão. Ela esperava por algo ou alguém, e, como sentar e aguardar era a única coisa a fazer naquele momento, a garota o fez com rigor.

Matthew encontrou o chefe da estação trancando a bilheteria, preparando-se para chegar em casa para a hora do jantar, e perguntou se o trem das cinco e meia logo chegaria.

— O trem das cinco e meia já chegou e partiu meia hora atrás — respondeu, enérgico. — Mas deixou um passageiro para você, uma garotinha. Ela está sentada lá fora, nos seixos. Pedi a ela para aguardar na sala de espera para senhoras, mas ela disse seriamente que preferia ficar lá. "Há mais espaço para a imaginação", disse-me. Ela é uma figura, devo dizer.

— Mas eu não estou esperando uma menina — disse Matthew sem esboçar sentimento. — Vim por causa de um garoto. Ele deveria estar aqui. A senhora Alexander Spencer ia trazê-lo da Nova Escócia para mim.

O chefe da estação assobiou.

— Acho que houve um mal-entendido — disse ele. — A senhora Spencer saiu do trem com aquela garota e a deixou sob minha responsabilidade. Disse que você e sua irmã a estavam adotando e que viria buscá-la. É tudo o que sei, e não tenho mais nenhum órfão escondido por aqui.

— Não entendo — disse Matthew, impotente, desejando que Marilla estivesse ali para lidar com a situação.

— Bem, é melhor você perguntar para a garota — disse o chefe da estação, com indiferença. — Acho que ela poderá explicar. A garota tem uma língua própria, sem dúvida. Talvez o orfanato não tivesse mais meninos como o que você queria.

O homem se afastou alegremente, estava com fome, e deixou o infeliz Matthew sozinho para fazer o que para ele era mais difícil do que encarar um leão em sua toca – caminhar até uma garota desconhecida, uma garota órfã, e lhe perguntar por que ela não era um menino. Seu espírito gemeu quando ele se virou e se arrastou suavemente pela plataforma na direção dela.

A garota o observava desde que havia passado por ali e agora estava de olho nele. Matthew não estava olhando para ela e, mesmo se estivesse, não a teria visto de fato, mas um observador comum sim: uma criança de 11 anos em um vestido muito curto, muito apertado e muito feio, de flanela cinza-amarelada. Ela usava um chapéu marrom desbotado, e, por baixo dele, estendiam-se pelas costas duas tranças de cabelos muito cheios e decididamente ruivos. O rosto era pequeno, branco e magro, e sardento; a boca era grande, assim como os olhos, que, às vezes, pareciam verdes, outras, cinza, dependendo da luz e do humor.

Isso é o que um observador comum veria. Um observador mais atento poderia notar que o queixo era muito fino e pronunciado; que os grandes olhos eram cheios de espírito e vivacidade; que a boca tinha lábios doces e expressivos; que a testa era ampla; em suma, nosso observador atento poderia concluir que não era uma alma comum que habitava o corpo daquela mulher-menina solitária, que ridiculamente causava receio no tímido Matthew Cuthbert.

Matthew, no entanto, foi poupado da provação de ter de falar primeiro, pois, assim que a menina concluiu que ele a procurava, levantou-se e agarrou com uma mão magra e dourada a alça de uma bolsa bordada, surrada e velha; a outra, ela estendeu para ele.

— Suponho que seja o senhor Matthew Cuthbert, de Green Gables — ela disse, com uma voz particularmente clara e doce. — Estou muito feliz em vê-lo. Já estava começando a temer que não viesse me buscar, e imaginar todas as coisas que poderiam ter acontecido para impedi-lo. Havia até decidido que, se não viesse, desceria os trilhos até aquela grande cerejeira silvestre lá na curva e passaria a noite em cima dela. Eu não teria nem um pouco de medo, e seria adorável dormir em uma cerejeira silvestre toda branca de flores ao luar, o senhor não acha? Poderia imaginar que morava em um palácio de mármore, não poderia? E teria certeza de que viria me buscar de manhã, se não viesse agora.

Matthew segurou a pequena mão magrela na sua; então decidiu o que fazer. Ele não poderia dizer a essa criança de olhos brilhantes que havia um mal-entendido. Ele a levaria para casa e deixaria que Marilla o fizesse. De qualquer forma, não podia deixar a garota em Bright River, não importa o que tivesse acontecido, assim todas as dúvidas e explicações poderiam ser adiadas até que estivessem de volta à segurança de Green Gables.

— Desculpe-me, eu me atrasei — disse, timidamente. — Venha comigo. A charrete está ali no pátio. Dê-me sua bolsa.

— Oh, eu posso levá-la — respondeu a criança, animada. — Não é pesada. Carrego nela todos os meus bens terrenos, mas não está pesada. E se não carregá-la de certa maneira, a alça pode soltar, então é melhor eu levá-la, porque sei exatamente como fazer. É uma bolsa muito velha. Estou muito feliz pelo senhor ter vindo, apesar de que teria sido divertido dormir em cima de uma cerejeira silvestre. Temos um longo percurso pela frente, não temos? A senhora Spencer disse que eram quase treze quilômetros. Fico feliz porque adoro andar de charrete. É tão maravilhoso que eu vá morar e pertencer a vocês. Nunca pertenci a ninguém, não de verdade. Mas o orfanato era pior. Fiquei lá quatro meses, mas foi o suficiente. Suponho que o senhor nunca tenha estado em um orfanato, então não pode saber como é. É pior do que qualquer coisa que possa imaginar. A senhora Spencer disse que era maldade minha falar assim, mas eu não queria ser má. É tão fácil ser má sem saber, não é? Eles eram bons, sabe, o pessoal do orfanato. Mas há tão pouco espaço para a imaginação em um orfanato, apenas com os outros órfãos. Era muito interessante imaginar coisas sobre eles – por exemplo, imaginar que, talvez, a garota sentada ao meu lado fosse a filha de um conde ilustre, que havia sido roubada dos pais na infância por uma babá cruel que morrera antes de poder confessar o que havia feito. Eu ficava acordada à noite imaginando coisas assim, porque não tinha tempo para isso durante o dia. Acho que por isso sou tão magra, sou terrivelmente magra, não sou? Sou só ossos. Adoro imaginar que sou bonita e rechonchuda, com covinhas.

Com isso, a companheira de Matthew parou de falar, em parte porque estava sem fôlego e em parte porque haviam chegado à charrete. Ela não disse mais nada até deixarem a vila e se pegarem descendo uma pequena colina íngreme. Ali, parte da estrada havia sido cortada tão profundamente no solo macio, que as margens, repletas de cerejeiras silvestres floridas e bétulas brancas, estavam vários metros acima deles.

A garota estendeu a mão e quebrou um ramo de ameixeira silvestre que roçava a lateral da charrete.

— Não é lindo? No que o senhor pensa quando vê aquela árvore, inclinada para fora da margem, toda branca e rendada? — ela perguntou.

— Bem, eu não sei — disse Matthew.

— Ora, uma noiva, é claro. Uma noiva toda de branco com um lindo véu transparente. Eu nunca vi uma, mas posso imaginar como ela seria. Não acho que serei noiva algum dia. Sou tão sem graça que ninguém jamais se casará comigo. A menos que seja um missionário estrangeiro. Acho que um missionário estrangeiro não é muito exigente. Mas espero que um dia eu tenha um vestido branco. Esse é o meu maior ideal de conquistas terrenas. Simplesmente amo roupas bonitas. E não me lembro de ter tido um vestido bonito na vida, mas, é claro, pode ser mais alguma coisa para eu desejar, não é? E assim posso imaginar que estou maravilhosamente vestida. Hoje de manhã, quando deixei o orfanato, senti muita vergonha porque tive de usar este vestido de flanela horrível e velho. Todos os órfãos têm de usar, sabe? Um comerciante de Hopeton, no inverno passado, doou duzentos e setenta metros de flanela para o orfanato. Algumas pessoas disseram que ele fez isso porque não conseguia vender o tecido, mas prefiro acreditar que foi por bondade de seu coração, não acha? Quando entramos no trem, senti como se todo mundo estivesse olhando para mim com pena. Mas simplesmente imaginei que estava usando o vestido de seda azul-claro mais bonito que existe – afinal, para imaginar, precisa ser algo que valha a pena – e um grande chapéu com flores e plumas esvoaçantes, um relógio de ouro e luvas de pelica e botas. Logo me animei e desfrutei com todas as forças a minha viagem à ilha. Não fiquei nem um pouco enjoada no barco. A senhora Spencer também não, embora geralmente fique. Ela disse que não tinha tempo de se sentir mal porque precisava cuidar para que eu não caísse na água. Disse que nunca viu alguém tão espoleta quanto eu. Mas se isso a impedia de passar mal, que bênção, não é? Eu queria ver tudo o que podia do barco, porque não sabia se teria outra oportunidade. Oh, mais cerejeiras em flor! Esta ilha é a mais florida que existe. Já adoro este lugar, e estou muito feliz por ter vindo morar aqui. Sempre ouvi dizer que a ilha do Príncipe Eduardo é o lugar mais bonito do mundo, e me imaginava morando aqui, mas nunca achei que realmente fosse acontecer. É muito bom quando o que imaginamos se torna realidade, não é? Mas estas estradas vermelhas são tão engraçadas. Quando entramos no trem em Charlottetown e as estradas começaram a aparecer, perguntei à senhora Spencer o que as deixava dessa cor, e ela disse que não sabia e que, por piedade, eu não fizesse mais perguntas. Disse que eu já devia ter feito umas mil perguntas até aquele momento. Imagino que sim, mas como vamos descobrir as coisas se não fizermos perguntas? Por falar nisso, por que as estradas são vermelhas mesmo?

— Bem, eu não sei — disse Matthew.

— Está aí uma coisa para descobrirmos, então. Não é esplêndido pensar em tudo o que ainda podemos descobrir? Isso me deixa feliz por estar viva — o mundo é tão interessante. Ele não seria tão maravilhoso se soubéssemos de tudo, não é mesmo? Não haveria espaço para a imaginação, haveria? Estou falando demais? As pessoas sempre me dizem que sim. Prefere que eu não fale nada? Se sim, eu paro. Posso parar quando quiser, embora seja difícil.

Para sua surpresa, Matthew estava se divertindo. Como acontece com a maioria das pessoas mais reservadas, ele gostava dos falantes quando estavam dispostos a conversar sem esperar resposta. Mas nunca pensou em desfrutar da companhia de uma garotinha. Considerava as mulheres ruins, mas, para ele, as garotinhas eram piores. Detestava o modo como passavam por ele timidamente, com olhares de soslaio, como se esperassem que ele as devorasse se ousassem dizer algo. Esse era o tipo mais comum de garota bem-educada de Avonlea. Mas essa pequena bruxinha sardenta era bem diferente e, embora, com seu entendimento mais lento, ele achasse bem difícil acompanhar os rápidos processos mentais dela, notou que "meio que gostava da falação". Então disse com a timidez costumeira:

— Pode falar quanto quiser. Não me importo.

— Ah, fico feliz. Sei que vamos nos dar bem juntos. É um alívio poder falar quando quiser e não ter de escutar que as crianças devem ser vistas e não ouvidas. Já me disseram isso um milhão de vezes, pelo menos. E as pessoas riem de mim porque uso palavras complicadas. Mas se você tem grandes ideias, precisa usar palavras complicadas para expressá-las, não é?

— Bem, parece-me que sim — disse Matthew.

— A senhora Spencer disse que minha língua deve estar partida ao meio. Mas não - ela está firmemente presa. A senhora Spencer disse que sua casa se chama Green Gables. Eu perguntei tudo a ela. E ela me disse que é cercada por árvores.

Fiquei ainda mais feliz. Simplesmente amo as árvores. Não havia nenhuma perto do orfanato, apenas algumas bem pequeninas na frente, protegidas por cercas brancas. Elas também pareciam órfãs. Sentia vontade de chorar quando olhava para elas. Costumava dizer para elas: "Oh, coitadinhas! Se estivessem em um grande bosque com outras árvores ao redor e pequenos musgos e campânulas crescendo sobre suas raízes e um riacho não muito longe e pássaros cantando em seus galhos, poderiam crescer, não é? Mas onde estão não é possível. Eu sei exatamente como se sentem, pequenas árvores". Senti muito por deixá-las esta manhã. Nós nos apegamos muito a coisas assim, não é? Tem algum riacho perto de Green Gables? Esqueci de perguntar à senhora Spencer.

— Ah, sim, há um logo descendo a casa.

— Que maravilhoso! Sempre foi um dos meus sonhos morar perto de um riacho. Mas nunca achei que fosse realmente acontecer. Os sonhos nem sempre se tornam realidade, não é? Não seria legal se eles se realizassem sempre? Mas agora me sinto quase perfeitamente feliz. Não consigo me sentir perfeitamente feliz porque – bem, de que cor o senhor acha que é este cabelo?

Ela passou uma de suas longas tranças brilhantes por cima do ombro magro e a ergueu diante dos olhos de Matthew. Ele não estava acostumado a opinar sobre o tom das madeixas das mulheres, mas nesse caso não havia muita dúvida.

— É ruivo, não é? — ele disse.

A garota jogou a trança para trás com um suspiro profundo e exalou todas as tristezas de uma vida.

— Sim, é ruivo — disse ela, resignada. — Agora o senhor compreende por que não posso ser perfeitamente feliz. Ninguém com cabelos ruivos poderia. Não me importo tanto com as outras coisas — as sardas, os olhos verdes e a minha magreza. Eu posso imaginar que não estão aqui. Posso imaginar que tenho uma linda tez rosada e lindos olhos violeta cintilantes. Mas não consigo imaginar esse cabelo ruivo de outra forma. Faço o que posso. Penso comigo mesma: "Agora meu cabelo é preto, preto maravilhoso como as asas de um corvo". Mas sei que é simplesmente ruivo e isso parte meu coração. Será sempre a minha tristeza na vida. Uma vez eu li em um romance sobre uma garota que tinha uma tristeza na vida também, mas não era o cabelo ruivo. Seu cabelo era de ouro puro, ondulado, margeando seu rosto de alabastro. O que é um rosto de alabastro? Eu nunca soube. Saberia me dizer?

— Acho que também não sei — disse Matthew, que já estava ficando um pouco tonto. Ele se sentiu como uma vez em sua juventude imprudente, quando outro garoto o convenceu a andar num carrossel em um piquenique.

— Bem, o que quer que seja, deve ser algo bom, porque ela era divinamente bonita. O senhor já imaginou como deve ser alguém divinamente bonito?

— Não, nunca — confessou Matthew ingenuamente.

— Eu sim, sempre. O que o senhor preferiria se pudesse escolher: ser divinamente belo, extremamente inteligente ou angelicalmente bom?

— Não sei exatamente.

— Eu também não. Nunca consigo me decidir. Mas não faz diferença, pois provavelmente não serei assim um dia. É certo que nunca serei angelicalmente boa. A senhora Spencer disse que... Oh, senhor Cuthbert! Senhor Cuthbert!! Oh, senhor Cuthbert!!!

Não foi isso o que a senhora Spencer havia dito; nem a garota havia caído da charrete nem Matthew havia feito algo inusitado. Eles simplesmente fizeram uma curva na estrada e entraram na "Avenida".

A "Avenida", assim chamada pelas pessoas de Newbridge, era um trecho de estrada de trezentos a quatrocentos metros de comprimento, completamente envolto por enormes e volumosas macieiras, plantadas anos antes por um velho e excêntrico fazendeiro. No alto havia uma longa copa de flores perfumadas e brancas como neve. Abaixo dos galhos, o ar era repleto de uma penumbra violeta, e bem à frente vislumbrava-se no céu um brilhante crepúsculo, como um grande vitral no topo de uma catedral.

A beleza do lugar parecia impressionar a criança. Ela se recostou na charrete, com as mãos magras entrelaçadas à frente e o rosto erguido em arrebatamento com o alvo esplendor. Nem mesmo quando saíram da avenida e desceram a longa ladeira para Newbridge, ela se mexeu ou falou. Ainda com o rosto extasiado, contemplou o pôr do sol a distância, com lindas vistas sobre aquele fundo brilhante. Ainda em silêncio, percorreram em Newbridge uma pequena e movimentada vila onde os cachorros latiam para eles, garotinhos gritavam e rostos curiosos espiavam pelas janelas. Cinco quilômetros mais tarde, a menina continuava quieta. Ela podia se manter em silêncio, era evidente, com a mesma força com que falava.

— Acho que você deve estar cansada e com fome — Matthew se aventurou a dizer por fim, acreditando que o longo silêncio da garota se devia a isso. — Falta pouco agora, apenas mais um quilômetro e meio.

Ela saiu de seu devaneio com um suspiro profundo e lançou para ele um olhar sonhador de uma alma que viajava longe, guiada por estrelas.

— Oh, senhor Cuthbert — ela sussurrou —, aquele lugar por onde passamos, aquele todo branco, o que é?

— Acho que você está falando da Avenida — disse Matthew depois de refletir um pouco. — É um lugar bonito.

— Bonito? Oh, bonito não é a palavra certa. Nem lindo. Nem passam perto. Oh, é maravilhoso... maravilhoso. É a primeira coisa que vejo que não pode ser melhorada pela imaginação. Isso me deixou contente aqui — ela colocou uma mão no peito —, causou uma dor estranha, mas agradável. Já teve uma dor assim, senhor Cuthbert?

— Não consigo me lembrar.

— Eu sempre tenho. Sempre que vejo algo realmente bonito. Mas não deveriam chamar aquele lugar adorável de Avenida. Não tem sentido nesse nome. Deveriam chamar, deixe-me pensar, de Caminho Branco do Deleite. Não é um bom nome? Quando não gosto do nome de um lugar ou pessoa, sempre imagino um novo e sempre penso nesse nome. Tinha uma garota no orfanato que se chamava Hepzibah Jenkins, mas sempre a imaginei como Rosalia DeVere. As pessoas podem chamar esse lugar de Avenida, mas chamarei sempre de Caminho Branco do Deleite. Só falta mesmo um quilômetro e meio? Fico feliz e triste ao mesmo tempo. Triste, porque a viagem foi tão agradável e sempre fico triste quando coisas boas acabam. Claro que depois pode vir algo mais agradável ainda, mas nunca se sabe. E geralmente não é melhor. É assim que acontece, comigo pelo menos. Mas fico feliz de saber que estamos chegando. Veja, nunca tive um lar de verdade, pelo que me lembre. Isso me faz sentir aquela dor agradável novamente só de pensar em chegar a um lar de verdade. Oh, que bonito!

Eles haviam atravessado o topo de uma colina. Abaixo havia uma lagoa, que parecia um rio de tão comprida e sinuosa. Uma ponte a atravessava no meio, dali até a extremidade inferior, onde um cinturão de dunas de areia âmbar a separava do golfo azul-escuro. A água era uma belíssima variedade de tons – nuances de lilás, rosa e verde etéreo, e tons indescritíveis para os quais não havia ainda um nome. À frente da ponte, o lago chegava até plantações de abetos e áceres e se tornava negro e translúcido nas sombras oscilantes. Aqui e ali, uma ameixeira silvestre se inclinava da margem como uma garota vestida de branco, olhando para o próprio reflexo. Do brejo à beira do lago vinha o coro claro e tristemente doce dos sapos. Uma casinha cinzenta ficava ao lado de um pomar de maçãs, em uma encosta, e, embora ainda não estivesse muito escuro, uma luz brilhava em uma de suas janelas.

— Esse é o lago Barry — disse Matthew.

— Ah, também não gosto desse nome. Vou chamá-lo, deixe-me pensar, de Lago das Águas Cintilantes. Sim, esse é o nome certo. Eu sei por causa do calafrio. Quando encontro o nome certo, sinto um calafrio. As coisas lhe causam calafrio também?

Matthew pensou.

— Bem, sim. Sempre sinto um calafrio ao ver aquelas lagartas brancas feias nos canteiros de pepino. Odeio a aparência delas.

— Oh, acho que não é desse calafrio que estou falando. O que acha? Parece não ter muita conexão entre larvas e lagos de águas cintilantes, não é? Mas por que as pessoas chamam de lago Barry?

— Acho que o senhor Barry mora lá em cima, naquela casa. O nome do lugar é Orchard Slope. Se não fosse por aquele matagal, daria para ver Green Gables daqui. Mas temos de atravessar a ponte e contornar a estrada, uns oitocentos metros.

— O senhor Barry tem filhas pequenas? Quer dizer, não muito pequenas... do meu tamanho.

— Ele tem uma menina de uns 11 anos. O nome dela é Diana.

— Ah! – disse, inspirando longamente. — Que nome adorável!

— Bem, não sei. Me parece que há algo terrivelmente pagão nesse nome. Prefiro Jane, Mary ou algum nome mais sensato como esses. Mas, quando Diana nasceu, havia um mestre na escola e lhe pediram que desse um nome para a menina, e ele escolheu Diana.

— Queria que tivesse um mestre assim quando eu nasci. Ah, estamos na ponte. Vou fechar os olhos com força. Tenho medo de passar por pontes. Não consigo deixar de imaginar que, ao chegarmos ao meio dela, a ponte pode cair e se dobrar ao meio e nos soterrar. Então fecho os olhos. Mas tenho de abri-los quando penso que estamos chegando perto do meio. Porque, veja bem, se a ponte desmoronar, gostaria de ver isso acontecer. Que estrondo que faria! Gosto da parte do barulho. Não é esplêndido que haja tantas coisas das quais gostar neste mundo? Agora, sim, atravessamos. Vou olhar para trás. Boa noite, querido Lago das Águas Cintilantes. Sempre desejo boa-noite para as coisas que amo, como faço com as pessoas. Acho que elas gostam disso. A água parece estar sorrindo para mim.

Depois de subir a colina e virar em uma curva, Matthew disse:

— Estamos bem perto de casa agora. Lá é Green Gables, bem a...

— Ah, não me diga — ela interrompeu, sem fôlego, pegando-lhe no braço parcialmente levantado e fechando os olhos para não poder ver o gesto dele. — Deixe-me adivinhar. Tenho certeza de que vou acertar.

Ela abriu os olhos e observou ao redor. Eles estavam no topo de uma colina. O sol já havia se posto fazia algum tempo, mas a paisagem ainda estava clara na suave luz da tarde. A oeste, a torre escura de uma igreja se erguia contra um céu dourado. Abaixo havia um pequeno vale e, além dele, uma subida longa salpicada de fazendas aconchegantes. Os olhos da garota pulavam de uma para a outra, ansiosos e melancólicos. Por fim, eles se demoraram em uma delas, à esquerda, bem atrás da estrada, branca com árvores em flor, no crepúsculo da floresta que a rodeava. Sobre a fazenda, no céu imaculado do sudoeste, uma grande estrela branca e cristalina brilhava como uma lâmpada para orientar e dar esperança.

— É essa, não é? — ela disse apontando.

Matthew, agora deliciado, puxou as rédeas da alazã.

— Ora, sim, você acertou! Mas acho que a senhora Spencer a descreveu para você.

— Não, ela não falou nada, realmente não falou. Pelo que ela disse, poderia ser qualquer um desses lugares. Eu não tinha ideia do que iria encontrar. Mas, assim que a vi, senti que era a minha casa. Parece que estou em um sonho. Sabe, meu braço deve estar todo roxo acima do cotovelo, pois me belisquei muitas vezes hoje. Várias vezes, tive um sentimento horrível e tive medo de que fosse tudo um sonho. Então me beliscava para ver se era real. Até que me lembrei de que, mesmo que fosse apenas um sonho, seria melhor continuar sonhando, então parei de me beliscar. Mas é real e estamos quase em casa.

Com um suspiro de êxtase, ela voltou ao silêncio. Matthew se mexeu, inquieto. Ainda bem que seria Marilla, e não ele, que contaria à garota que aquele lar que ela ansiava não seria dela, afinal. Atravessaram o vale dos Lynde, onde já estava bastante escuro, mas não tanto para que a senhora Rachel não os visse através da janela. Então, subiram a colina e entraram na longa pista de Green Gables. Quando chegaram em casa, Matthew receava a revelação que se aproximava com uma força que não entendia. Não se preocupava com Marilla ou consigo mesmo nem com os problemas que esse mal-entendido provavelmente lhes causaria, mas pensava na decepção da menina. Só de imaginar aquela luz arrebatadora se extinguindo dos olhos dela, teve a desconfortável sensação de que estaria ajudando a matar algo — o mesmo sentimento que tomava conta dele quando tinha de matar um cordeiro ou um bezerro ou qualquer outra criatura pequena e inocente.

O quintal já estava bastante escuro quando entraram, e as folhas de choupo farfalhavam suavemente ao redor.

— Ouça as árvores conversando enquanto dormem — ela sussurrou, enquanto ele a erguia e a colocava no chão. — Que bons sonhos devem ter!

Então, segurando firmemente sua velha bolsa que guardava "todos os seus bens terrenos", ela o seguiu até a casa.

capítulo 3

Marilla Cuthbert fica surpresa

Marilla avançou rapidamente quando Matthew abriu a porta. Mas ao ver a pequena figura estranha naquele vestido formal e feio, com longas tranças de cabelos ruivos e olhos ansiosos e luminosos, parou espantada.

— Matthew Cuthbert, quem é essa!? — exclamou. — Onde está o garoto?

— Não havia nenhum garoto — respondeu Matthew lamentando-se. — Apenas ela.

Ele acenou com a cabeça para a criança, lembrando que não havia lhe perguntado seu nome.

— Nenhum menino! Mas devia ter um menino — insistiu Marilla. — Mandamos uma mensagem para a senhora Spencer nos trazer um menino.

— Bem, ela não trouxe. Trouxe ela. Eu perguntei ao chefe da estação. E tive de trazê-la para casa. Não podia deixa-la lá, não importa se houve mal-entendido.

— Mas que enrascada! — Marilla exclamou.

Durante essa conversa, a garota permaneceu em silêncio, com os olhos vagando de um lado para o outro e toda a animação desaparecendo de seu rosto. De repente, pareceu entender tudo. Soltando sua preciosa bolsa, deu um passo à frente e apertou uma mão na outra.

— Vocês não me querem! — ela lamentou. — Não me querem porque não sou um menino! Deveria ter imaginado. Ninguém nunca me quis. Deveria saber que era bom demais para ser verdade. Deveria saber que ninguém realmente iria me querer. O que faço agora? Vou me debulhar em lágrimas!

E ela o fez. Sentou-se em uma cadeira à mesa, jogou os braços sobre ela e enterrou o rosto neles, e começou a chorar tempestuosamente. Marilla e Matthew, ao redor do fogão, se entreolharam deploravelmente. Não sabiam o que dizer ou fazer. Por fim, Marilla, sem jeito, aproveitou uma brecha.

— Bem, não precisa chorar tanto por isso.

— Sim, preciso! — A garota levantou a cabeça rapidamente, revelando um rosto manchado de lágrimas e os lábios trêmulos. — Você choraria também, se fosse órfã e chegasse a um lugar que considerasse sua casa, mas descobrisse que não a querem porque você não é um menino. Oh, isso é a coisa mais trágica que já aconteceu comigo!

Algo como um sorriso relutante, um tanto enferrujado pelo desuso do tempo, suavizou a expressão sombria de Marilla.

— Bem, não chore mais. Não vamos deixar você na rua esta noite. Você ficará aqui até entendermos o que aconteceu. Qual o seu nome?

A menina hesitou por um momento.

— Poderia me chamar de Cordélia? — ela disse, ansiosamente.

— Chamar você de Cordélia? Esse é o seu nome?

— Não, não é exatamente o meu nome, mas adoraria ser chamada de Cordélia. É um nome perfeitamente elegante.

— Não sei o que diabos você quer dizer. Se Cordélia não é seu nome, qual é?

— Anne Shirley — murmurou, relutante, a dona do nome —, mas, por favor, me chame de Cordélia. Não faz diferença para você como vai me chamar, já que vou ficar aqui só um pouco, não é? E Anne é um nome tão pouco romântico.

— Que besteira, pouco romântico! — disse a indiferente Marilla. — Anne é um nome bonito e sensato. Não tenha vergonha dele.

— Eu não tenho vergonha — explicou Anne —, mas prefiro Cordélia. Sempre imaginei que meu nome é Cordélia; pelo menos, nos últimos anos. Quando eu era jovem, me imaginava Geraldine, mas gosto mais de Cordélia hoje. Mas se vão me chamar de Anne, por favor, que seja Anne com um "e" no final.

— Que diferença faz como se escreve? — perguntou Marilla, com outro sorriso enferrujado, enquanto pegava o bule.

— Ah, faz diferença. Soa muito melhor. Quando você ouve um nome, não o vê em sua mente como se estivesse impresso? Eu sim. E Ann parece horrível, mas Anne é muito mais distinto. Se me chamar de Anne com um "e" no final, vou tentar aceitar o fato de que não vão me chamar de Cordélia.

— Muito bem, então, Anne com um "e" no final, sabe nos dizer como aconteceu esse mal-entendido? Mandamos uma mensagem para a senhora Spencer para nos trazer um menino. Não havia meninos no orfanato?

— Sim, havia muitos. Mas a senhora Spencer disse que vocês queriam uma garota de 11 anos de idade. E a cuidadora de lá disse que achava que eu serviria. Vocês não imaginam minha satisfação. Eu não consegui dormir de tanta alegria. Ah — acrescentou, reprovadora, voltando-se para Matthew —, por que não me disse na estação que não me queria e me deixou lá? Se eu não tivesse visto o Caminho Branco do Deleite e o Lago das Águas Cintilantes, não seria tão difícil.

— O que diabos ela quer dizer? — disse Marilla, encarando Matthew.

— Ela... ela está apenas se referindo a uma conversa que tivemos no caminho para cá — disse Matthew, rapidamente. — Vou guardar a égua, Marilla. Prepare o chá para quando eu voltar.

— A senhora Spencer trouxe mais alguém além de você? — continuou Marilla depois que Matthew saiu.

— Trouxe Lily Jones para ficar com ela. Lily tem apenas 5 anos e é muito bonita e tem cabelos castanhos. Se eu fosse muito bonita, e tivesse cabelos castanhos, vocês ficariam comigo?

— Não. Queremos um garoto para ajudar Matthew na fazenda. Uma garota não seria útil para nós. Tire seu chapéu. Vou colocá-lo no aparador do corredor, e sua bolsa também.

Anne tirou o chapéu humildemente. Matthew logo voltou e eles se sentaram para jantar. Mas Anne não conseguia comer. Em vão, mordiscou o pão com manteiga e beliscou a compota de maçã silvestre do pequeno prato de vidro ao lado de seu prato. De fato, não havia feito nenhum progresso.

— Você não está comendo nada — disse Marilla de repente, olhando-a como se isso fosse uma falha grave. Anne suspirou.

— Eu não consigo. Estou desesperada. Você consegue comer quando está desesperada?

— Eu nunca estive tão desesperada, então não sei dizer — respondeu Marilla.

— Nunca? Bem, já tentou, imaginar dessa forma?

— Não.

— Então acho que não conseguiria entender como é. É realmente uma sensação muito desconfortável. Quando você tenta comer, forma um nó na garganta e não se consegue engolir nada, nem mesmo um bombom de chocolate. Comi um bombom de chocolate uma vez há uns dois anos e foi simplesmente delicioso. Desde então, sempre sonho que tenho muitos bombons de chocolate, mas sempre acordo quando estou prestes a comê-los. Espero que não se ofendam porque não consigo comer. Tudo parece muito bom, mas não consigo comer.

— Acho que ela está cansada — disse Matthew, que não falava desde que voltara do celeiro. — Melhor colocá-la para dormir, Marilla.

Marilla estava se perguntando onde Anne dormiria. Ela havia preparado um sofá no quarto ao lado da cozinha para o garoto tão desejado e esperado. Mas, apesar de limpo e arrumado, não parecia certo colocar uma garota para dormir lá. No entanto, o quarto de hóspedes estava fora de questão para uma menina abandonada como ela, então restava apenas o quarto do sótão. Marilla acendeu uma vela e pediu que Anne a seguisse, o que a garota fez sem ânimo, pegando o chapéu e a bolsa do aparador do corredor ao passar. O vestíbulo estava assustadoramente limpo; o pequeno quarto do sótão em que se encontrava agora parecia ainda mais limpo.

Marilla colocou a vela em cima de uma mesa de três pernas e três cantos e puxou as cobertas da cama.

— Você trouxe uma camisola? — ela questionou.

Anne assentiu.

— Sim, trouxe duas. A cuidadora do orfanato costurou para mim. Elas são muito curtas. No orfanato tudo é sempre pouco, então as coisas são sempre pequenas, pelo menos em um orfanato pobre como o nosso. Eu odeio camisola curta. Mas o que me consola é que se pode sonhar tão bem vestindo-as quanto com uma adorável camisola longa, com babados no pescoço.

— Bem, troque-se o mais rápido que puder e vá para a cama. Volto em alguns minutos para apagar a vela. Não confio em você para apagá-la. Provavelmente deixaria a casa em chamas.

Quando Marilla se foi, Anne olhou em volta melancolicamente. As paredes brancas eram tão completa e dolorosamente nuas que ela imaginou que estariam sofrendo com a própria nudez. O chão também estava nu, exceto por um tapete redondo trançado no meio do quarto, como Anne nunca tinha visto igual. Em um canto ficava a cama, alta e antiquada, com quatro colunas escuras e torneadas. No outro canto ficava a mesa de três cantos, adornada com uma gorda alfineteira de veludo vermelho, dura o suficiente para entortar a ponta do alfinete mais destemido. Acima, pendia um pequeno espelho de quinze por vinte centímetros. No meio do caminho entre a mesa e a cama ficava a janela, coberta por uma cortina de musselina branco-gelo, e, do outro lado, o lavatório. Todo o quarto era de uma rigidez que não podia ser descrita em palavras, mas que provocou um calafrio na medula dos ossos de Anne. Com um soluço, rapidamente tirou as roupas, vestiu a minúscula camisola e se jogou na cama, onde escondeu o rosto no travesseiro e puxou as cobertas por cima da cabeça. Quando Marilla voltou, as únicas indicações de que havia mais alguém ali foram os pequenos artigos de vestuário espalhados pelo chão, com certa desordem, e a certa aparência desarrumada da cama.

Ela pegou deliberadamente as roupas de Anne, colocou-as com cuidado em uma cadeira amarela e, pegando a vela, foi até a cama.

— Boa noite — disse ela, meio sem jeito, mas não grosseira.

O rosto branco e os grandes olhos de Anne apareceram sob as cobertas com uma repentina surpresa.

— Como pode desejar boa-noite se sabe que esta deve ser a pior noite da minha vida? — disse, reprovadora, e mergulhou na invisibilidade novamente.

Marilla foi lentamente até a cozinha e começou a lavar a louça do jantar. Matthew estava fumando, um sinal claro de que estava inquieto. Ele raramente fumava, pois Marilla encarava aquilo como um mau hábito; mas, em certos momentos e períodos do ano, ele se sentia impelido a isso e Marilla ignorava, compreendendo que um homem precisava dar vazão a suas emoções.

— Mas que confusão — ela disse, nervosa. — É isso que acontece quando mandamos recado em vez de nós mesmos fazermos as coisas. A família de Richard Spencer distorceu o recado de alguma maneira. Um de nós terá de encontrar a senhora Spencer amanhã, sem dúvida. Precisamos mandar essa garota de volta ao orfanato.

— Sim, acho que sim — disse Matthew, relutante.

— Você acha que sim? Não tem certeza?

— Bem, ela é uma graça de garotinha, Marilla. É uma pena mandá-la de volta se está tão decidida a ficar aqui.

— Matthew Cuthbert, você não está querendo dizer que devemos ficar com ela!

O espanto de Marilla não teria sido maior se Matthew tivesse expressado predileção por andar de cabeça para baixo.

— Bem, não... acho que não... não exatamente — gaguejou Matthew, desconfortavelmente intimidado, tentando saber o que dizer. — Acho que não esperariam que ficássemos com ela.

— Diria que não. Que bem ela faria a nós?

— Podemos fazer algum bem a ela — disse Matthew inesperadamente.

— Matthew Cuthbert, acho que essa criança o enfeitiçou! É claro que quer ficar com ela.

— Bem, ela é uma garotinha realmente interessante — persistiu Matthew. — Você deveria tê-la ouvido falar durante a viagem.

— Oh, sim, ela fala bastante. Já notei. E isso não é um elogio. Não gosto de crianças faladeiras. Não quero uma menina órfã e, se quisesse, não a escolheria. Não entendo algumas coisas sobre ela. Não, ela precisa ser mandada de volta para o orfanato.

— Eu poderia contratar um garoto francês para me ajudar — disse Matthew —, e ela seria uma companhia para você.

— Não preciso de companhia — disse Marilla brevemente. — E não vou ficar com ela.

— Bem, vejo que será como você quer, Marilla — disse Matthew levantando-se e guardando o cachimbo. — Vou para a cama.

E para a cama foi Matthew. E para a cama, depois de guardar a louça, foi Marilla, com a testa franzida firmemente. No andar de cima, no sótão, uma criança solitária, carente e sem amigos, chorou até dormir.

capítulo 4

Manhã em Green Gables

Já estava claro quando Anne acordou e sentou-se na cama, olhando confusa para a janela através da qual o sol derramava com sua luz alaranjada. Lá fora algo branco e suave ondulava entre vislumbres do céu azul.

Por um momento ela não conseguiu se lembrar de onde estava. Primeiro veio um sentimento muito agradável; depois uma lembrança horrível. Estava em Green Gables e eles não a queriam porque não era um menino!

Mas era de manhã e, sim, era uma cerejeira em flor do lado de fora da janela. Com um salto, saiu da cama e atravessou o quarto. Empurrou a janela, que se abriu com dificuldade e estridente, como se não fosse aberta há um longo tempo – o que era o caso de fato – e em seguida emperrou tanto que a garota não precisou fazer nada para prendê-la.

Anne ajoelhou-se e observou aquela manhã de junho, com os olhos brilhando de prazer. Oh, mas não era bonito? Não era um lugar encantador? Só de pensar que ela não iria ficar ali! Mas imaginaria que sim. Havia espaço para imaginação ali.

Do lado de fora havia uma imensa cerejeira. Ela estava tão perto que seus galhos encostavam na casa e tão cheia de flores que quase não se via uma folha. Nos dois lados da casa havia pomares: um de macieiras e outro de cerejeiras, também cobertas de flores; e a grama era polvilhada com dentes-de-leão. No jardim mais abaixo, havia lilases com flores púrpura, e sua fragrância vertiginosa e doce subia até a janela com o vento da manhã.

Abaixo do jardim, um campo verdejante cheio de trevos descia até o vale, onde corria o riacho e cresciam dezenas de bétulas brancas que brotavam levemente da vegetação rasteira, que sugeria deliciosas possibilidades com suas samambaias, musgos e outras plantinhas. Um pouco adiante, havia uma colina verde e forrada de abetos e pinheiros. Dali via-se, por uma brecha, a extremidade cinzenta da pequena casa que a garota notara do outro lado do lago de Águas Cintilantes.

À esquerda, ficavam os grandes celeiros e, além deles, lá embaixo, depois dos campos verdes e inclinados, tinha-se um vislumbre azul-cintilante do mar.

Os olhos apaixonados de Anne demoravam-se em todos os detalhes, absorvendo tudo avidamente. Ela já tinha visto tantos lugares desagradáveis na vida, pobre criança; mas aquilo era a coisa mais adorável com que já sonhara.

Ficou de joelhos ali, alheia a todo o restante, menos à beleza ao redor, até que se assustou com uma mão em seu ombro. Marilla chegara sem que a pequena sonhadora a ouvisse.

— Já era hora de estar vestida — disse ela, secamente.

Marilla realmente não sabia como conversar com a menina, e isso a fazia parecer rígida e sucinta sem querer.

Anne levantou-se e respirou fundo.

— Não é maravilhoso? — ela disse, acenando com a mão para o bom mundo lá fora.

— É uma árvore grande — disse Marilla —, e floresce bastante, e os frutos nunca são muito grandes, mas pequenos e cheios de bichos.

— Não falo só da árvore. É claro que é adorável, sim, é radiantemente adorável. Quis dizer tudo, o jardim e o pomar, o riacho e a floresta, todo o grande e querido mundo. Você não acha que é para amar o mundo em uma manhã como esta? Posso ouvir o riso do riacho daqui. Já reparou como os riachos são alegres? Eles estão sempre rindo. Mesmo no inverno, eu os ouço sob o gelo. Estou tão feliz por ter um riacho perto de Green Gables. Você deve estar pensando que isso não deveria fazer nenhuma diferença para mim já que não me quer aqui, mas faz sim. Vou sempre gostar de lembrar que há um riacho em Green Gables, mesmo que eu não o veja novamente. Se não houvesse um riacho, eu seria assombrada pela sensação desconfortável de que deveria haver um. Não estou entregue ao desespero esta manhã. Nunca fico assim de manhã. As manhãs não são esplêndidas? Mas estou muito triste. Estava imaginando que era realmente eu quem vocês queriam afinal, e que ficaria aqui para sempre. Foi um grande consolo enquanto durou. Mas o pior de imaginar as coisas é que chega a hora em que é preciso parar e isso dói.

— É melhor você se vestir, descer e não se preocupar com o que imagina — disse Marilla assim que conseguiu. — O café da manhã a espera. Lave o rosto e penteie o cabelo. Deixe a janela aberta e coloque as cobertas no pé da cama. Seja o mais rápida possível.

Evidentemente, Anne podia ser rápida quando precisava, pois desceu a escada em dez minutos, vestida, com os cabelos escovados e trançados, o rosto lavado e a consciência tranquila por ter cumprido as exigências de Marilla. Na verdade, ela tinha esquecido de colocar as cobertas no pé da cama.

— Estou com muita fome esta manhã — ela anunciou, enquanto se sentava na cadeira que Marilla colocou para ela. — O mundo não parece um deserto tão imenso como na noite passada. Estou feliz que esteja uma manhã ensolarada. Mas também gosto muito das manhãs chuvosas. Todo tipo de manhã é interessante, você não acha? Não dá para saber o que vai acontecer ao longo do dia, e há muito espaço para a imaginação. Mas estou feliz que hoje não esteja chovendo porque é mais fácil ficar alegre e suportar as aflições em um dia ensolarado. Acho que terei de suportar muita coisa hoje. Ler sobre tristezas e imaginar-se vivendo-as heroicamente é bem diferente de realmente ter de passar por elas, não é?

— Por piedade, fique quieta um pouco — disse Marilla. — Você fala demais para uma garotinha.

Então Anne se aquietou tão obediente e perfeitamente que seu silêncio deixou Marilla bastante nervosa, como se estivesse na presença de algo que não fosse natural. Matthew também parou de falar — mas isso era natural —, de modo que a refeição foi muito silenciosa.

Depois de um tempo, Anne ficou cada vez mais distraída, comendo mecanicamente, com seus grandes olhos fixos, inabaláveis, no céu do lado de fora da janela. Isso deixou Marilla mais nervosa do que nunca; ela tinha a sensação incômoda de que, embora o corpo da estranha criança estivesse ali à mesa, seu espírito estava muito longe, em uma remota terra nebulosa, voando nas asas da imaginação. Quem iria querer uma criança dessa?

No entanto, Matthew, inexplicavelmente, queria ficar com ela! Marilla notou que era o que ele queria naquela manhã, assim como na noite anterior, e continuaria querendo. Assim era Matthew: quando encasquetava com algo, ele se apegava a isso com a persistência silenciosa mais surpreendente, dez vezes mais potente e eficaz do que se colocasse seu sentimento para fora.

Quando terminaram o desjejum, Anne saiu de seu devaneio e se ofereceu para lavar a louça.

— Você sabe lavar louça? — Marilla perguntou, desconfiada.

— Muito bem, mas sou melhor em cuidar de crianças. Tenho muita experiência nisso. É uma pena que não tenham nenhuma aqui para eu cuidar.

— Não acho que ia querer cuidar de mais crianças do que já cuido atualmente. Você é problema o suficiente. O que vamos fazer com você, eu não sei. Matthew é muito ridículo.

— Acho ele adorável — disse Anne, reprovadora. — Ele é muito simpático. Não se importou com meu falatório, parecia gostar. Percebi que éramos espíritos afins assim que o vi.

— Vocês dois são bastante esquisitos, se é isso que você quer dizer com espíritos afins — disse Marilla, torcendo o nariz. — Sim, você pode lavar a louça. Jogue bastante água quente e seque bem. Já tenho muita coisa para fazer esta manhã, pois vou ter de ir até White Sands à tarde ver a senhora Spencer. Você virá comigo e resolveremos o que fazer com você. Depois de terminar a louça, suba e arrume a cama.

Anne lavou a louça com habilidade, como Marilla percebeu, já que mantinha um olho atento em tudo. Mais tarde, teve menos sucesso ao arrumar a cama, pois nunca havia aprendido a arte de lutar com um travesseiro de plumas. Mas conseguiu de alguma maneira alisá-lo. Então, Marilla, para se livrar da garota, disse que ela poderia ir brincar lá fora até a hora do almoço.

Anne voou pela porta, com o rosto iluminado e os olhos brilhando. No limiar, ela parou, girou e voltou a se sentar à mesa. A luz e o brilho se apagaram como se alguém os tivesse abafado.

— Qual o problema agora? — indagou Marilla.

— Não vou sair — disse Anne, no tom de um mártir que abandona todas as alegrias terrenas. — Se eu não posso ficar aqui, não adianta me apaixonar por Green Gables. Se eu for lá e me familiarizar com todas aquelas árvores, flores, pomar e riacho, não vou conseguir deixar de amá-los. Já é difícil o bastante, não vou dificultar mais. Queria muito ir lá fora, tudo parece estar me chamando: "Anne, Anne, venha até nós. Anne, Anne, queremos alguém com quem brincar", mas é melhor não. Não adianta amar coisas se vamos ser separados delas depois. E é tão difícil não amar as coisas, não é? Por isso fiquei tão feliz quando achei que moraria aqui. Achei que teria tantas coisas para amar e nada para me impedir. Mas esse breve sonho acabou. Estou resignada com o meu destino agora, então não vou sair, assim não ficarei inconformada de novo. Qual é o nome desse gerânio no peitoril da janela?

— Esse é o gerânio perfumado.

— Ah, não, não quero dizer esse tipo de nome. Quis dizer o nome que a senhorita deu. Não deu um nome a ele? Posso dar um, então? Posso chamá-lo... deixe-me ver... Bonny... Posso chamá-lo de Bonny enquanto estou aqui? Ah, diga que sim!

— Meu Deus, tanto faz. Mas qual o sentido de dar nome a um gerânio?

— Eu gosto de dar nomes às coisas, mesmo que sejam gerânios. Faz com que pareçam pessoas. Como vamos saber se o gerânio não fica sentido de ser chamado apenas de gerânio e nada mais? A senhorita não gostaria de ser chamada apenas de mulher o tempo todo. Isso mesmo, eu o chamarei de Bonny. Dei um nome para a cerejeira ao lado da janela do quarto hoje de manhã. Chamei-a de Rainha Branca, porque é muito branquinha. É claro que nem sempre estará florida, mas vamos imaginar que sim, não é?

— Nunca vi nem ouvi nada como essa menina em toda a minha vida — murmurou Marilla, batendo em retirada para a despensa atrás de batatas. — Ela é realmente interessante, como disse Matthew. Já sei que ficarei curiosa para saber o que, diabos, ela dirá a seguir. Ela vai me enfeitiçar também. Ela fez isso com Matthew. O olhar dele quando saiu repetiu tudo o que ele disse ontem à noite. Gostaria que ele fosse como os outros homens e falasse abertamente as coisas. Assim eu poderia responder e argumentar com alguma razão. Mas o que fazer com um homem que fala apenas pelo olhar?

Anne voltara a seus devaneios, com o queixo apoiado nas mãos e os olhos no céu, quando Marilla voltou de sua peregrinação à despensa. Mas Marilla a deixou ali até o almoço ser servido.

— Matthew, posso usar a égua e a charrete esta tarde? — perguntou Marilla.

Matthew assentiu e olhou melancolicamente para Anne. Marilla interceptou seu olhar e disse, séria:

— Vou até White Sands para resolver isso. Levarei Anne comigo, e a senhora Spencer com certeza a enviará de volta para a Nova Escócia imediatamente. Vou deixar seu chá pronto e chegarei em casa a tempo de ordenhar as vacas.

Ainda assim, Matthew continuou quieto, e Marilla sentiu que havia desperdiçado palavras e fôlego. Não há nada mais irritante do que um homem que não responda — a menos que seja uma mulher.

Na hora certa, Matthew atrelou a alazã à charrete, e Marilla e Anne partiram. Matthew abriu o portão do quintal para elas e, enquanto passavam devagar, disse para ninguém em particular:

— O pequeno Jerry Buote, de Creek, esteve aqui hoje de manhã. Eu lhe disse que estava pensando em contratá-lo no verão.

Marilla não respondeu, mas golpeou tão fortemente a alazã com o chicote que a égua gorda, não acostumada a esse tratamento, relinchou indignada pela estrada em um ritmo alarmante. Marilla olhou para trás apenas uma vez enquanto a charrete pulava e viu o irritante Matthew inclinado sobre o portão, observando-as com tristeza.

capítulo 5

A história de Anne

— Sabe — disse Anne, confidencialmente —, vou aproveitar este passeio. Pela minha própria experiência sei que sempre podemos apreciar as coisas se decidirmos firmemente fazê-lo. Claro, é preciso decidir fazer isso com firmeza. Não vou pensar no orfanato durante a viagem. Vou pensar somente na viagem. Veja, uma pequena rosa silvestre jovenzinha! Não é adorável? Você não acha que deve ser muito bom ser uma rosa? Não seria ótimo se as rosas pudessem falar? Tenho certeza de que nos diriam coisas adoráveis. E cor-de-rosa não é a cor mais fascinante do mundo? Eu adoro, mas não posso usar. Ruivas não podem usar rosa, nem mesmo na imaginação. Você já conheceu alguém que tivesse cabelo vermelho quando jovem, mas mudou de cor depois?

— Não, nunca vi — disse Marilla, sem piedade —, e acho que não vai acontecer com você.

Anne suspirou.

— Bem, mais uma esperança perdida. Minha vida é um cemitério de esperanças enterradas. Li essa frase em um livro uma vez e a repito para me confortar sempre que me decepciono com alguma coisa.

— Não vejo consolo algum nela — disse Marilla.

— É porque soa tão romântico, como se eu fosse uma heroína em um livro, sabe? Gosto muito de coisas românticas, e um cemitério cheio de esperanças enterradas é a coisa mais romântica que se pode imaginar, não é? Fico muito feliz por ter um. Vamos atravessar o Lago das Águas Cintilantes hoje?

— Não vamos atravessar o lago de Barry, se é isso que quer dizer com Lago de Águas Cintilantes. Vamos pela estrada da costa.

— A estrada da costa parece ser linda — disse Anne, sonhadora. — O lugar é tão lindo quanto seu nome parece ser? Quando você disse estrada da costa, veio uma imagem em minha mente, bem rápido assim! White Sands também é um nome bonito; mas gosto mais de Avonlea. Avonlea é um nome adorável. Soa como música. A que distância fica White Sands?

— São oito quilômetros; e, já que não vai parar de falar, é melhor que tenha algum objetivo, conte-me um pouco sobre você.

— Ah, o que sei sobre mim realmente não vale a pena contar — disse Anne ansiosa. — Mas, se me deixar contar o que imagino sobre mim, será muito mais interessante.

— Não, não quero saber de suas imaginações. Apenas se atenha aos fatos. Comece do começo. Onde você nasceu e quantos anos tem?

— Fiz 11 anos em março — disse Anne, resignando-se a ater-se aos fatos com um pequeno suspiro. — Nasci em Bolingbroke, na Nova Escócia. O nome do meu pai era Walter Shirley e ele era professor na Escola Secundária de Bolingbroke. Minha mãe era Bertha Shirley. Walter e Bertha não são nomes adoráveis? Fico feliz por meus pais terem tido bons nomes. Seria uma verdadeira desgraça ter um pai chamado... bem, por exemplo, Jedediah, não?

— Acho que não importa o nome da pessoa, desde que seja correta — disse Marilla, sentindo-se chamada a inculcar na garota alguma moral boa e útil.

— Sei não — Anne ficou pensativa. — Li em um livro certa vez que, se a rosa tivesse outro nome, mesmo assim teria o mesmo perfume, mas nunca consegui acreditar nisso. Não acho que uma rosa seria tão agradável se se chamasse cardo ou repolho-gambá[1]. Acho que meu pai poderia ter sido um bom homem, mesmo que se chamasse Jedediah; mas tenho certeza de que teria sido uma cruz para ele. Minha mãe também era professora na escola, mas, quando se casou com meu pai, deixou de dar aulas, é claro. Um marido já era muita responsabilidade. A senhora Thomas dizia que eles eram duas crianças tão pobres quanto ratos de igreja. Eles foram morar em uma casinha amarela e bem pequenininha em Bolingbroke. Nunca vi a casa, mas

---

1   *Symplocarpus foetidus*. Repolho de gambá é o nome popular.

a imaginei milhares de vezes. Acho que devia ter madressilvas sobre a janela da sala e lilases no jardim e lírios do vale logo perto do portão. Sim, cortinas de musselina em todas as janelas. As cortinas de musselina dão um bom ar a uma casa. Eu nasci nessa casa. A senhora Thomas disse que eu era o bebê mais sem graça que ela já tinha visto. Eu era tão magra e pequenina e com olhos tão grandes, mas minha mãe me achou perfeita e linda. Acho que uma mãe deve julgar melhor do que uma pobre mulher que cuidava da limpeza, não é? De qualquer maneira, fico feliz que ela estivesse satisfeita comigo. Ficaria muito triste se eu tivesse sido uma decepção para ela, porque ela morreu logo depois, sabe? Ela morreu de febre quando eu tinha apenas três meses de idade. Gostaria que ela tivesse vivido o suficiente para que eu pudesse tê-la chamado de mãe. Acho que seria tão bom ter dito "mamãe", não acha? O meu pai morreu quatro dias depois, de febre também. Então fiquei órfã, e as pessoas ficaram doidas sem saber o que fazer, a senhora Thomas disse. Veja, ninguém me queria. Acho que é o meu destino. Meu pai e minha mãe tinham vindo de lugares distantes e todos sabiam que eles não tinham parentes vivos. Por fim, a senhora Thomas disse que ficaria comigo, embora fosse pobre e tivesse um marido bêbado. Ela me criou como se fosse sua filha. Você sabe se quem é criado assim pode ser melhor do que quem não é? Porque sempre que eu fazia alguma travessura, a senhora Thomas me perguntava, em tom reprovador, como eu podia ser uma garota tão má se ela havia me educado como se fosse sua própria filha.

"O senhor e a senhora Thomas se mudaram de Bolingbroke para Marysville, e eu morei com eles até os 8 anos. Ajudei a cuidar dos filhos da senhora Thomas. Ela tinha quatro filhos mais novos que eu, e eles precisavam de muitos cuidados. Então o senhor Thomas foi atropelado por um trem e morreu e a mãe dele se ofereceu para ajudar a cuidar da senhora Thomas e dos filhos, mas não me quis. A senhora Thomas estava cansada, e não sabia o que fazer comigo. Foi quando a senhora Hammond, que morava depois do rio, veio e disse que ficaria comigo, já que eu poderia ajudar com as crianças. E fui morar com ela em uma pequena clareira, entre tocos de árvore. Era um lugar muito solitário. Tenho certeza de que nunca teria conseguido morar lá se não fosse minha imaginação. O senhor Hammond trabalhava num pequeno moinho e a senhora Hammond tinha oito filhos. Ela teve gêmeos três vezes. Gosto de bebês, mas não tanto, ter gêmeos três vezes seguidas é demais. Eu disse isso à senhora Hammond quando os últimos nasceram. Ficava terrivelmente cansada de carregá-los o tempo todo.

"Morei com a senhora Hammond dois anos, e então o senhor Hammond morreu e a senhora Hammond desistiu das tarefas domésticas. Ela dividiu os filhos entre os parentes e foi embora para os Estados Unidos. E eu tive de ir para o orfanato em Hopeton, porque ninguém queria ficar comigo. O orfanato também não me queria. Eles disseram que estavam lotados demais. Mas tiveram de me aceitar, e fiquei lá quatro meses até a senhora Spencer vir."

Anne terminou com outro suspiro, de alívio desta vez. Evidentemente, não gostava de falar sobre suas experiências em um mundo que não a queria.

— Você chegou a frequentar a escola? — perguntou Marilla, conduzindo a égua alazã pela estrada costeira.

— Pouco. Frequentei um pouco no último ano que morei com a senhora Thomas. Quando fui morar depois do rio, a escola era tão longe que não podia caminhar até lá no inverno. E no verão tinha férias, então só ia na primavera e no outono. Mas é claro que fui à escola enquanto estava no orfanato. Leio muito bem e sei de cor muitas poesias: "A Batalha de Hohenlinden", "Edimburgo depois de Flodden", "Bingen sobre o Reno" e grande parte de "Dama do Lago" e de "As estações"[2], de James Thompson. A senhora não ama aquelas poesias que dão um certo calafrio? Há um poema no quinto livro de estudos, "A Queda da Polônia"[3], que é cheio de cenas emocionantes. É claro que eu não estava no quinto livro, apenas no quarto, mas as meninas maiores costumavam me emprestar para ler.

— As mulheres de que falou, a senhora Thomas e a senhora Hammond, elas eram boas para você? — perguntou Marilla, olhando Anne pelo canto do olho.

— Hããã... — Anne vacilou. Seu rostinho sensível repentinamente ficou vermelho e envergonhado. — Ah, sim, elas queriam ser. Sei que queriam ser boas e gentis o mais possível. E quando as pessoas querem ser boas, você não se importa muito quando nem

---

2   Títulos das poesias originais: 'The Battle of Hohenlinden', 'Edinburgh after Flodden', 'Bingen of the Rhine', 'Lady of the Lake', 'The Seasons'.

3   'The Downfall of Poland'

sempre são tão boas assim. Elas tinham muito com o que se preocupar, sabe. É muito difícil ter um marido bêbado, entende? E deve ser uma provação ter gêmeos três vezes seguidas, não acha? Mas tenho certeza de que elas queriam ser boas para mim, sim.

Marilla não fez mais perguntas. Anne se entregou a um êxtase silencioso pela estrada costeira, e Marilla guiou a charrete distraída enquanto pensava profundamente. De repente, seu coração sentiu muita pena da criança. Que vida faminta e sem amor ela tivera... uma vida de labuta, pobreza e negligência. Marilla era astuta o suficiente para ler nas entrelinhas da história de Anne e adivinhar a verdade. Não é de admirar que ela estivesse tão encantada com a perspectiva de um lar real. Era uma pena que eles tivessem de mandá-la de volta. E se ela, Marilla, satisfizesse o capricho inexplicável de Matthew e ficasse com a garota? Ele estava decidido; e a menina parecia uma coisinha dócil e obediente.

"Ela fala muito", pensou Marilla, "mas pode aprender a ficar mais quieta. E não há nada rude ou vulgar no que diz. Ela é uma dama. Provavelmente sua família era de gente do bem."

A estrada costeira era "arborizada, selvagem e solitária". À direita, cresciam densos arbustos de espírito bastante inquieto pelos longos anos de lutas com os ventos vindos do golfo. À esquerda, os penhascos íngremes e vermelhos de arenito pareciam tão perto da estrada em alguns pontos que uma égua com menos firmeza que a alazã poderia ter deixado as pessoas atrás um pouco nervosas. Lá embaixo, na base dos penhascos, montes de pedras desgastadas pela arrebentação ou pequenas enseadas de areia, incrustadas de seixos, como joias do oceano; e então o mar, cintilante e azul, sobre o qual pairavam gaivotas prateadas brilhando, à luz do sol.

— O mar não é maravilhoso? — disse Anne, despertando, com os olhos arregalados, de um longo silêncio. — Uma vez, quando ainda morava em Marysville, a senhora Thomas alugou uma carroça e nos levou para passar o dia na praia, a dezesseis quilômetros dali. Eu aproveitei cada momento daquele dia, mesmo cuidando das crianças o tempo todo. Revivi esse dia em meus sonhos felizes por muitos anos. Mas esta praia é mais bonita que a de Marysville. Aquelas gaivotas não são esplêndidas? A senhora gostaria de ser uma gaivota? Eu acho que gostaria... quer dizer, se eu não fosse uma garota humana. Você não acha que seria bom acordar ao nascer do sol, mergulhar sob as águas e voar naquele adorável azul o dia todo, e depois, à noite, voltar ao ninho? Ah, eu posso me imaginar fazendo isso. Que casa grande é essa logo à frente?

— Esse é o hotel de White Sands, do senhor Kirke, mas a temporada ainda não começou. Muitos americanos vêm para cá no verão. Eles acham esta praia perfeita.

— Tive medo de que fosse a casa da senhora Spencer — disse Anne com tristeza. — Não quero chegar lá. De alguma forma, parece que será o fim de tudo.

capítulo 6

Marilla toma uma decisão

Apesar de tudo, elas chegaram lá no tempo certo. A senhora Spencer morava em uma grande casa amarela na baía de White Sands e atendeu a porta com expressão de surpresa e boas-vindas no rosto benevolente.

— Querida, querida — ela exclamou —, vocês são as últimas pessoas que eu esperava hoje, mas estou muito feliz em vê-las. Quer guardar a égua? E você, Anne?

— Estou muito bem, obrigada — disse Anne, sem sorrir. Uma desgraça parecia ter caído sobre ela.

— Acho que vamos ficar um pouco para a égua poder descansar — disse Marilla —, mas prometi a Matthew que voltaria para casa cedo. Senhora Spencer, houve um mal-entendido estranho, e eu vim para tentar resolver. Enviamos uma mensagem, Matthew e eu, para que nos trouxesse um garoto do orfanato. Pedimos ao seu irmão Robert para lhe dizer que queríamos um menino de 10 ou 11 anos.

— Marilla Cuthbert, não me diga isso — disse a senhora Spencer angustiada. — Robert mandou recado através de sua filha Nancy dizendo que vocês queriam uma garota. Não foi, Flora Jane? — confirmou com a filha, que acabara de subir as escadas.

— Isso mesmo, senhorita Cuthbert — corroborou Flora Jane sinceramente.

— Sinto muito — disse a senhora Spencer. — Isso não é bom, mas certamente não foi minha culpa, senhorita Cuthbert. Fiz o melhor que pude e achei que estava seguindo suas instruções. Nancy é de fato muito distraída. Muitas vezes tive de repreendê-la por sua negligência.

— Foi nossa culpa — disse Marilla, resignada. — Deveríamos ter falado diretamente com a senhora e não ter passado uma mensagem tão importante de boca em boca dessa maneira. De qualquer forma, o erro foi cometido e precisamos corrigi-lo. Podemos enviar a menina de volta ao orfanato? Acredito que a aceitem de volta, não?

— Acho que sim — disse a senhora Spencer, pensativa —, mas acho que não será necessário enviá-la de volta. A senhora Peter Blewett esteve aqui ontem e me disse que queria uma menininha para ajudá-la em casa. A senhora Peter tem uma família grande, você sabe, e acha difícil conseguir ajuda. Anne será ótima para ela. Isso foi providencial.

Marilla não parecia achar que a Providência tinha muito a ver com o assunto. Havia uma boa chance de se livrar da órfã indesejável, e ela nem se sentia grata por isso.

Conhecia a senhora Peter Blewett apenas de vista. Era uma mulher pequena, com cara de rabugenta, sem um pingo de carne a mais nos ossos. Mas tinha ouvido falar dela. Diziam que ela era "péssima no trabalho e no comando"; e suas empregadas contavam histórias assustadoras sobre seu temperamento e avareza, e sobre os filhos atrevidos e briguentos. Marilla sentiu uma dor na consciência ao pensar em entregar Anne àquela mulher.

— Vamos entrar e discutir o assunto — disse ela.

— E se não é a senhora Peter que vem chegando agora mesmo! — exclamou a senhora Spencer, levando-as pelo corredor até a sala de estar, onde um frio mortal as atingiu como se o ar tivesse se esforçado por muito tempo através das cortinas verde-escuras totalmente fechadas, que haviam perdido todas as partículas de calor que possuíram um dia. — Que sorte a nossa, assim podemos resolver o assunto imediatamente. Sente-se na poltrona, senhorita Cuthbert. Anne, sente-se aqui no divã e não se mexa. Deixe-me guardar seus chapéus. Flora Jane, coloque a chaleira no fogo. Boa tarde, senhora Blewett. Estávamos comentando sobre a sorte de vê-la chegar. Deixe-me apresentá-las. Senhora Blewett, senhorita Cuthbert. Por favor, só um momento. Esqueci de dizer a Flora Jane para tirar os pães do forno.

A senhora Spencer saiu logo depois de abrir as cortinas. Anne, sentada em silêncio no divã, com as mãos entrelaçadas no colo, encarou a senhora Blewett como se fascinada. Ela seria entregue à guarda dessa mulher de rosto fino e olhos penetrantes? Ela sentiu um nó na garganta e seus olhos começaram a arder dolorosamente. Começava a temer que não conteria mais as lágrimas quando a senhora Spencer voltou, corada e radiante, capaz de levar em consideração toda e qualquer dificuldade, física, mental ou espiritual, e resolvê-la de pronto.

— Parece que houve um mal-entendido com essa garotinha, senhora Blewett — disse ela. — Achei que o senhor e a senhorita Cuthbert queriam adotar uma menina. Foi o que me disseram. Mas era um garoto que eles queriam. Então, se a senhora não mudou de ideia, acho que ela é a garota certa.

A senhora Blewett lançou os olhos sobre Anne da cabeça aos pés.

— Quantos anos você tem e qual é o seu nome? — ela exigiu.

— Anne Shirley — vacilou a menina, encolhendo-se, sem ousar fazer qualquer comentário sobre a grafia do nome — e tenho 11 anos.

— Humph! Você não parece grande coisa. É magra. Eu não sei, mas me parece que essas são as melhores, afinal. Bem, se eu ficar com você, terá de ser uma boa garota, você sabe... boa, inteligente e respeitosa. Espero que mereça o próprio sustento, e não se engane sobre isso. Sim, acho que posso livrá-la disso, senhorita Cuthbert. Meu bebê é terrível, e estou esgotada de cuidar dele. Se quiser, posso levá-la para casa agora.

Marilla olhou para Anne e sensibilizou-se ao ver seu rosto pálido e seu olhar mudo de aflição... aflição de uma pequena criatura indefesa que se vê mais uma vez presa na armadilha da qual acabara de escapar. Marilla teve a desagradável convicção de que, se negasse o apelo daquele olhar, isso a assombraria até a sua morte. Além disso, não gostava da senhora Blewett. Entregar uma criança sensível e aflita àquela mulher! Não, ela não assumiria essa responsabilidade!

— Bem, não sei — disse ela lentamente. — Não disse que Matthew e eu havíamos decidido não ficar com ela. Na verdade, Matthew está disposto a adotá-la. Eu vim para descobrir o que aconteceu. Acho melhor levá-la para casa novamente e conversar com Matthew. Não vou decidir nada sem consultá-lo. Se decidirmos não ficar com ela, nós a trazemos ou a mandamos amanhã à noite. Caso contrário, saiba que ela vai ficar conosco. Pode ser, senhora Blewett?

— Acho que tenho de aceitar — disse a senhora Blewett, sem graça.

Enquanto Marilla falava, o rosto de Anne ia, aos poucos, se iluminando. Primeiro, o olhar de desespero desapareceu; então veio um leve rubor de esperança; seus olhos ficaram profundos e brilhantes como estrelas da manhã. A menina estava transformada; e, um momento depois, quando a senhora Spencer e a senhora Blewett saíram para procurar uma receita, saltou e correu pela sala em direção a Marilla.

— Ah, senhorita Cuthbert, é verdade que talvez eu possa ficar em Green Gables? — ela perguntou, em um sussurro ofegante, como se falar em voz alta pudesse destruir essa possibilidade gloriosa. — A senhorita realmente disse isso? Ou eu apenas imaginei?

— Acho melhor você aprender a controlar essa sua imaginação, Anne, se não consegue distinguir entre o que é real e o que não é — disse Marilla, irritada. — Sim, você me ouviu dizer exatamente isso. Ainda não está decidido e, talvez, resolvamos entregá-la para a senhora Blewett, afinal. Sem dúvida ela precisa mais de você do que eu.

— Prefiro voltar para o orfanato a ir morar com ela — disse Anne, colérica. — Ela parece uma... verruma.

Marilla sufocou um sorriso com a convicção de que Anne deveria ser repreendida por falar dessa maneira.

— Uma garotinha como você deveria ter vergonha de falar desse modo de uma dama que não conhece — disse ela severamente. — Volte e sente-se em silêncio, segure a língua e se comporte como uma boa garota.

— Vou tentar fazer e ser o que quiser, se a senhorita ficar comigo — disse Anne, retornando docilmente ao divã.

Quando chegaram a Green Gables naquela noite, Matthew foi ao encontro delas na estrada. De longe Marilla o notara andando para lá e para cá e sabia por quê. Ela já esperava pelo alívio que viu em seu rosto quando notou que ela havia trazido Anne de volta. Mas não disse nada a ele até que foram ao quintal atrás do celeiro ordenhar as vacas. Então ela contou brevemente a história de Anne e o resultado do encontro com a senhora Spencer.

— Eu não daria um cachorro para aquela senhora Blewett cuidar — disse Matthew com um humor incomum.

— Eu não gosto do jeito dela — admitiu Marilla —, mas é isso ou ficar com a garota, Matthew. E já que você parece querer adotá-la mesmo, suponho que devo estar disposta... ou tenho que estar. Estive pensando sobre isso e até me acostumei com a ideia. Parece um tipo de dever. Nunca criei uma criança, especialmente uma garota, e confesso que será uma bagunça terrível. Mas farei o meu melhor. Por mim, Matthew, ela pode ficar.

O rosto tímido de Matthew brilhava de alegria.

— Eu achei que você veria as coisas dessa forma, Marilla — disse ele. — Ela é uma coisinha tão interessante.

— Seria melhor se você dissesse que ela é uma coisinha útil — retrucou Marilla —, mas farei questão de treiná-la para isso. E lembre-se, Matthew, você não deve interferir nos meus métodos. Talvez uma velha dama não saiba muito como criar um filho, mas acho que sabe mais do que um velho solteirão. Então você me deixe educá-la. Quando eu errar, você poderá interferir.

— Tudo bem, Marilla, será como quiser — disse Matthew, tranquilizador. — Apenas seja bondosa e gentil com ela, sem estragá-la. Eu acho que, se conseguir que ela a ame, ela fará qualquer coisa que queira.

Marilla fungou, para expressar seu desprezo pelas opiniões de Matthew em relação a qualquer coisa feminina, e foi até o galpão de ordenha com os baldes.

"Não vou dizer a ela ainda que poderá ficar", refletiu, enquanto passava o leite para os jarros. "Ela ficaria tão animada que não dormiria nem um segundo. Marilla Cuthbert, você está encrencada. Um dia imaginou que adotaria uma garota órfã? É surpreendente, porém mais surpreendente ainda é Matthew estar por trás disso tudo. Ele que sempre pareceu ter um medo mortal de meninas. De qualquer forma, decidimos fazer essa experiência e só Deus sabe o que vai acontecer."

capítulo 7

Anne faz sua oração

Quando Marilla colocou Anne na cama aquela noite, ela disse rigidamente:
— Anne, ontem notei que você tirou as roupas e as jogou no chão. É muito descuido, e não posso permitir isso. Assim que tirar qualquer peça de roupa, dobre-a cuidadosamente e coloque-a na cadeira. Não tenho serventia para garotinhas que não sejam cuidadosas.

— Eu estava tão desnorteada na noite passada que nem pensei nas minhas roupas — disse Anne. — Vou dobrá-las direitinho esta noite. Eles nos pediam isso no orfanato. A maioria das vezes, porém, eu esquecia, era tanta a pressa de ir para a cama e imaginar as coisas.

— Você terá de se esforçar mais para lembrar das coisas se ficar aqui — advertiu Marilla. — Agora sim. Faça suas orações e vá dormir.

— Nunca fiz uma oração — anunciou Anne.

Marilla parecia horrorizada.

— Anne, como assim? Nunca a ensinaram a fazer suas orações? É o desejo de Deus que as meninas façam orações. Você não sabe quem é Deus, Anne?

— "Deus é um espírito infinito, eterno e imutável, em sua existência, sabedoria, poder, santidade, justiça, bondade e verdade" — respondeu Anne pronta e fluentemente.

Marilla pareceu bastante aliviada.

— Então sabe alguma coisa, graças a Deus! Não é pagã. Onde aprendeu isso?

— Na escola dominical do orfanato. Eles nos ensinaram todo o catecismo. Eu gostava muito. Algumas palavras são esplêndidas: "infinito, eterno e imutável". Não é grandioso? Há um ritmo nisso, como a música tocada em um órgão. Não podemos chamar de poesia, acho, mas parece muito, não acha?

— Não estamos falando de poesia, Anne. Estamos falando de orações. Você não sabia que é algo terrível não fazer suas orações todas as noites? Receio que você seja uma menina muito má.

— Se a senhorita tivesse cabelos ruivos, perceberia que é mais fácil ser má do que boa — reprovou Anne. — Quem não tem cabelos ruivos não sabe como é difícil. A senhora Thomas me disse que Deus me deu cabelos ruivos de propósito e, por isso, nunca mais me importei com Ele. De qualquer maneira, eu sempre estava cansada demais à noite para me preocupar com orações. Não se espera que se façam orações depois de ter de cuidar de gêmeos. Honestamente, a senhorita acha possível?

Marilla decidiu que deveria começar a educação religiosa de Anne imediatamente. Não havia tempo a perder.

— Sob meu teto, você deverá fazer suas orações sempre, Anne.

— Sim, claro, se a senhorita assim deseja — concordou Anne, com alegria. — Faço qualquer coisa para deixá-la feliz. Mas terá de me ensinar. Depois de me deitar, vou pensar em uma oração bem bonita para fazer sempre. Acho que será muito interessante, pensando bem.

— Você deve se ajoelhar — disse Marilla, embaraçada.

Anne ajoelhou-se aos pés de Marilla e olhou para cima, séria.

— Por que as pessoas devem se ajoelhar para orar? Se eu realmente quisesse rezar, iria sozinha para um campo bem grande ou até o meio de um profundo bosque, e olharia para o céu... bem lá no alto, para aquele lindo céu azul que parece não ter fim. Então apenas sentiria uma oração. Bem, estou pronta. O que devo dizer?

Marilla se sentiu mais envergonhada do que nunca. Pretendia ensinar a Anne o clássico infantil: "Obrigada, querido Deus, por mais um dia". Mas tinha, como já disse, pouca ideia de senso de humor, que é simplesmente outro nome para um senso de adequação das coisas; e de repente lhe ocorreu que aquela pequena e simples oração, sagrada para crianças vestidas de branco aos joelhos maternos, era totalmente inadequada para essa bruxinha sardenta que não conhecia e não se importava com o amor de Deus, já que ela nunca o havia recebido através do amor humano.

— Você já tem idade para orar sozinha, Anne — disse ela finalmente. — Apenas agradeça a Deus por suas bênçãos e peça humildemente a Ele as coisas que você deseja.

— Farei o melhor que posso — prometeu Anne, enterrando o rosto no colo de Marilla. — Pai celestial misericordioso — é assim que os pastores dizem na igreja, então acho que tudo bem falar assim na nossa oração, não é? — ela interrompeu, levantando a cabeça por um momento.

"*Gracioso Pai celestial, agradeço-Lhe pelo Caminho Branco do Deleite, pelo Lago das Águas Cintilantes, por Bonny e pela Rainha Branca. Sou extremamente grata por eles. E essas são todas as bênçãos de que me lembro agora e pelas quais agradeço. Quanto às coisas que quero, são tantas, que levaria muito tempo para nomear todas, então mencionarei apenas as duas mais importantes. Por favor, permita-me ficar em Green Gables; e, por favor, que eu fique bonita quando crescer.*

Respeitosamente,

Anne Shirley."

— Fiz tudo certo? — a garota perguntou ansiosamente, levantando-se. — Poderia ter floreado mais se eu tivesse um pouco mais de tempo para pensar sobre isso.

A pobre Marilla só não teve um colapso ao lembrar que não era irreverência, mas simplesmente a ignorância espiritual de Anne, a responsável por aquele desejo extraordinário. Ajeitou a menina na cama e prometeu mentalmente que lhe ensinaria uma oração no dia seguinte. Estava quase saindo do quarto e levando a luz junto quando Anne a chamou de volta.

— Acabei de pensar nisso. Eu deveria ter dito "Amém" em vez de "Respeitosamente", não deveria? Como fazem os pastores. Esqueci, mas achei que precisava terminar a oração de alguma maneira. Você acha que faz alguma diferença?

— Acho que não — disse Marilla. — Durma agora como uma boa menina. Boa noite.

— Posso dizer boa-noite hoje com a consciência limpa — disse Anne, aconchegando-se suntuosamente entre os travesseiros.

Marilla retirou-se para a cozinha, colocou a vela firmemente sobre a mesa e olhou para Matthew.

— Matthew Cuthbert, já estava na hora de alguém adotar essa menina e ensinar-lhe algo. Ela é quase uma perfeita pagã. Acredita que nunca fez uma oração na vida até hoje? Vou mandá-la para a casa paroquial amanhã mesmo pedir emprestado o livro de introdução à religião[4]. E irá para a escola dominical assim que eu conseguir algumas roupas adequadas para ela. Já sei que terei muito trabalho. Bem, não passamos por este mundo sem nossa parcela de dificuldades. Tive uma vida bastante tranquila até agora, mas finalmente chegou a minha hora e suponho que terei de tirar o melhor dessa situação.

---

4   *Peep of the Day* series no original.

capítulo 8

Começa a criação de Anne

Por motivos que apenas ela conhecia, Marilla não disse a Anne que ficaria em Green Gables até a tarde seguinte. Durante a manhã, manteve a menina ocupada com várias tarefas e a observou com um olhar aguçado. Ao meio-dia concluiu que Anne era inteligente e obediente, disposta a trabalhar e rápida em aprender; o único problema era sua tendência a devaneios no meio de uma tarefa, a ponto de esquecer dela, até sofrer uma reprimenda ou acontecer uma catástrofe.

Quando Anne terminou de lavar a louça do jantar, de repente confrontou Marilla com o ar e a expressão de alguém desesperadamente determinado a ouvir o pior. Seu pequeno corpo franzino tremia da cabeça aos pés; seu rosto ficou corado e os olhos se dilataram até quase ficarem totalmente pretos. Apertou as mãos com força e disse implorando:

— Oh, por favor, senhorita Cuthbert, não diga que vai me mandar embora. Tentei ser paciente a manhã toda, mas realmente não vou aguentar mais esperar para saber. É um sentimento terrível. Por favor, diga.

— Você não escaldou o pano de prato em água quente e limpa, como eu lhe disse para fazer — disse Marilla, imóvel. — Faça isso antes de fazer mais perguntas, Anne.

Anne foi cuidar do pano de prato. Então voltou para Marilla e fixou os olhos suplicantes em seu rosto.

— Bem — disse Marilla, incapaz de encontrar qualquer desculpa para adiar mais sua explicação —, acho melhor lhe contar. Matthew e eu decidimos ficar com você. Quer dizer, se você for uma boa menina e se mostrar agradecida. O que foi, criança, qual é o problema?

— Estou chorando — disse Anne, perplexa. — Não sei por quê. Não poderia ficar mais feliz. Feliz nem parece a palavra certa. Fiquei feliz com o Caminho Branco do Deleite e as flores de cerejeira, mas isso! Ah estou mais do que feliz. Estou muito feliz. Vou tentar ser uma garota boa. Acho que será trabalhoso, pois a senhora Thomas costumava me dizer que não havia muito o que fazer com uma garota como eu. Mas farei o meu melhor. Poderia me dizer por que estou chorando?

— Acho que é porque você está animada e exaltada — disse Marilla, com desaprovação. — Sente-se e tente se acalmar. Acredito que chore e ria com muita facilidade. Sim, você pode ficar conosco e tentaremos fazer o melhor por você. Você frequentará a escola, mas, como faltam apenas quinze dias para as férias, então não vale a pena começar agora.

— Como devo chamá-la? — perguntou Anne. — Senhorita Cuthbert? Posso chamar de tia Marilla?

— Não, pode me chamar simplesmente de Marilla. Não estou acostumada a ser chamá-la de senhorita Cuthbert e isso me deixa nervosa.

— Parece muito desrespeitoso dizer apenas Marilla — protestou Anne.

— Não será desrespeitoso se você tomar cuidado e falar com cortesia. Os jovens e adultos em Avonlea me chamam de Marilla, exceto o pastor. Ele diz senhorita Cuthbert, quando lembra.

— Adoraria chamá-la de tia Marilla — disse Anne, melancólica. — Nunca tive uma tia nem outro parente, nem mesmo uma avó. Isso me faria sentir como se realmente fosse sua. Não posso chamá-la de tia Marilla?

— Não. Não sou sua tia e não acredito nisso de chamar as pessoas por nomes que não são delas.

— Mas poderíamos imaginar que você é minha tia.

— Não, eu não poderia — disse Marilla, taciturna.

— Você nunca imagina coisas diferentes da realidade? — perguntou Anne com os olhos arregalados.

— Não.

— Ah! — Anne respirou fundo. — Ah, senhorita... Marilla, não sabe o que está perdendo!

— Não acredito nisso de imaginar que as coisas são diferentes da realidade — replicou Marilla. — Quando o Senhor nos coloca em certas circunstâncias, ele não quer que as imaginemos de outra forma. Isso me faz lembrar... Vá para a sala de estar, Anne. Limpe os pés antes e tome cuidado para que as moscas não entrem... E traga para cá o cartão ilustrado que está sobre a lareira. Nele tem o pai-nosso e você vai dedicar seu tempo à tarde para aprendê-lo. Não quero mais orações como a de ontem à noite.

— Foi muito ruim — disse Anne se desculpando —, mas, veja bem, eu nunca tinha rezado antes. Não se pode esperar que uma pessoa faça uma linda oração na primeira vez que tenta, não é? Mas, depois que fui para a cama, fiz uma oração maravilhosa, como prometi. Era quase tão longa quanto a de um pastor, e muito poética. Mas acredita que não consegui lembrar de uma só palavra quando acordei? E acho que nunca mais pensarei em outra oração tão boa. Já notou que as coisas nunca são tão boas quando as inventamos uma segunda vez?

— Olhe só, Anne. Quando peço para fazer alguma coisa, quero que me obedeça e não que fique parada falando sobre isso. Apenas vá e faça o que eu pedi.

Anne foi prontamente para a sala de estar, mas não voltou. Depois de dez minutos esperando, Marilla largou o tricô e foi atrás dela com a cara fechada. Encontrou Anne parada, imóvel, com os olhos perdidos em sonhos, diante de um quadro na parede entre duas janelas. A luz branca e verde atravessava as macieiras e as trepadeiras do lado de fora e abrigava-se com um brilho meio sobrenatural sobre a pequena figura extasiada.

— Anne, no que está pensando? — perguntou Marilla, bruscamente.

Anne voltou à terra com um sobressalto.

— Nisso — ela disse, apontando para o quadro: um cromo bastante vívido intitulado *Cristo abençoa as criancinhas*. E estava imaginando que eu era uma dessas crianças — que eu era essa garotinha de vestido azul, sozinha no canto, como se não fosse de ninguém, assim como eu. Ela parece solitária e triste, não acha? Nunca deve ter tido pai e mãe. Mas também queria ser abençoada, então foi timidamente para o lado da multidão, esperando que ninguém a notasse, exceto Ele. Sei exatamente como ela se sentiu.

Seu coração deve ter acelerado e suas mãos devem ter gelado, como as minhas quando perguntei se poderia ficar. Ela tinha receio de que Ele não a notasse. Mas é provável que Ele a tenha visto, não acha? Estava tentando imaginar toda a cena: ela se aproximando aos poucos até que chegar bem perto dele; e então ele olharia para ela e colocaria a mão em sua cabeça e, ah, ela ficaria em total alegria! Mas preferiria que o artista não O tivesse pintado com uma aparência tão triste. Todas as pinturas dele são assim, já percebeu? Mas não creio que Ele realmente fosse tão triste ou as crianças teriam medo.

— Anne — disse Marilla, perguntando-se por que ela não havia tocado nesse assunto antes —, você não deveria falar dessa maneira. É desrespeitoso, de fato desrespeitoso.

Os olhos de Anne ficaram admirados.

— Ora, me pareceu muito respeitoso. Não pretendia faltar com respeito.

— Bem, acredito que não, mas não parece certo falar sobre essas coisas com tanta intimidade. E outra coisa, Anne, quando eu lhe pedir algo, você deve trazê-lo logo e não ficar no mundo da lua imaginando coisas na frente de quadros. Lembre-se disso. Pegue o cartão e vá direto para a cozinha. Sente-se no canto e decore essa oração.

Anne apoiou o cartão no vaso de flores de maçã que trouxera para decorar a mesa de jantar. Marilla notara a decoração, mas não dissera nada. A menina apoiou o queixo nas mãos e começou a estudá-lo intensamente por vários minutos, em silêncio.

— Eu gostei — anunciou. — É lindo. Já ouvi antes. Ouvi o superintendente da escola dominical do orfanato recitá-lo uma vez. Mas não tinha gostado daquela vez. Ele usou uma voz desafinada e orou com tristeza. Tenho certeza de que para ele orar era um dever desagradável. Não é poesia, mas me faz sentir da mesma maneira. "Pai nosso, que estás no céu, santificado seja o teu nome." É como música. Estou muito feliz que tenha pensado em me ensinar a rezar, senho... Marilla.

— Decore, então, e feche a boca — disse Marilla brevemente.

Anne inclinou o vaso de flores o suficiente para dar um beijo suave em um botão rosa e depois estudou diligentemente por mais alguns minutos.

— Marilla — ela disse firmemente em seguida —, você acha que algum dia terei uma amiga próxima em Avonlea?

— Q... que tipo de amiga?

— Uma amiga do peito... uma amiga íntima, você sabe... um espírito realmente afim, a quem eu possa confidenciar meus mais profundos segredos. Sempre sonhei em conhecê-la. Nunca imaginei que isso aconteceria, mas tantos dos meus sonhos mais lindos se tornaram realidade de uma só vez, que talvez possa. Você acha possível?

— Diana Barry mora em Orchard Slope e tem mais ou menos a sua idade. É uma garotinha muito simpática, e talvez possa ser uma amiga para você brincar quando voltar para casa. Ela está na casa da tia, em Carmody, agora. Mas você terá de ter cuidado com o seu comportamento. A senhora Barry é uma mulher muito peculiar. Só deixa Diana brincar com meninas boas e educadas.

Anne olhou para Marilla através das flores de maçã com os olhos brilhando de interesse.

— Como é Diana? O cabelo dela não é ruivo, é? Espero que não. Já é ruim o suficiente ter cabelos ruivos, mas eu não suportaria isso em uma amiga.

— Diana é uma menina muito bonita. Tem olhos e cabelos negros, e bochechas rosadas. E é boa e inteligente, o que é melhor do que ser bonita.

Marilla gostava tanto de lição de moral quanto a Duquesa do País das Maravilhas, e estava convencida de que se deveria imprimir um pouco de moral em tudo o que se falasse a uma criança durante sua educação.

No entanto, Anne afastou a lição moral inconsequentemente e atentou apenas às deliciosas possibilidades que via à sua frente.

— Oh, estou tão feliz que ela seja bonita. Além de ser bonita – o que é impossível no meu caso —, seria melhor ter uma linda amiga do peito. Quando eu morava com a senhora Thomas, ela tinha na sala de estar uma estante com portas de vidro. Não havia livros nela. A senhora Thomas mantinha sua melhor porcelana e compotas lá, quando fazia. Uma das portas estava quebrada. O senhor Thomas a quebrou uma noite, quando ficou um pouco embriagado. Mas a outra estava inteira, e eu costumava fingir que meu reflexo no vidro era outra garota que morava dentro do armário. Eu a chamei de Katie Maurice, e éramos muito próximas. Costumava conversar com ela por horas, especialmente aos domingos, e contar tudo a ela. Katie era o meu consolo na vida. Costumávamos fingir que o armário era encantado e que, se eu soubesse um feitiço, poderia abrir a porta e entrar onde Katie Maurice morava, em vez de onde ficavam as compotas e louças da senhora Thomas. E então Katie Maurice me pegaria pelas mãos e me levaria a um lugar maravilhoso, com flores, sol e fadas, e viveríamos lá felizes para sempre. Quando fui morar com a senhora Hammond, partiu meu coração deixar Katie Maurice. Ela também sentiu terrivelmente, eu sei, porque estava chorando quando me deu um beijo de despedida pela porta do armário. Não havia estante de livros na casa da senhora Hammond. Mas logo acima do rio, um pouco distante da casa, vivia um longo vale verde e ali havia um dos ecos mais adoráveis que já vi. Ele ecoava todas as palavras que se dissesse, mesmo que não se falasse muito alto. Então imaginei que o eco era uma garotinha chamada Violetta. Nós nos tornamos grandes amigas, e eu a amava quase tanto quanto amei Katie Maurice — não exatamente, mas quase, sabe. Uma noite antes de ir para o orfanato, despedi-me de Violetta, e seu adeus teve um tom muito triste. Fiquei tão apegada a ela que não tive coragem de imaginar uma amiga no orfanato, mesmo que houvesse espaço para a imaginação lá.

— Acho melhor que não tivesse espaço mesmo — disse Marilla secamente. — Não aprovo essas coisas. Você parece acreditar na sua imaginação. Seria bom se tivesse uma amiga de verdade para tirar essa bobagem da cabeça. Mas não fale perto da senhora Barry sobre suas Katie Maurices e Violettas, ou ela pensará que você é de contar histórias.

— Ah, não vou, não. Nem poderia falar delas com todo mundo. Suas memórias são muito sagradas. Mas achei que você gostaria de saber. Olhe a abelha que caiu de uma flor de macieira agora mesmo. Apenas imagine que lugar adorável para se viver, uma flor de macieira! Dormir com o vento a balançá-la. Se eu não fosse uma garota humana, acho que gostaria de ser uma abelha e viver entre as flores.

— Ontem você queria ser uma gaivota sobrevoando o mar — disse Marilla. — Você é muito volúvel. Eu pedi para decorar a oração e parar de falar. Mas parece impossível para você parar de falar se tiver alguém que a ouça. Vá para o quarto e decore-a.

— Ah, já decorei quase tudo. Falta apenas a última linha.

— Não importa, faça o que eu peço. Vá para o quarto e decore-a bem. E fique lá até eu lhe chamar para me ajudar com o chá.

— Posso levar as flores de macieira para fazerem me companhia? — implorou Anne.

— Não. Você não vai querer que seu quarto fique cheio de flores. Você não deveria tê-las tirado da árvore, em primeiro lugar.

— Eu também achei isso no começo — disse Anne. — Achei que não deveria encurtar a vida adorável dessas flores colhendo-as. Não gostaria de ser colhida se fosse uma flor de macieira. Mas a tentação foi irresistível. O que se faz quando se depara com uma tentação irresistível?

— Anne, você me ouviu dizer para ir para o quarto?

Anne suspirou, retirou-se para o sótão e sentou-se em uma cadeira perto da janela.

"É isso, já aprendi essa oração. Decorei a última frase subindo as escadas. Agora vou imaginar coisas aqui no quarto para que sempre estejam aqui. O chão é coberto por um tapete de veludo branco com rosas cor-de-rosa desenhadas por toda parte. Cortinas de seda da mesma cor cobrem as janelas. Nas paredes, tapeçaria de brocado dourado e prata. Os móveis são de mogno. Eu nunca vi mogno, mas parece tão luxuoso. Eu estou graciosamente reclinada em um sofá cheio de lindas almofadas de seda rosadas e azuis, vermelhas e douradas. Vejo meu reflexo no grande e magnífico espelho na parede. Sou alta e majestosa, e estou vestindo uma camisola de renda branca. Tenho uma cruz de pérolas no peito, assim como pérolas também recobrem meu cabelo, que é escuro como a meia-noite e minha pele é clara como marfim. Meu nome é lady Cordelia Fitzgerald. Não, não é... não consigo fazer isso parecer real."

Ela dançou até o pequeno espelho e se olhou nele. O rosto sardento e fino e os solenes olhos cinzentos a examinavam por sua vez.

"Você é apenas Anne de Green Gables", disse ela, séria. "E é você que vejo, exatamente como vejo agora, quando tento imaginar que sou a lady Cordelia. Mas é um milhão de vezes melhor ser Anne de Green Gables do que Anne de lugar nenhum, não é?"

Ela se inclinou, beijou o próprio reflexo carinhosamente e foi em direção à janela aberta.

— Querida Rainha Branca, boa tarde. Boa tarde, queridas bétulas. Boa tarde, querida casa cinza na colina. Queria saber se Diana será minha amiga. Espero que sim, e a amarei muito. Mas nunca vou me esquecer de Katie Maurice e de Violetta. Elas ficariam muito magoadas se eu as esquecesse, e detestaria magoar alguém, mesmo as garotas que vivem em armários ou um eco. Preciso ter cuidado para sempre me lembrar delas e mandar-lhes um beijo todos os dias.

Anne soprou dois beijos no ar, que passaram pela ponta de seus dedos e foram em direção das flores de cerejeira. Então, com o queixo apoiado nas mãos, flutuou prazerosamente em um mar de devaneios.

capítulo 9

A senhora Rachel Lynde fica horrorizada

Anne já passara quinze dias em Green Gables antes de a senhora Lynde chegar para inspecioná-la. A senhora Rachel, justiça seja feita, não era culpada. Uma forte gripe confinara aquela boa senhora em casa desde a última visita a Green Gables. Ela quase não ficava doente e tinha um certo desdém por quem ficava; mas a gripe, ela afirmou, não era como nenhuma outra doença, e só poderia ser interpretada como uma provação especial da Providência. Assim que o médico lhe deu alta para sair de casa, ela correu para Green Gables, curiosa para ver a órfã de Matthew e Marilla, sobre quem todos os tipos de histórias e suposições haviam circulado por Avonlea.

Anne fez bom uso de todos os momentos em que ficou acordada nesse período. Já conhecia todas as árvores e todos os arbustos do lugar. Descobrira um novo caminho sob o pomar de macieiras que atravessava uma parte do bosque; e já o explorara até o ponto mais distante, em todos os seus deliciosos caprichos, o riacho e a ponte, os abetos e o arco de cerejeiras silvestres, os recantos cheios de samambaias e os caminhos secundários com bordos e freixos.

Fizera amizade com a fonte que ficava lá embaixo, no vale... aquela maravilhosa fonte profunda, límpida e gelada, de arenito vermelho liso e cercada por grandes moitas de plantas aquáticas que pareciam palmeiras; e além dela havia uma ponte sobre o riacho.

Aquela ponte levou os pés dançantes de Anne a uma colina arborizada, onde reinava o crepúsculo perpétuo sob os retos abetos e pinheiros; as únicas flores eram delicadas campânulas, as mais tímidas e doces das flores da floresta, e algumas pequenas flores brancas em formato de estrelas, como espíritos de flores do ano anterior. Teias de aranha brilhavam como fios de prata entre as árvores, e os galhos dos abetos pareciam conversar sobre amizade.

Todas essas animadas viagens de exploração aconteceram nos momentos em que lhe era permitido brincar. Anne deixava Matthew e Marilla um pouco surdos ao contar suas descobertas. Matthew não reclamava; ouvia-a com um sorriso mudo de felicidade no rosto. Marilla deixava-a falar até se vir interessada demais, então, interrompia Anne, pedindo-lhe para ficar quieta.

Quando a senhora Rachel chegou, Anne estava no pomar vagando por vontade própria pela exuberante e trêmula relva, salpicada pelo sol da tarde. Desse modo, aquela boa senhora teve uma excelente chance de falar sobre sua doença, descrevendo todas as dores e palpitações com um prazer tão evidente, que Marilla achou que até a gripe poderia ter suas compensações. Quando acabaram os detalhes, a senhora Rachel disse o verdadeiro motivo de sua visita.

— Tenho ouvido coisas surpreendentes sobre você e Matthew.

— Acho que não deve estar mais surpresa do que eu mesma — disse Marilla. — Estou superando-a apenas agora.

— Que pena ter havido esse mal-entendido — disse a senhora Rachel, com simpatia. — Vocês não poderiam tê-la mandado de volta para o orfanato?

— Acho que sim, mas decidimos ficar com ela. Matthew gosta da garota. E eu também, embora ela tenha seus defeitos. A casa já está diferente. Ela é uma coisinha realmente brilhante.

Marilla disse mais do que pretendia, pois notou a expressão desaprovadora da senhora Rachel.

— Você assumiu uma grande responsabilidade — disse, com tristeza —, principalmente porque não tem nenhuma experiência com crianças. Não deve saber muito sobre ela nem seu verdadeiro caráter, não há como adivinhar como ela será no futuro. Mas não quero desencorajá-la, Marilla.

— Não está — foi a resposta seca de Marilla. — Quando me decido por alguma coisa, não desisto dela. Suponho que gostaria de conhecer Anne. Vou chamá-la.

Anne entrou correndo, com o rosto iluminado de deleite pelo seu passeio no pomar. Mas, envergonhada com a presença inesperada de uma desconhecida, parou confusa diante da porta. Certamente ela era uma pequena criatura de aparência estranha naquele vestido curto e apertado com que viera do orfanato, e suas pernas eram finas e estranhamente longas. As sardas estavam mais numerosas e visíveis do que nunca. Sem chapéu, o vento agitara-lhe os cabelos em uma desordem brilhante demais; nunca haviam estado tão vermelhos como naquele momento.

— Bem, não a escolheram pela aparência, isso é certo — foi o comentário enfático da senhora Rachel Lynde. Ela era uma daquelas pessoas adoráveis e populares que se orgulham de dizer o que pensam sem medo. — Ela é terrivelmente magra e sem graça, Marilla. Venha aqui, criança, deixe-me dar uma olhada em você. Deus do céu, onde já se viu alguém com tantas sardas? E cabelos ruivos como cenouras! Venha aqui, criança, já disse.

Anne "foi lá", mas não exatamente como a senhora Rachel esperava. Com um salto, atravessou a cozinha e parou diante dela, com o rosto vermelho de raiva, os lábios trêmulos e toda o corpo magro tremendo da cabeça aos pés.

— Eu a odeio — ela gritou com a voz embargada, batendo o pé no chão. — Odeio você... odeio, odeio... — com uma batida do pé no chão cada vez mais alta a cada declaração de ódio. Como se atreve a me chamar de magra e feia? — Como ousa dizer que sou sardenta e ruiva? Você é uma mulher rude, indelicada e insensível!

— Anne! — Marilla exclamou, consternada.

Mas Anne continuou a encarar a senhora Rachel, com a cabeça erguida, os olhos em chamas, as mãos cerradas, e envolta por uma nuvem de indignação.

— Como ousa dizer essas coisas sobre mim? — ela repetiu com veemência. — Gostaria que dissessem essas coisas sobre você? Gostaria de saber que é gorda e desajeitada e provavelmente sem nenhuma imaginação? Não me importo se magoei seus sentimentos agora! Espero machucá-la mesmo. Você me magoou mais do que nunca, mais até que o marido embriagado da senhora Thomas. Nunca vou perdoá-la por isso, nunca, nunca!

E outra batida de pé! E mais uma!

— Onde já se viu um temperamento assim! — exclamou a senhora Rachel, horrorizada.

— Anne, vá para o seu quarto e fique lá até eu subir — disse Marilla, recuperando a fala com dificuldade.

Chorando, Anne correu até a porta do vestíbulo e a bateu com tanta força que até as latas na parede da varanda do lado de fora chacoalharam em solidariedade.

Fugiu pelo corredor e subiu as escadas como um redemoinho. Uma batida moderada acima indicou que a porta do sótão fora fechada com a mesma intensidade.

— Bem, não a invejo, Marilla — disse a senhora Rachel com uma solenidade indizível.

Marilla articulou os lábios para pedir desculpas e o que ela disse foi uma surpresa para si mesma naquele momento e depois.

— Você não deveria ter falado da aparência dela, Rachel.

— Marilla Cuthbert, você não quer dizer que concorda com essa terrível demonstração de temperamento que acabamos de ver? — perguntou a senhora Rachel, indignada.

— Não — disse Marilla, devagar. — Não estou tentando desculpá-la. Ela foi muito mal-educada e vou falar com ela sobre isso. Mas devemos fazer algumas concessões. Ela nunca aprendeu o que é certo. E a senhora foi muito dura com ela, Rachel.

Marilla não pôde deixar de acrescentar a última frase, embora estivesse novamente surpresa consigo mesma por fazê-lo. A senhora Rachel levantou-se indignada e ofendida.

— Vejo que terei de tomar muito cuidado com o que digo depois disso, Marilla, já que os frágeis sentimentos dos órfãos, trazidos sabe-se lá de onde, devem ser considerados antes de qualquer coisa. Ah, não, não estou brava, não se preocupe. Sinto tanto por você que não consigo ter raiva de nada. Você terá seus próprios problemas com essa criança. Mas, se seguir meu conselho — que acredito que não vai, embora eu tenha criado dez filhos e enterrado dois —, você "conversará" com ela com uma vara de bétula de tamanho razoável em mãos. Acho que esse é o modo mais eficaz para esse tipo de criança. Seu temperamento combina com o cabelo, eu acho. Boa noite, Marilla. Espero que venha me visitar, como sempre. Mas não espere que eu volte aqui tão cedo para ser insultada dessa maneira. Isso é novo para mim.

Assim que a senhora Rachel foi embora, tão rápido quando pôde — se é que se pode dizer isso de uma mulher gorda que sempre andava com dificuldade —, Marilla, com uma expressão solene no rosto, dirigiu-se para o sótão.

No caminho, ela ponderou, nervosa, sobre o que deveria fazer. Estava consternada com a cena que acabara de ver. Que pena que Anne tenha demonstrado esse temperamento diante da senhora Rachel Lynde! De repente, Marilla percebeu, de forma desconfortável e repressiva, que estava se sentindo mais humilhada pela situação do que triste por descobrir um problema tão sério no temperamento de Anne. Como ela deveria puni-la? A sugestão amável da vara de bétula — de cuja eficiência todos os filhos da senhora Rachel poderiam dar bons testemunhos — não convenceu Marilla. Ela não seria capaz de bater em uma criança. Não, deveria encontrar outro método de punição para fazer Anne perceber adequadamente a enormidade de sua ofensa.

Marilla encontrou Anne de bruços na cama, chorando amargamente, sem perceber as botas enlameadas em cima da manta limpa.

— Anne — disse ela com delicadeza. Mas não teve resposta.

— Anne — agora com mais severidade —, saia da cama agora mesmo e ouça o que tenho a lhe dizer.

Anne se contorceu para sair da cama e sentou-se rigidamente em uma cadeira ao lado, com o rosto inchado e manchado de lágrimas, e os olhos fixos no chão.

— Isso é maneira de se comportar, Anne! Não tem vergonha?

— Ela não tinha o direito de me chamar de feia e ruiva — replicou Anne, evasiva e desafiadora.

— Você não tinha o direito de ficar tão furiosa e falar daquele jeito com ela, Anne. Você me envergonhou completamente, Anne. Queria que você se comportasse bem com a senhora Lynde e, em vez disso, me desmoralizou. Não sei por que perdeu a paciência assim só porque a senhora Lynde disse que você era ruiva e sem graça. Você mesma disse isso muitas vezes.

— Ah, mas é diferente você mesma dizer uma coisa e ouvir outras pessoas dizerem — lamentou Anne. — Podemos saber como é, mas não esperamos que outras pessoas digam. Você deve estar achando que tenho um péssimo temperamento, mas não pude evitar. Quando ela disse aquelas coisas, um sentimento surgiu em mim e me sufocou. Eu tive de ralhar com ela.

— Bem, você fez um belo escândalo, devo dizer. A senhora Lynde terá uma ótima história para contar sobre você para todo mundo — e ela contará. Foi muito feio perder a paciência assim, Anne.

— Imagine como você se sentiria se alguém lhe dissesse que você é magra e feia — implorou Anne, chorosa.

De repente, uma lembrança surgiu diante de Marilla. Ela era uma criança muito pequena quando ouviu uma tia dizer para outra: "Que pena ela ser uma coisinha tão morena e sem graça". Marilla já estava com 50 anos e isso ainda não desaparecera de sua memória.

— Não estou dizendo que foi certo o que a senhora Lynde fez, Anne — ela admitiu em um tom mais suave. — Rachel fala sem pensar. Mas isso não é desculpa para o seu comportamento. Ela era uma desconhecida para você, e idosa e minha visita, três boas razões para que a respeitasse. Você foi rude e atrevida e... — Marilla teve uma inspiração salvadora sobre a punição que deveria aplicar à garota — ...você irá vê-la, dirá que sente muito pelo seu temperamento hoje e pedirá perdão.

— Não posso fazer isso — disse Anne, determinada e sombriamente. — Você pode me punir como quiser, Marilla. Pode me trancar em uma masmorra escura e úmida, cheia de cobras e sapos, e me alimentar apenas com pão e água, não vou reclamar. Mas não vou pedir à senhora Lynde que me perdoe.

— Não temos o hábito de prender as pessoas em masmorras escuras e úmidas — disse Marilla secamente. — Até porque há muito poucas em Avonlea. Mas você pedirá desculpas à senhora Lynde, e ficará aqui no quarto até me dizer que está disposta a isso.

— Ficarei aqui para sempre, então — disse Anne com tristeza —, porque não vou dizer à senhora Lynde que sinto muito por ter dito aquelas coisas a ela. Como faria isso? Não me arrependo. Desculpe-me se a envergonhei, mas estou feliz por ter dito aquelas coisas. Foi uma grande satisfação. Não posso pedir desculpas por algo de que não me arrependo, posso? Nem consigo me imaginar arrependida por isso.

— Talvez sua imaginação esteja funcionando melhor amanhã pela manhã — disse Marilla, levantando-se para ir embora. — Você terá a noite para refletir sobre sua conduta e melhorar seu temperamento. Você disse que tentaria ser uma garota boa se ficasse em Green Gables, mas devo dizer que não pareceu muito hoje.

Depois de deixar essa reprimenda magoar profundamente Anne, Marilla desceu à cozinha, perturbada e irritada. Estava tão zangada consigo mesma quanto com Anne, porque, sempre que se lembrava do semblante estupefato da senhora Rachel, seus lábios se contraíam num sorriso e ela sentia um desejo repreensível de rir.

capítulo 10

Anne se desculpa

Marilla não disse nada a Matthew sobre o que acontecera naquela tarde; mas, como Anne ainda se mostrava resistente na manhã seguinte, ela precisou explicar a ausência da garota à mesa do café. Marilla lhe contou toda a história, esforçando-se para impressioná-lo com a devida enormidade do mau comportamento de Anne.

— Acho bom que Rachel Lynde tenha sido repreendida. Ela é uma velha fofoqueira e intrometida — foi a resposta consoladora de Matthew.

— Matthew Cuthbert, estou surpresa. Você sabe que o comportamento de Anne foi terrível, e ainda assim a apoia! Só me falta dizer que ela não deve ser punida!

— Bem, não... não exatamente — disse Matthew, inquieto. — Acho que ela deveria receber uma punição leve. Não seja muito dura com ela, Marilla. Lembre-se de que ela nunca teve alguém para ensiná-la direito. Você vai dar a ela algo para comer, não é?

— Quando você me viu deixar uma pessoa passar fome para lhes ensinar bom comportamento? — disse Marilla, indignada. — Ela fará as refeições regularmente, eu as levarei até ela. Mas vai ficar lá em cima até decidir se desculpar com a senhora Lynde, e essa é minha palavra final, Matthew.

O café da manhã, o almoço e o jantar foram refeições muito silenciosas, pois Anne continuava resistente em sua decisão. Depois de cada refeição, Marilla carregava uma bandeja bem abastecida para o sótão e a retirava mais tarde, visivelmente pouco tocada. Matthew observou a última vinda de lá com um olhar preocupado. Anne não havia comido nada?

Quando Marilla saiu naquela tarde para recolher as vacas para o pasto, Matthew, que andava pelos celeiros observando tudo, entrou sorrateiro na casa e subiu as escadas. Geralmente, Matthew ficava apenas entre a cozinha e o quartinho do corredor, onde dormia; de vez em quando se aventurava com desconforto pela sala de estar ou de visitas, quando o pastor vinha tomar chá com eles. Mas nunca subia as escadas de sua própria casa desde a primavera em que ajudara Marilla a arrumar o quarto de hóspedes, e isso fora há quatro anos.

Ele caminhou na ponta dos pés pelo corredor e permaneceu vários minutos do lado de fora da porta do sótão antes de ter coragem o suficiente para bater e depois abri-la para espiar lá dentro.

Anne estava sentada na cadeira amarela perto da janela, olhando tristemente para o jardim. Ela parecia muito pequena e infeliz, o que atingiu o coração de Matthew. Ele fechou a porta suavemente e foi na ponta dos pés até ela.

— Anne — ele sussurrou, como se tivesse medo de ser ouvido —, como você está?

Anne lhe deu um sorriso tímido.

— Muito bem. Estou imaginando muitas coisas, e isso ajuda a passar o tempo. Claro, é bastante solitário. Mas posso me acostumar com isso também.

Anne sorriu novamente, enfrentando com bravura os longos anos de prisão solitária que estavam por vir.

Matthew lembrou-se de que precisava dizer logo o que pretendia para que Marilla não o encontrasse ali.

— Bem, Anne, você não acha melhor fazer o que Marilla pediu e acabar logo com isso? — ele sussurrou. — Você vai ter de fazê-lo mais cedo ou mais tarde, sabe, pois Marilla é uma mulher muito determinada... terrivelmente determinada, Anne. Vá logo, e acabe com isso.

— Você quer dizer se desculpar com a senhora Lynde?

— Sim... desculpar-se, essa é a palavra — disse Matthew, ansioso. — Apenas o faça, por assim dizer. Era isso que eu estava tentando falar.

— Acho que poderia fazer isso para agradá-lo — disse Anne, pensativa. — Não seria mentira dizer que sinto muito, porque agora estou realmente arrependida. Eu não estava assim ontem à noite. Fiquei muito brava, e continuei brava a noite toda. Sei disso porque acordei três vezes e estava brava todas elas. Mas pela manhã não estava mais. Não estava mais mal-humorada, e isso deixou uma sensação terrível. Senti muita vergonha de mim mesma. Mas simplesmente não consegui me imaginar pedindo perdão à senhora Lynde. Seria tão humilhante. Decidi ficar calada aqui para sempre, em vez disso. Mas, ainda assim, faria qualquer coisa por você, se realmente é o que quer.

— Bem, claro que quero. É muito solitário lá embaixo sem você. Apenas vá e acalme as coisas... boa garota.

— Muito bem — disse Anne, resignada. — Direi a Marilla, assim que ela voltar, que estou arrependida.

— Isso... isso mesmo, Anne. Mas não conte a Marilla que eu disse algo sobre isso. Ela pode achar que estou me intrometendo e prometi não fazer isso.

— Nem cavalos selvagens tirariam esse segredo de mim — prometeu Anne solenemente. — Como cavalos selvagens tirariam um segredo de uma pessoa, aliás?

Mas Matthew já tinha ido, assustado com o próprio sucesso. Fugiu às pressas para o canto mais remoto do pasto dos cavalos para que Marilla não suspeitasse de nada. Ao voltar para casa, Marilla ficou agradavelmente surpresa ao ouvir uma voz lamentosa chamando-a sobre os corrimões das escadas.

— Sim? — ela disse, entrando no vestíbulo.

— Desculpe, perdi a paciência e disse coisas rudes, e estou disposta a pedir desculpas à senhora Lynde.

— Muito bem. — A determinação de Marilla não deu sinal de alívio. Ela estava se perguntando o que faria se Anne não cedesse. — Vou levá-la depois da ordenha.

Assim, depois da ordenha, Marilla e Anne se encaminharam à casa da senhora Lynde: a primeira ereta e triunfante, a segunda cabisbaixa e desanimada. Mas, no meio do caminho, o desânimo de Anne desapareceu como se por encanto. Ela levantou a cabeça e andou levemente, com os olhos fixos no céu do pôr do sol e uma moderada alegria. Marilla viu a mudança com desaprovação. Não era uma penitente submissa que ela estava levando à presença da ofendida senhora Lynde.

— No que você está pensando, Anne? — perguntou bruscamente.

— Estou pensando no que devo dizer à senhora Lynde — respondeu Anne, sonhadora.

Foi satisfatório... ou deveria ter sido. Mas Marilla tinha a sensação de que algo em sua ideia de punir Anne estava sendo em vão. A garota não deveria estar tão extasiada e radiante.

E extasiada e radiante continuou até estarem à presença da senhora Lynde, que tricotava junto à janela da cozinha. Então o brilho desapareceu e um estado de penitência triste tomou conta dela. Antes de dizer qualquer palavra, Anne se ajoelhou diante da atônita senhora Rachel e lhe estendeu as mãos em súplica.

— Senhora Lynde, eu sinto muito — disse ela com a voz trêmula. — Nunca poderei expressar toda a minha tristeza, mesmo que usasse um dicionário inteiro para isso. A senhora deve imaginar isso. Eu me comportei muito mal e envergonhei os queridos amigos Matthew e Marilla, que me deixaram ficar em Green Gables, embora eu não seja um garoto. Sou uma garota terrivelmente má e ingrata, e mereço ser punida e banida por pessoas respeitáveis para sempre. Foi muito cruel da minha parte agir daquela maneira apenas porque a senhora me disse a verdade. É verdade; cada palavra que disse é verdadeira. Meu cabelo é ruivo e sou cheia de sardas, magra e feia. O que eu disse a senhora também é verdade, mas não deveria tê-lo feito. Senhora Lynde, por favor, por favor, me perdoe. Se não aceitar minhas desculpas, será uma longa vida de tristeza para esta pobre menina órfã. A senhora faria isso? Mesmo que ela tenha um temperamento terrível? Ah, tenho certeza de que não. Por favor, diga que me perdoa, senhora Lynde.

Anne juntou as mãos, abaixou a cabeça e esperou seu julgamento.

Não havia como negar a sinceridade expressa em sua voz. Marilla e a senhora Lynde reconheceram seu timbre inconfundível. Mas a primeira entendeu, consternada, que Anne estivesse realmente desfrutando de sua humilhação, divertindo-se com os detalhes de sua vergonha. Onde estava o castigo sadio do qual ela, Marilla, havia se vangloriado? Anne o tinha transformado em uma espécie de prazer positivo.

A boa senhora Lynde, sem saber disso, não percebeu nada. Ela só notou que Anne havia pedido desculpas, e todo o ressentimento desapareceu de seu coração gentil, embora um tanto intrometido.

— Imagine, levante-se, garota — disse ela com entusiasmo. — Claro que eu a perdoo. Acho que fui dura demais com você, de qualquer maneira. Mas sou muito franca. Não se importe comigo, é isso. Não se pode negar que seu cabelo é terrivelmente ruivo, mas conheci uma garota na escola que tinha cabelos tão ruivos quanto os seus quando era criança, mas, quando cresceu, eles escureceram para um bonito castanho. Não ficaria surpresa se o seus também mudassem.

— Ah, senhora Lynde! — Anne respirou fundo enquanto se levantava. — A senhora me deu uma esperança. Sempre a verei como uma benfeitora. Ah, suportaria qualquer coisa se soubesse que meu cabelo se tornaria lindo e castanho quando crescesse. Seria muito mais fácil ser uma garota boa se tivesse cabelos bonitos, não acha? E agora posso ir para o jardim e me sentar naquele banco sob as macieiras enquanto a senhora e Marilla conversam? Há muito mais espaço para a imaginação lá.

— Sim, vá, garota. E pode escolher um buquê de narcisos brancos naquele canto, se quiser.

Quando a porta se fechou atrás de Anne, a senhora Lynde subiu rapidamente para acender uma lamparina.

— Ela é uma coisinha muito peculiar. Pegue esta cadeira, Marilla, é mais confortável do que essa em que está, que deixo para o rapaz que contratamos sentar. Sim, ela certamente é uma criança peculiar, mas há algo de gentil nela afinal de contas. Já não me sinto tão surpresa por você e Matthew terem ficado com ela... nem tenho mais pena por você também. Ela pode se tornar uma pessoa boa. Claro, ela se expressa de uma maneira estranha... um pouco exagerada... bem, parece meio forçada, você sabe..., mas provavelmente parará com isso agora que está vivendo com pessoas civilizadas. E ainda tem o fato de ter pavio curto, mas há um consolo nisso, uma criança de pavio curto apenas se exalta e depois se acalma, é muito improvável que seja ardilosa ou mentirosa. Deus me livre de uma criança ardilosa, é isso. No geral, Marilla, acho que gosto dela.

Quando Marilla decidiu voltar para casa, Anne saiu do crepúsculo perfumado do pomar com um maço de narcisos brancos nas mãos.

— Fiz tudo direitinho, não foi? — ela disse, orgulhosa, enquanto caminhavam de volta para casa. — Pensei que, como tinha de fazer isso, deveria fazê-lo muito bem.

— Você fez tudo certo, tudo certo — foi o comentário de Marilla. Ela ficou consternada ao perceber que tinha vontade de rir da lembrança. Também tinha a sensação desconfortável de que deveria repreender Anne por se desculpar tão bem, mas isso era ridículo! Ela se apaziguou com sua consciência dizendo severamente:

— Espero que você não precise pedir desculpas novamente. Que você controle seu temperamento agora, Anne.

— Isso não seria tão difícil se as pessoas parassem de falar sobre a minha aparência — disse Anne, com um suspiro. — Eu não me irrito com outras coisas, mas estou muito cansada de ouvir falarem do meu cabelo e isso me deixa brava. Você acha que meu cabelo realmente terá um bonito tom castanho quando eu crescer?

— Você não deveria pensar tanto em sua aparência, Anne. Acho que é uma garotinha muito vaidosa.

— Como posso ser vaidosa se sei que sou sem graça? — protestou Anne. — Eu amo coisas bonitas e odeio olhar no espelho e enxergar algo que não é bonito. Isso me deixa tão triste, assim como fico quando olho para uma coisa feia. Tenho pena do que não é bonito.

— Beleza não é tudo na vida — citou Marilla.

— Já me disseram isso antes, mas tenho minhas dúvidas — comentou Anne, cética, cheirando os narcisos. — Ah, essas flores não são adoráveis? Foi gentileza da senhora Lynde dá-las para mim. Não tenho mais ressentimentos com ela. Pedir desculpas e ser perdoado dá uma sensação agradável e confortável, não é? As estrelas não estão brilhantes hoje? Se pudesse viver em uma estrela, qual escolheria? Eu escolheria aquela grande, linda e brilhante lá, acima daquela colina escura.

— Anne, pare um pouco — disse Marilla, completamente exausta de tentar seguir as voltas dos pensamentos de Anne.

A menina não disse mais nada até chegarem próximo à casa. Uma brisa desceu para encontrá-las, carregando o forte perfume das jovens samambaias úmidas pelo orvalho. No alto, sob as sombras, uma luz alegre brilhava através das árvores, vinda da cozinha de Green Gables. De repente, Anne aproximou-se de Marilla e pegou-lhe a mão.

— É muito bom ir para casa e saber que é nossa casa — disse ela. — Eu já amo Green Gables e nunca amei nenhum outro lugar antes. Nenhum outro lugar parecia minha casa. Marilla, estou tão feliz! Eu poderia orar agora sem dificuldade alguma.

Algo fervoroso e agradável brotou no coração de Marilla ao toque daquela mãozinha: um pulsar da maternidade que talvez ela tivesse perdido. Sua própria falta de costume e de doçura a perturbou. Então se apressou em restaurar seus sentimentos ao costumeiro, inculcando uma lição de moral.

— Se você for uma boa garota, sempre será feliz, Anne. E nunca achará difícil fazer suas orações.

— Fazer orações não é exatamente a mesma coisa que rezar — disse Anne, meditativa. — Mas vou imaginar que sou o vento que sopra ali nas copas daquelas árvores. Quando me cansar das árvores, imaginarei que estou aqui embaixo acariciando suavemente as samambaias... e depois vou para o jardim da senhora Lynde fazer as flores dançarem... Depois, como uma grande precipitação, passarei pelos campos de trevos. Depois soprarei o Lago das Águas Cintilantes para formar pequenas ondas brilhantes. Ah, há muito espaço para a imaginação no vento! Não vou mais falar agora, Marilla.

— Graças a Deus — respirou Marilla, em um honesto alívio.

capítulo 11

As impressões de Anne sobre a escola dominical

— Bem, gosta deles? — perguntou Marilla.

Anne estava de pé no quarto do sótão, olhando solenemente para três vestidos novos espalhados na cama. Um deles era de um tecido xadrezinho colorido que Marilla comprara de um vendedor no verão anterior porque parecia muito útil; outro era de cetim xadrez preto e branco que ela havia comprado em uma pechincha de inverno; e o último era de um algodão rijo e em um feio tom de azul que ela comprara naquela mesma semana em uma loja em Carmody.

Ela mesma os havia feito, e todos eram iguais: saias retas e pregueadas até a cintura também reta, com mangas tão retas quanto a cintura e a saia e apertadas demais.

— Vou imaginar que gosto deles — disse Anne, sóbria.

— Não quero que imagine isso — disse Marilla, ofendida. — Vejo que não gostou dos vestidos! Qual é o problema deles? Eles não são bem cuidados, limpos e novos?

— Sim.

— Então por que não gostou deles?

— Eles são... eles não são... bonitos — disse Anne com relutância.

— Bonitos! — Marilla torceu o nariz. — Eu não me preocupei em costurar vestidos bonitos para você. Não acredito em mimar a vaidade, Anne, já vou lhe dizendo. Esses vestidos são bons, simples e úteis, sem frescuras ou babados, e é o que você vai usar neste verão. O xadrezinho e o azul você usará na escola. Já o de cetim é para a igreja e a escola dominical. Espero que você cuide bem deles e os mantenha limpos, e que não os rasgue. Achei que ficaria grata por ganhar qualquer tipo de roupa depois daquelas peças minúsculas que estava vestindo.

— Ah, estou agradecida — protestou Anne. — Mas ficaria muito mais agradecida se... se pelo menos um deles tivesse mangas bufantes. Mangas bufantes estão tão na moda agora. Seria emocionante, Marilla, usar um vestido com mangas bufantes.

— Bem, ficará sem essa emoção. Eu não tinha tecido para gastar em mangas bufantes. E acho mangas bufantes ridículas, de qualquer maneira. Prefiro os vestidos simples e sensatos.

— Mas prefiro parecer ridícula como todo mundo a simples e sensata sozinha — insistiu Anne, com tristeza.

— Não tenho dúvida disso! Bem, pendure os vestidos no armário com cuidado e depois comece a lição da escola dominical. Recebi a lição do trimestre do senhor Bell, e você vai à escola dominical amanhã — disse Marilla, nervosa, desaparecendo escada abaixo.

Anne apertou as mãos uma na outra e olhou para os vestidos.

"Eu esperava um vestido branco com mangas bufantes", sussurrou desconsolada. "Pedi um em minhas orações, mas não esperava muito isso. Não acho que Deus tenha tempo para se preocupar com o vestido de uma menina órfã. Sabia que dependeria de Marilla. Bem, felizmente, posso imaginar que um deles é de musselina branca como a neve, com lindos babados em renda e mangas bem bufantes.

Na manhã seguinte, sinais de dor de cabeça impediram Marilla de ir à escola dominical com Anne.

— Você terá de descer e chamar a senhora Lynde, Anne — disse ela. — Ela se certificará de que você entre na turma certa. Comporte-se bem. Fique para o sermão depois da aula e peça à senhora Lynde para lhe mostrar o banco onde sentamos. Leve um centavo para a coleta. Não encare as pessoas e não fique impaciente. Vou querer que repita o texto da leitura do dia quando voltar para casa.

Anne foi irrepreensivelmente, vestida no rígido cetim preto e branco, que, apesar de decente no comprimento e certamente não propício à acusação de economia, enfatizava todos os detalhes de sua esbelteza. O chapéu era pequeno, brilhante e novo, mas a extrema simplicidade também decepcionara Anne, que se permitiu imaginar secretamente fitas e flores. Estas últimas, no entanto, foram arranjadas antes que ela chegasse à estrada principal. Ao se ver diante de um frenesi de botões dourados agitados pelo vento e gloriosas rosas silvestres, Anne prontamente enfeitou o chapéu com uma guirlanda cheia delas. Não importava o que as pessoas pudessem pensar, mas o resultado satisfez Anne, e ela foi saltitando alegremente pela estrada, orgulhosa pela ornamentação rosa e amarela acima da cabeça.

Quando chegou à casa da senhora Lynde, descobriu que ela já havia saído. Nada intimidada, Anne foi à igreja sozinha. À entrada, encontrou uma multidão de garotinhas, todas mais ou menos alegres, vestidas de branco, azul e rosa, e olhando curiosas para aquela garota desconhecida e seu extraordinário adorno de cabeça. As meninas de Avonlea já tinham ouvido histórias estranhas sobre Anne. A senhora Lynde havia dito que tinha um péssimo comportamento; Jerry Buote, o garoto que trabalhava em Green Gables, disse que ela conversava o tempo todo consigo mesma ou com as árvores e as flores, como uma louca. Elas olharam para Anne e sussurraram umas para as outras. Ninguém foi amigável nem naquela hora nem mais tarde, quando a abertura da cerimônia se encerrou e Anne se viu na aula da senhorita Rogerson.

A senhorita Rogerson era uma mulher de meia-idade que lecionava na escola dominical fazia vinte anos. Seu método de ensino era fazer as perguntas impressas nos livros e olhar severamente para a garotinha que gostaria que respondesse. Ela olhou muitas vezes para Anne, que, graças aos conselhos de Marilla, respondeu prontamente, mas era questionável se ela entendia realmente a pergunta ou a resposta.

Ela achou que não gostava da senhorita Rogerson e se sentiu muito infeliz. Todas as outras garotinhas da classe usavam mangas bufantes. Anne achou que realmente não valia a pena viver sem mangas bufantes.

— Gostou da escola dominical? — Marilla quis saber logo que Anne chegou em casa. Como Anne havia descartado sua guirlanda de flores no caminho, Marilla foi poupada disso por um tempo.

— Eu não gostei nada. Foi horrível.

— Anne Shirley! — Marilla disse, repreendendo-a.

Anne sentou-se na cadeira de balanço com um longo suspiro, beijou uma das folhas de Bonny e acenou para uma fúcsia.

— Elas devem ter se sentido solitárias enquanto eu estava fora — explicou ela. — Sobre a escola dominical... Eu me comportei bem, como você falou. A senhora Lynde já tinha ido quando cheguei à casa dela, então fui sozinha. Entrei na igreja, com muitas outras meninas, e sentei-me na ponta de um banco perto da janela durante a abertura da cerimônia. O senhor Bell fez uma oração terrivelmente longa. Eu teria ficado cansada antes de ele terminar se não tivesse me sentado perto daquela janela. Dava para ver dali o Lago das Águas Cintilantes, então fiquei apenas observando-o e imaginando coisas esplêndidas.

— Não deveria ter feito isso. Você deveria ter ouvido o senhor Bell.

— Mas ele não estava falando comigo — protestou Anne. — Ele estava conversando com Deus e também não parecia muito interessado. Acho que ele deve ter imaginado que Deus estava muito longe. Havia uma longa fileira de bétulas brancas sobre o lago, e a luz do sol que passava através delas chegava até o fundo da água. Marilla, parecia um lindo sonho! Eu me emocionei e apenas disse: "Obrigada, Deus", duas ou três vezes.

— Não em voz alta, espero — disse Marilla, ansiosa.

— Oh, não, falei bem baixinho. Então, o senhor Bell finalmente acabou e me disseram para entrar na aula da senhorita Rogerson. Havia mais nove meninas na turma. Todos elas estavam usando mangas bufantes. Tentei imaginar que as minhas mangas também eram bufantes, mas não consegui. Por que não consegui? Foi bem mais fácil imaginar que eram bufantes enquanto estava sozinha no meu quarto no sótão, mas foi muito difícil lá, entre as outras meninas que realmente estavam usando mangas bufantes.

— Você não deveria pensar em mangas na escola dominical. Deveria ter prestado atenção na aula. Espero que tenha aprendido algo.

— Ah sim... e respondi a muitas perguntas. A senhorita Rogerson fez várias. Não achei justo que apenas ela faça as perguntas. Eu queria perguntar muitas coisas a ela, mas não tive coragem porque achei que ela não fosse um espírito afim. Depois todas as outras meninas recitaram uma paráfrase. Ela me perguntou se eu conhecia alguma. Eu respondi que não, mas que poderia recitar "O cachorro no túmulo de seu mestre", se ela quisesse. Está no Terceiro Livro. Não é uma poesia de fato religiosa, mas é tão triste e melancólica que poderia muito bem ser. Ela disse que não serviria e me disse para aprender a décima nona paráfrase para o próximo domingo. Eu a li depois na igreja e achei esplêndida. Dois versos em particular me emocionaram:

> "Rápido como os esquadrões abatidos
> caíram no terrível dia de Madiã."

— Não sei o que significa "esquadrões" nem "Madiã", mas parece muito trágico. Mal posso esperar até o próximo domingo para recitar esse trecho. Vou praticar a semana toda. Depois da escola dominical, pedi à senhorita Rogerson — porque a senhora Lynde estava muito longe — para me mostrar o banco onde vocês se sentam. Fiquei o mais quieta que pude. E o texto era do Apocalipse, terceiro capítulo, segundo e terceiro versículos. Foi uma leitura muito longa. Se eu fosse pastor, escolheria textos mais curtos e rápidos. O sermão também foi muito demorado. Acho que o pastor teve de fazer corresponder o tamanho do sermão ao da leitura. Não achei nem um pouco interessante. Parece que ele não tem imaginação o suficiente. Não prestei muita atenção. Apenas deixei meus pensamentos livres e pensei nas coisas mais surpreendentes.

Marilla, impotente, achou que tudo aquilo deveria ser severamente reprovado, mas foi impedida pelo fato inegável de que concordava, no fundo de seu coração, há anos, com algumas das coisas que Anne havia dito, especialmente sobre os sermões do pastor e as orações do senhor Bell, mas nunca as havia expressado. Quase lhe pareceu que aqueles pensamentos secretos, indizíveis, de repente haviam se concretizado e se tornado acusações na forma daquela pessoinha honesta e negligenciada.

capítulo 12

Um voto e uma promessa solenes

Somente na sexta-feira seguinte Marilla ouviu a história do chapéu com flores. Ela voltou da casa da senhora Lynde e chamou Anne para explicar do que se tratava.

— Anne, a senhora Rachel disse que você foi à igreja domingo passado com uma guirlanda ridícula de flores rosadas e amarelas no chapéu. Em que diabos você estava pensando? Imagino que lindo que deve ter ficado!

— Ah, eu sei que rosa e amarelo não combinam comigo — começou Anne.

— Não combinam, mas que bobagem! Colocar flores no chapéu, não importa de que cor, isso é ridículo. Você é uma criança irritante!

— Não vejo por que é ridículo usar flores no chapéu, mas não no vestido — protestou Anne. — Muitas meninas tinham buquês pregados nos vestidos. Qual é a diferença?

Marilla não deveria ser tirada da segurança do que era concreto para seguir por caminhos abstratos.

— Não me responda dessa maneira, Anne. Foi muita tolice de sua parte fazer isso. Nunca mais quero vê-la fazendo algo assim. A senhora Rachel disse que pensou em se enterrar no chão de vergonha ao vê-la chegar daquele jeito. Ela não conseguiu se aproximar de você a tempo para pedir para tirar as flores. Disse que as pessoas falaram coisas terríveis. É claro que elas pensaram que eu fiz a loucura de deixá-la sair enfeitada daquele jeito.

— Sinto muito — disse Anne, com lágrimas nos olhos. — Não achei que se importaria. As rosas e os botões amarelos estavam tão adoráveis e bonitos que achei que ficariam ótimos no chapéu. Muitas meninas estavam usando flores artificiais no chapéu. Receio que serei uma grande provação para você. Talvez seja melhor me mandar de volta para o orfanato. Isso seria terrível. Acho que não suportaria. Provavelmente eu me consumiria, e já sou tão magra. Mas isso seria melhor do que ser um estorvo para você.

— Que bobagem — disse Marilla, irritada consigo mesma por ter feito a garota chorar. — Não quero mandar você de volta ao orfanato. Só quero que se comporte como as outras meninas e não seja ridícula. Não chore mais. Tenho uma novidade para você. Diana Barry chegou esta tarde. Vou até lá pedir emprestado um modelo de saia com a senhora Barry, e, se você quiser, pode vir comigo e conhecer Diana.

Anne levantou-se, com as mãos entrelaçadas, as lágrimas ainda brilhando nas bochechas. O pano de prato em que ela estava colocando bainha escorregou no chão.

— Oh, Marilla, tenho medo. Agora que ela voltou, estou realmente com medo. E se ela não gostar de mim? Seria a decepção mais trágica da minha vida.

— Não, não fique tão alvoroçada. E gostaria que você não usasse palavras tão difíceis. Parece estranho em uma garotinha. Acho que Diana vai gostar de você, sim. É com a mãe dela que você deve se preocupar. Se ela não gostar de você, não importa o que Diana diga. Se ela ouviu falar da situação com a senhora Lynde e de ter ido à igreja com flores amarelas em volta do chapéu, não sei o que pensará de você. Seja educada e comporte-se, e não faça nenhum de seus surpreendentes discursos. Por piedade, não é que a criança está realmente tremendo!

Anne estava tremendo. O rosto dela estava pálido e tenso.

— Ah, Marilla, você também ficaria alvoroçada se fosse conhecer uma garotinha que espera ser sua melhor amiga, mas cuja mãe talvez não goste de você — disse ela, apressando-se em pegar o chapéu.

Elas foram até Orchard Slope pelo atalho do outro lado do riacho e subiram o bosque. A senhora Barry veio à porta da cozinha em resposta à batida de Marilla. Ela era uma mulher alta, de olhos e cabelos negros, e uma boca muito resoluta. Tinha a reputação de ser muito rigorosa com os filhos.

— Como vai, Marilla? — ela disse cordialmente. — Entre. E essa é a garotinha que você adotou, suponho?

— Sim, esta é Anne Shirley — disse Marilla.

— Anne com e no final — ofegou Anne, que, mesmo trêmula e inquieta, estava determinada a que não houvesse mal-entendidos sobre esse assunto.

A senhora Barry, sem ter ouvido ou ter compreendido, apenas apertou-lhe as mãos e disse gentilmente:

— Como você está?

— Estou bem de corpo, apesar de um espírito consideravelmente judiado, obrigada, senhora — disse Anne gravemente. Depois, para Marilla, em um sussurro audível: — Não há nada de surpreendente nisso, não é, Marilla?

Diana estava sentada no sofá, lendo um livro que abandonou quando as visitas entraram. Era uma garotinha muito bonita, com os olhos e os cabelos negros da mãe, as bochechas rosadas e a expressão alegre que seu pai lhe havia legado.

— Esta é minha filha Diana — disse a senhora Barry. — Diana, você pode levar Anne para o jardim e mostrar-lhe suas flores. Será melhor para você do que forçar os olhos nesse livro. Ela lê demais... — disse esta última frase para Marilla depois que as meninas saíram — ... e não posso impedi-la, pois o pai a apoia e a ajuda nisso. Ela está sempre debruçada sobre um livro. Fico feliz com a ideia de ela ter uma colega para brincar. Talvez isso a tire mais de dentro de casa.

Do lado de fora, no jardim, inundado pela luz suave do pôr do sol que fluía através dos velhos e escuros abetos a oeste, estavam Anne e Diana olhando-se timidamente por cima de um arbusto de lírios-tigres.

O jardim da família Barry era repleto de flores que encantariam o coração de Anne a qualquer momento, menos naquele momento predestinado. Era cercado por enormes e velhos salgueiros e pinheiros altos, sob os quais nasciam flores de sombra. Caminhos retos, cercados por conchas, cruzavam-no como fitas vermelhas e úmidas, e corriam pelos canteiros entre as flores antigas. Havia corações-magoados rosados e grandes e esplêndidas peônias vermelhas; narcisos brancos e perfumados e doces rosas escocesas espinhosas; arquilégias rosadas, azuis e brancas, e saponárias lilases; abrótanos, capim amarelo e hortelã; orquídeas roxas, narcisos e trevos brancos com delicados filetes de perfume suave; silenes escarlates de lanças flamejantes sobre flores brancas de almíscar. Era um jardim onde a luz do sol se prolongava, as abelhas zumbiam e os ventos ronronavam e farfalhavam.

— Ah, Diana — disse Anne finalmente, apertando as mãos e falando quase em um sussurro —, você acha que pode gostar um pouco de mim... o suficiente para ser minha melhor amiga?

Diana riu. Diana sempre ria antes de falar.

— Acho que sim — ela disse francamente. — Estou muito feliz que você veio morar em Green Gables. Será divertido ter alguém com quem brincar. Nenhuma garota mora perto para brincar comigo, e não tenho irmãs da minha idade.

— Promete ser minha amiga para sempre? — disse Anne, ansiosa.

Diana pareceu chocada.

— Não se pode jurar — disse ela, repreendendo-a.

— Ah, não, não esse tipo de juramento. Existem dois tipos, sabe.

— Só conheço um tipo — disse Diana duvidando.

— Existe outro. E não tem nada de ruim nele. Quer dizer apenas prometer solenemente.

— Tudo bem, então — concordou Diana, aliviada. — Como se faz isso?

— Precisamos dar as mãos, primeiro — disse Anne séria. — Deve ser sobre água corrente. Vamos imaginar que este caminho é de água corrente. Vou fazer o juramento primeiro. Juro solenemente ser fiel à minha amiga, Diana Barry, enquanto houver sol e lua. Agora você jura e diz meu nome.

Diana repetiu o "juramento" rindo antes e depois. Então ela disse:

— Você é estranha, Anne. Já tinham me falado que você é esquisita. Mas acho que vou gostar muito de você.

Quando Marilla e Anne foram embora, Diana as acompanhou até a ponte de madeira. As duas meninas andaram de braços dados. No riacho, elas se separaram com muitas promessas de passar a tarde seguinte juntas.

— Então, você achou Diana um espírito afim? — perguntou Marilla enquanto subiam pelo jardim de Green Gables.

— Ah, sim — suspirou Anne alegremente, alheia a qualquer sarcasmo da parte de Marilla. — Ah, Marilla, sou a garota mais feliz da ilha do Príncipe Eduardo neste exato momento. Garanto que esta noite farei minhas orações com muito boa vontade. Diana e eu vamos construir uma casa de bonecas no bosque de vidoeiros do senhor William Bell amanhã. Posso ficar com aquelas porcelanas quebradas que estão no depósito de lenha? O aniversário da Diana é em fevereiro e o meu é em março. Não é uma coincidência estranha? Diana vai me emprestar um livro para ler. Ela diz que é perfeitamente esplêndido e tremendamente emocionante. Vai me mostrar um lugar na floresta onde os lírios crescem. Você não acha que Diana tem olhos muito expressivos? Gostaria de ter olhos como os dela. Diana vai me ensinar a cantar a música "Nelly in the hazel dell". Vai me dar um quadro para colocar no meu quarto. Disse que é uma imagem perfeitamente linda de uma adorável senhora em um vestido de seda azul-claro. Um comerciante de máquinas de costura é que deu para ela. Eu gostaria de dar algo a Diana. Sou uns três centímetros mais alta que Diana, mas ela é mais gordinha. Ela me disse que gostaria de ser magra porque é mais bonito, mas acho que ela disse isso só para me agradar. Nós vamos para a praia algum dia catar conchas. Concordamos em chamar a nascente perto da ponte de madeira de Fonte da Dríade. Não é um nome perfeitamente elegante? Li uma história uma vez sobre uma nascente com esse nome. Uma dríade é uma espécie de fada adulta, eu acho.

— Bem, espero apenas que não mate Diana com tanto falatório — disse Marilla. — Mas lembre-se de uma coisa, Anne. Você não vai brincar o tempo todo. Você terá trabalho a fazer, e terá de ser feito antes da diversão.

O copo da felicidade de Anne estava cheio e Matthew o fez transbordar. Ele havia ido a uma loja em Carmody e trouxera um pequeno embrulho que tirou timidamente do bolso e entregou a Anne, sob o olhar de reprovação de Marilla.

— Ouvi você dizer que gosta de bombons de chocolate, então comprei alguns — ele disse.

— Hum... — Marilla torceu o nariz. — Isso vai estragar seus dentes e lhe dar dor de barriga. Imagine, criança, não fique tão triste. Pode comer, já que Matthew lhe deu. Era melhor que ele tivesse trazido balas de hortelã. São mais saudáveis. Só não coma tudo agora, senão vai ficar enjoada.

— Ah, não, não vou — disse Anne impaciente. — Vou comer apenas um hoje à noite, Marilla. E posso dar metade para Diana, não posso? A outra metade será duas vezes mais doce se eu der um pouco a ela. É delicioso pensar que tenho algo para dar a ela.

— Tenho uma coisa a dizer sobre essa garota — disse Marilla, quando Anne foi ao sótão —, ela não é mesquinha. Fico feliz, porque, de todas as falhas de uma criança, a que mais detesto é a mesquinhez. Deus do céu, faz apenas três semanas que ela chegou, mas parece que sempre esteve aqui. Não consigo mais imaginar esta casa sem ela. Não me olhe assim, Matthew. Já é ruim quando uma mulher faz isso, imagine um homem. Admito que estou feliz por termos ficado com a garota e que estou gostando dela, mas não jogue na minha cara, Matthew Cuthbert.

capítulo 13

As alegrias da expectativa

— Já era hora de Anne ter voltado e começado a costurar — disse Marilla, olhando para o relógio e depois para a tarde amarela de agosto, na qual tudo dormitava sob o calor. — Ela ficou brincando com Diana mais de meia hora e eu deixei, agora está lá sentada na pilha de lenha, conversando sem parar com Matthew, mas sabe perfeitamente bem que deveria estar trabalhando. E é claro que ele a ouve como um perfeito bobo. Nunca vi um homem tão encantado. Quanto mais ela fala e mais estranhas são as coisas que diz, mais ele fica evidentemente encantado. Anne Shirley, venha agora, está me ouvindo?

Com uma série de passos destacados na janela oeste, Anne veio correndo do quintal, com os olhos iluminados, as bochechas levemente coradas e os cabelos divididos em tranças que lhe corria pelas costas em uma torrente de brilho.

— Oh, Marilla — ela exclamou sem fôlego —, haverá um piquenique na escola dominical na próxima semana, no campo do senhor Harmon Andrews, bem perto do lago de Águas Cintilantes. E a senhora Bell e a senhora Rachel Lynde vão fazer sorvete... imagine, Marilla... sorvete! E, ah, Marilla, posso ir?

— Olhe para o relógio, por favor, Anne. A que horas eu disse para você entrar?

— Às duas horas, mas não é esplêndido o piquenique, Marilla? Por favor, posso ir? Eu nunca fui a um piquenique... já sonhei com piqueniques, mas nunca...

— Sim, eu disse para você entrar às duas horas. E são quinze para as três. Por que você não me obedeceu, Anne?

— Porque... eu pretendia, Marilla, de verdade. Mas você não tem ideia de como o Recanto Silvestre é fascinante. E, é claro, tive de contar a Matthew sobre o piquenique. Matthew é um ouvinte tão compreensivo. Por favor, posso ir?

— Você terá de aprender a resistir a esses fascínios. Quando digo para você entrar a certa hora, deve ser nessa hora e não meia hora depois. E você também não precisa parar para conversar com ouvintes simpáticos. Quanto ao piquenique, é claro que você pode ir. Você é aluna da escola dominical, não a proibiria de ir se todas as outras meninas também vão.

— Mas... mas — vacilou Anne —, Diana disse que todos devem levar uma cesta de coisas para comer. Não sei cozinhar, como você sabe, Marilla... e... e não me importo de ir a um piquenique sem mangas bufantes, mas me sentiria terrivelmente envergonhada se não levasse uma cesta. Tenho pensado muito nisso desde que Diana me contou.

— Bem, não precisa mais se preocupar. Vou preparar uma cesta para você.

— Ah, querida Marilla. Você é tão boa comigo. Sou muito grata a você.

Depois de todos os "ahs", Anne se lançou nos braços de Marilla e beijou arrebatadoramente sua bochecha pálida. Foi a primeira vez em toda a vida que lábios infantis tocaram voluntariamente o rosto de Marilla. Mais uma vez, aquela sensação repentina de surpreendente doçura a emocionou. Em seu íntimo, ela estava muito satisfeita com o carinho impulsivo de Anne, e provavelmente por isso disse bruscamente:

— Mas que coisa essa de beijar. Melhor fazer estritamente o que lhe pedem. Quanto a cozinhar, vou começar a lhe ensinar um dia destes. Mas você é tão cabeça de minhoca, Anne. Estava esperando você ficar um pouco mais séria antes de começar. Você tem de ter juízo na cozinha e não parar o que está fazendo e deixar os pensamentos vagarem por toda a criação. Agora, pegue sua colcha de retalhos e termine o último retalho antes da hora do chá.

— Eu não gosto de colcha de retalhos — disse Anne com tristeza, procurando sua cesta de trabalho e sentando-se, com um suspiro, diante de um pequeno monte de retalhos vermelhos e brancos. — Acho que alguns tipos de costura são bons, mas não há espaço para imaginação em retalhos. É apenas uma pequena costura após a outra e parece que nunca chega a lugar algum. Mas é claro que prefiro ser Anne de Green Gables costurando retalhos a Anne de qualquer outro lugar sem nada para fazer além de brincar. Eu gostaria que o tempo passasse tão rápido quando estou costurando como quando estou brincando com Diana. Ah, nós temos momentos muito divertidos, Marilla. Eu tenho que imaginar a maior parte do tempo, mas não tem problema. Diana é simplesmente perfeita nas outras coisas. Sabe aquele pedacinho de terra do outro lado do riacho entre nossa casa e a dos Barry? Pertence ao senhor William Bell, e bem no canto há um pequeno anel de bétulas brancas, é muito romântico, Marilla. Diana e eu fizemos nossa casa de bonecas lá. Chamamos o lugar de Recanto Silvestre. Não é um nome poético? Demorei algum tempo para pensar nele. Fiquei acordada quase uma noite inteira antes de inventá-lo. Então, quando estava quase caindo no sono, esse nome veio como uma inspiração. Diana ficou encantada quando ouviu. Construímos a casa com elegância. Você precisa conhecê-la, Marilla. Para nos sentarmos temos grandes pedras cobertas de musgo e como prateleiras usamos tábuas de uma árvore até a outra, nas quais colocamos toda a nossa louça. Claro, estão todas quebradas, mas é muito fácil imaginar que estão inteiras. Tem um caco de um prato pintado com uma imagem de uma hera vermelha e amarela que é especialmente bonito. Esse fica na sala junto com o copo das fadas. O copo das fadas parece um sonho. Diana o encontrou no bosque, atrás do galinheiro. Está sempre cheio de arco-íris... pequenos arco-íris jovens que ainda não cresceram. A mãe de Diana disse que era uma lamparina pendente que quebrou. Mas é melhor imaginar que as fadas a perderam em uma noite de baile, então chamamos de copo das fadas. Matthew vai nos fazer uma mesa. Ah, chamamos aquele laguinho redondo no campo do senhor Barry de Lagoa dos Salgueiros. Tirei esse nome do livro que Diana me emprestou. Um livro emocionante, Marilla. A heroína tinha cinco namorados. Eu ficaria satisfeita com apenas um, não é? Ela era muito bonita e passou por grandes problemas. Desmaiava facilmente por qualquer coisa. Eu adoraria poder desmaiar desse jeito. É tão romântico. Mas sou muito saudável mesmo sendo tão magra. Apesar de que acho que estou engordando, você não acha? Eu me olho no espelho todas as manhãs quando me levanto para ver se apareceram covinhas. Diana vai ganhar um vestido novo com mangas até os cotovelos. Ela vai usá-lo no piquenique. Espero que dê tudo certo na próxima quarta-feira. Acho que não suportaria se algo me impedisse de ir ao piquenique. Acho que sobreviveria, mas seria uma tristeza para toda a vida. Não importaria se eu fosse a cem piqueniques depois disso. Nada compensaria perder este. Haverá barcos no Lago das Águas Cintilantes... e sorvete, como eu lhe disse.

Nunca provei sorvete. Diana tentou me explicar como é, mas acho que sorvete é uma daquelas coisas que estão além da imaginação.

— Anne, faz dez minutos, contados no relógio, que você não para de falar — disse Marilla. — Agora, só por curiosidade, veja se você consegue ficar quietinha pelo mesmo período de tempo.

Anne parou de falar, como desejado. Mas, durante o resto da semana, ela falou do piquenique, pensou no piquenique e sonhou com o piquenique. No sábado, choveu e ela ficou em um estado tão frenético com medo de que continuasse chovendo até quarta-feira, que Marilla a fez costurar um retalho extra para acalmar os nervos.

No domingo, Anne confidenciou a Marilla, no caminho de volta da igreja, que ficara realmente petrificada de emoção quando o pastor anunciou o piquenique no púlpito.

— Um calafrio subia e descia pelas minhas costas, Marilla! Acho que nunca acreditei de fato que haveria um piquenique. Não pude deixar de temer que eu apenas tivesse imaginado. Mas quando um pastor diz algo no púlpito, você precisa acreditar.

— Você se apega muito às coisas, Anne — disse Marilla, com um suspiro. — Receio que ainda tenha muitas decepções ao longo da vida.

— Ah, Marilla, esperar as coisas já é metade do prazer delas — exclamou Anne. — Podemos nunca ter as coisas, mas nada pode nos impedir de nos divertirmos com a espera delas. A senhora Lynde diz: "Bem-aventurados os que não esperam nada, pois não se decepcionarão". Mas acho que seria pior não esperar nada do que ficar decepcionado.

Naquele dia, Marilla estava usando seu broche de ametistas, como sempre fazia quando ia à igreja. Para ela era um sacrilégio não fazê-lo... tão ruim quanto esquecer a Bíblia ou a moeda para a oferta. Aquele broche de ametistas era seu bem mais precioso. Um tio o havia dado a sua mãe, que por sua vez o legou a Marilla. Era oval e antio, e carregava uma mecha dos cabelos da mãe, cercado por ametistas muito bonitas. Marilla sabia bem pouco sobre pedras preciosas para saber se as ametistas eram realmente verdadeiras; mas ela as achava muito bonitas e tinha prazer em ostentar seu brilho violeta no pescoço, acima do bom vestido de cetim marrom, mesmo que não conseguisse vê-lo.

Anne ficou encantada de admiração quando viu o broche pela primeira vez.

— Ah, Marilla, é um broche perfeitamente elegante. Não sei como você consegue prestar atenção ao sermão ou às orações quando o está usando. Eu não conseguiria. As ametistas são simplesmente adoráveis. Para mim são como eu pensava que eram os diamantes. Há muito tempo, antes de ver um diamante, li sobre eles e tentei imaginar como seriam. Imaginei que seriam adoráveis pedras roxas e brilhantes. Um dia, quando vi um diamante de verdade no anel de uma senhora, fiquei tão decepcionada que chorei. Claro, era muito bonito, mas não era minha ideia de diamante. Posso segurar o broche por um minuto, Marilla? Você acha que as ametistas podem ser as almas das violetas boas?

capítulo 14

A confissão de Anne

Na segunda-feira à noite, antes do piquenique, Marilla desceu do quarto com uma expressão preocupada.

— Anne — disse àquela pequena figura, que descascava ervilhas à mesa imaculada e cantava "Nelly in the hazel dell" com um vigor e uma expressividade que davam crédito aos ensinamentos de Diana. — Você viu meu broche de ametistas? Achei que tinha colocado na almofada de joias quando cheguei da igreja ontem à noite, mas não o encontro em lugar nenhum.

— Eu o vi à tarde quando você estava na Sociedade Beneficente — disse Anne, um pouco devagar. — Estava passando pelo seu quarto quando o vi espetado na almofada, então entrei para vê-lo.

— Você pegou? — perguntou Marilla severamente.

— Sim — admitiu Anne. — Peguei e prendi no meu peito para ver como ficava.

— Não deveria ter feito isso. É muito feio uma garotinha se intrometer. Você não deveria ter entrado no meu quarto em primeiro lugar, e não deveria ter tocado em um broche que não lhe pertence. Onde o colocou?

— Oh, eu o coloquei de volta na cômoda do quarto. Não fiquei nem um minuto com ele. Na verdade, eu não queria me intrometer, Marilla. Não achei que fosse errado entrar e experimentar o broche; mas agora acho que é e nunca mais o farei. Isso é uma coisa boa sobre mim. Nunca repito a mesma travessura.

— Você não o devolveu — disse Marilla. — O broche não está em nenhum lugar da cômoda. Você levou para outro lugar ou algo assim, Anne.

— Eu o devolvi — disse Anne rapidamente. Que desaforada, pensou Marilla. — Não lembro se o espetei na almofada ou se o coloquei na bandeja de porcelana. Mas tenho certeza de que o devolvi.

— Vou olhar de novo — disse Marilla, decidindo por ser justa. — Se você devolveu o broche, ele tem de estar lá. Se não, saberei que não o devolveu, é isso!

Marilla foi para o quarto e fez uma busca minuciosa, não apenas na cômoda, mas em todos os lugares em que o broche poderia estar. Não o encontrou e voltou para a cozinha.

— Anne, o broche sumiu. Você mesma disse que foi a última pessoa a ver o broche. Me diga, o que fez com ele? Diga a verdade. Você o pegou e perdeu?

— Não, eu não perdi — disse Anne solenemente, encontrando o olhar zangado de Marilla. — Não tirei o broche do quarto... essa é a verdade, mesmo que eu seja levada ao patíbulo por isso — embora não saiba direito o que é um patíbulo. É isso, Marilla.

O "é isso" de Anne pretendia apenas enfatizar sua afirmação, mas Marilla achou que ela a estava desafiando.

— Acho que você está mentindo, Anne — disse ela bruscamente. — Sei que está. Não diga mais nada, a menos que seja para contar toda a verdade. Vá para o seu quarto e fique lá até estar pronta para confessar.

— Devo levar as ervilhas comigo? — disse Anne humildemente.

— Não, eu termino de descascá-las. Faça o que eu pedi.

Quando Anne se foi, Marilla realizou suas tarefas da noite em um estado mental bastante perturbado. Ela estava preocupada com seu valioso broche. E se Anne o tivesse perdido? E que maldade da criança negar que o havia pegado, quando se via que ela o fizera! E com um rosto tão inocente também!

"Não sei o que pode ter acontecido mais cedo", pensou Marilla, enquanto descascava nervosamente as ervilhas. "Claro, não acho que ela pretendesse roubá-lo ou algo assim. Apenas o pegou para brincar ou ajudar com a imaginação dela. Ela deve ter pegado, sem dúvida, pois, segundo sua história, não entrou uma alma naquele quarto até eu subir agora à noite. E o broche desapareceu, isso é certo. Acho que ela o perdeu e está com medo de confessar e ser punida. É terrível pensar que ela é mentirosa. É pior ainda do que o seu temperamento. É uma responsabilidade horrível ter um filho em casa em que não se pode confiar. Dissimulação e mentira, foi o que ela demonstrou. Eu me sinto pior com isso do que com o sumiço do broche. Se ela tivesse dito a verdade, não me importaria tanto."

Marilla foi ao quarto de hora em hora durante toda a noite para procurar o broche, mas não o encontrou. Uma visita antes ao sotão de dormir também não trouxe resultado. Anne continuou negando que soubesse algo do broche, mas Marilla ficava cada vez mais convencida de que ela sabia.

Ela contou a história a Matthew na manhã seguinte. Matthew ficou confuso e intrigado. Não podia perder tão rapidamente a fé em Anne, mas tinha de admitir que as circunstâncias estavam contra ela.

— Tem certeza de que não caiu atrás da cômoda? — foi a única sugestão que ele pôde oferecer.

— Tirei a cômoda do lugar, tirei as gavetas e olhei em todos os cantos — foi a resposta de Marilla. — O broche sumiu, e aquela criança o pegou e mentiu. Essa é a verdade nua e crua, Matthew Cuthbert, e é melhor que a encaremos.

— Bem, e o que você vai fazer sobre isso? — Matthew perguntou, desanimado, sentindo-se secretamente agradecido por Marilla, e não ele, ter de lidar com a situação. Ele não quis se intrometer nesse momento.

— Ela ficará no quarto até confessar — disse Marilla, soturna, lembrando do sucesso desse método da primeira vez que o usou. — E aí veremos. Talvez encontremos o broche se ela pelo menos contar para onde o levou; mas, de qualquer forma, terá de ser rigorosamente punida, Matthew.

— Bem, você terá de puni-la — disse Matthew, pegando o chapéu. — Não tenho nada a ver com isso, lembre-se. Você mesma que pediu para não me intrometer.

Marilla sentiu-se abandonada por todos. Nem mesmo podia pedir conselhos à senhora Lynde. Subiu para o sótão com uma expressão muito séria e saiu de lá com uma expressão ainda mais séria. Anne recusava-se firmemente a confessar. Insistia que não havia pegado o broche. A garota obviamente chorava, e Marilla sentiu uma pontada de pena, mas a reprimiu fortemente. À noite, estava, como ela mesma concluiu, "arrasada".

— Você ficará neste quarto até confessar, Anne. Melhor aceitar — ela disse com firmeza.

— Mas o piquenique é amanhã, Marilla — exclamou Anne. — Você não vai me impedir de ir, vai? Você vai me deixar sair à tarde, não vai? Depois fico aqui o quanto quiser, de boa vontade. Mas preciso ir ao piquenique.

— Você não vai a piquenique nenhum nem para nenhum outro lugar até que confesse, Anne.

— Ah, Marilla — suspirou Anne.

Mas Marilla saiu e fechou a porta.

A manhã de quarta-feira amanheceu tão luminosa e atraente como se tivesse sido feita justamente para o piquenique. Pássaros cantavam em torno de Green Gables; os lírios do jardim exalavam seu perfume, que entrava em correntes de vento por todas as portas e janelas, e passeavam pelos corredores e cômodos como espíritos bondosos. As bétulas no vale acenavam com mãos alegres, como se observassem a habitual saudação matinal de Anne lá do sótão. Mas Anne não estava na janela. Quando Marilla levou seu café da manhã, encontrou a garota sentada na cama, pálida e resoluta, de lábios bem cerrados e olhos brilhantes.

— Marilla, estou pronta para confessar.

— Ah! — Marilla apoiou a bandeja. Mais uma vez, seu método teve sucesso. Porém seu sucesso desta vez fora muito amargo para ela. — Deixe-me ouvir o que você tem a dizer, Anne.

— Peguei o broche de ametista — disse Anne, como se repetisse uma lição que havia aprendido. — Eu o peguei, exatamente como você disse. Eu não pretendia pegá-lo quando entrei no quarto. Mas ficou tão bonito, Marilla, quando o prendi no peito, que fui vencida por uma tentação irresistível. Imaginei como seria perfeitamente emocionante levá-lo para o Recanto Silvestre e brincar que eu era a lady Cordelia Fitzgerald. Seria muito mais fácil imaginar que eu era a lady Cordelia se tivesse um broche de ametistas de verdade. Diana e eu fizemos colares com os botões das roseiras, mas o que são comparados às ametistas? Então peguei o broche. Achei que conseguiria devolvê-lo antes de você voltar. Andei por toda a estrada para que o tempo passasse mais devagar. Quando estava atravessando a ponte sobre o Lago das Águas Cintilantes, tirei o broche para dar outra olhada nele. Oh, como brilhava à luz do sol! E então, quando estava debruçada sobre a ponte, ele simplesmente escorregou entre meus dedos... e caiu... caiu... todo cintilante, e afundou para sempre no Lago das Águas Cintilantes. E é o melhor que consigo confessar, Marilla.

Marilla sentiu novamente raiva em seu coração. Aquela criança havia pegado e perdido seu precioso broche de ametistas e agora estava lá contando calmamente os detalhes de como acontecera, sem a menor compaixão ou arrependimento.

— Anne, isso é terrível — disse ela, tentando manter a calma. — Você é a garota mais perversa de que já ouvi falar.

— Sim, acho que sim — concordou Anne, tranquila. — Sei que serei punida. É seu dever me punir, Marilla. Você pode fazer isso logo, porque gostaria de ir ao piquenique sem pensar nisso.

— Piquenique, até parece! Hoje você não irá a nenhum piquenique, Anne Shirley. Esse será o seu castigo. E não é severo o suficiente pelo que você fez!

— Não vou ao piquenique! — Anne ficou de pé e agarrou a mão de Marilla. — Mas você me prometeu! Marilla, tenho de ir ao piquenique. Foi por isso que confessei. Me castigue como quiser, mas isso não. Marilla, por favor, deixe-me ir ao piquenique. Pense no sorvete! Talvez eu nunca mais tenha a chance de provar sorvete de novo.

Marilla soltou as mãos de Anne com firmeza.

— Você não precisa implorar, Anne. Você não vai ao piquenique e ponto final. Não, nem mais uma palavra.

Anne percebeu que não conseguiria convencer Marilla. Juntou as mãos, deu um grito agudo e depois se jogou de bruços na cama, chorando e se contorcendo em completo abandono, tomada pela decepção e desespero.

— Meus bom Deus! — Marilla arfou, saindo apressadamente do quarto. — Essa criança deve ser louca. Nenhuma criança em sã consciência se comportaria dessa forma. Se for louca, é absolutamente má. Oh, Deus, acho que Rachel estava certa desde o início. Mas coloquei minha mão no fogo e não vou olhar para trás.

Essa foi uma manhã difícil. Marilla trabalhou arduamente e, quando não tinha mais o que fazer, esfregou o chão da varanda e as prateleiras do galpão de ordenha. Nem as prateleiras nem a varanda precisavam de limpeza, mas Marilla precisava se ocupar. Depois saiu e varreu o quintal.

Na hora do almoço, subiu e chamou Anne. Um rosto manchado de lágrimas e com olhos trágicos apareceu por cima dos corrimões.

— Venha almoçar, Anne.

— Não quero, Marilla — disse Anne, soluçando. — Estou sem fome. Meu coração está partido. Espero que sinta remorso algum dia por tê-lo partido dessa maneira, Marilla, mas eu a perdoo. Lembre-se, quando for a hora, que eu a perdoo. Mas, por favor, não me peça para comer nada, especialmente carne de porco e verduras cozidas. Carne de porco e verduras cozidas não são nada românticas quando se está tão aflito.

Exasperada, Marilla voltou à cozinha e contou tudo a Matthew, que, entre seu senso de justiça e sua simpatia por Anne, era um homem infeliz.

— Bem, ela não deveria ter pegado o broche, Marilla, nem mentido — admitiu, examinando tristemente seu prato nada romântico de carne de porco e verduras cozidas, como se, assim como Anne, achasse aquela uma refeição inadequada para quando se está em crises sentimentais. — Mas ela é tão pequena... uma coisinha tão interessante. Você não acha muito rigoroso impedi-la de ir ao piquenique já que estava tão ansiosa por ele?

— Matthew Cuthbert, estou chocada com você. Acho que fui até flexível demais. E parece que ela ainda não percebeu quão má tem sido... isso é o que mais me preocupa. Se ela realmente se arrependesse, não seria tão ruim. E parece que você não entendeu isso também. Está sempre arrumando desculpas para ela... vejo isso.

— Bem, ela é tão pequena — reiterou fracamente Matthew. — E precisamos fazer concessões, Marilla. Você sabe que nunca ninguém a educou corretamente.

— Bem, agora ela tem alguém — respondeu Marilla.

A réplica silenciou Matthew, mas não o convenceu. O almoço foi desolador. A única pessoa feliz ali era Jerry Buote, o garoto contratado, e Marilla se ofendeu com sua alegria.

Depois de lavar a louça, sovar o pão e alimentar as galinhas, Marilla lembrou-se de que havia notado um pequeno rasgo em seu melhor xale de renda preta quando o tirou na segunda-feira à tarde ao voltar do Serviço Beneficente.

Ela iria remendá-lo. O xale estava em uma caixa no baú. Quando Marilla o ergueu, a luz do sol, atravessando as videiras que subiam em torno da janela, atingiu algo preso nele... algo que reluzia e cintilava luzes violeta. Marilla agarrou-o com um suspiro. Era o broche de ametistas, preso pelo fecho em um fio da renda!

— Misericórdia — disse Marilla, inexpressiva —, o que é isso? É o meu broche são e salvo que eu pensei que estava no fundo da lagoa dos Barry. Por que ela disse que o tinha pegado e perdido? Acho que Green Gables está enfeitiçada. Agora me lembro de que, quando tirei meu xale, na segunda-feira à tarde, coloquei-o no balcão por um minuto. Talvez o broche tenha grudado nele de alguma forma!

Marilla olhou para o sótão, com o broche na mão. Anne havia parado de chorar e estava sentada desanimada perto da janela.

— Anne Shirley — disse Marilla solenemente. — Acabei de encontrar o broche pendurado no meu xale de renda preta. Agora quero saber por que me disse toda aquela história hoje de manhã.

— Ora, você disse que eu teria de ficar no quarto até confessar — retrucou Anne, cansada. — Então decidi confessar porque estava determinada a ir ao piquenique. Pensei em uma confissão ontem à noite depois de me deitar e tentei deixá-la o mais interessante que pude. Eu a repeti várias vezes para não esquecê-la. Mas você não me deixou ir ao piquenique mesmo assim, então toda minha dedicação foi desperdiçada.

Marilla teve vontade de rir apesar de tudo. Mas sua consciência a proibiu.

— Anne, você se superou! Mas eu estava errada. Percebo isso agora. Não deveria ter duvidado da sua palavra já que nunca mentiu para mim. Claro que não deveria ter inventado uma história... foi muito errado. Mas fui eu que a levei a isso. Então, se me perdoar, Anne, eu também a perdoo e recomeçamos. Agora, arrume-se para o piquenique.

Anne voou como um foguete.

— Marilla, não está muito tarde?

— Não, são apenas duas horas. Não deve ter chegado todo mundo e falta uma hora ainda para o chá. Lave o rosto, penteie o cabelo e coloque o vestido xadrezinho. Vou preparar uma cesta para você. Temos vários assados para você levar. Vou pedir para Jerry preparar a alazã e levá-la ao piquenique.

— Ah, Marilla — exclamou Anne, voando para o lavatório. — Cinco minutos atrás, estava tão triste que queria nunca ter nascido, mas agora não trocaria de lugar com um anjo!

Naquela noite, Anne voltou a Green Gables completamente feliz e cansada, em um estado de beatitude impossível de descrever.

— Oh, Marilla, tive uma tarde perfeitamente estupenda. Estupendo é uma palavra que aprendi hoje. Ouvi Mary Alice Bell usá-la. Não é bastante expressiva? Tudo foi adorável. Tomamos um chá esplêndido e, em seguida, o senhor Harmon Andrews levou-nos a todos para passear no Lago das Águas Cintilantes — seis de cada vez. E Jane Andrews quase caiu na água. Ela se inclinou para pegar nenúfares, se o senhor Andrews não a tivesse segurado pelo cinto, provavelmente cairia e se afogaria. Queria que tivesse sido eu. Teria sido uma experiência romântica quase ter se afogado. Seria uma história emocionante para contar. E nós tomamos sorvete. As palavras não conseguem descrever aquele sorvete. Marilla, garanto que foi sublime.

Naquela noite, Marilla contou toda a história para Matthew enquanto costurava as meias.

— Admito que cometi um erro — ela concluiu abertamente —, mas também aprendi uma lição. Não consigo deixar de rir quando lembro da "confissão" de Anne, embora não devesse, porque é uma mentira. Mas não parece tão ruim quanto a outra mentira seria, de qualquer forma, e sou responsável por isso. É difícil entender essa menina em alguns aspectos. Mas acredito que ela será uma boa pessoa. E uma coisa é certa: nenhuma casa será monótona com ela.

capítulo 15

Uma tempestade num copo d'água na escola

—Que dia esplêndido! — disse Anne, respirando fundo. — Não é simplesmente maravilhoso estar vivo em um dia como hoje? Tenho pena das pessoas que ainda não nasceram e irão perder. Elas poderão ter dias bons, é claro, mas nunca o dia de hoje. E ainda é mais maravilhoso ter esse caminho adorável para ir à escola, não é?

— É muito melhor do que dar a volta na estrada; é tão empoeirada e quente — disse Diana, prática, espiando dentro da cesta do almoço e calculando mentalmente quantas mordidas cada garota teria das três tortas suculentas e deliciosas de framboesa se fossem divididas entre as dez meninas.

As garotas da escola de Avonlea sempre combinavam de almoçar juntas e dividir a comida, então comer três tortas de framboesa sozinha ou dividir apenas com a melhor amiga faria com que se fosse eternamente rotulada como "sovina". E, no entanto, quando as tortas fossem divididas entre as dez garotas, só se conseguiria o suficiente para ficar com mais vontade.

O caminho que Anne e Diana pegavam para ir à escola era bonito. Anne achava que as idas e voltas da escola com Diana não poderiam ficar melhores nem com a ajuda da imaginação. Ir pela estrada principal teria sido tão pouco romântico, mas caminhar pela Alameda dos Enamorados, pela Lagoa dos Salgueiros, pelo Vale das Violetas e pelo Caminho das Bétulas era mais do que romântico.

A Alameda dos Enamorados começava abaixo do pomar de Green Gables e se estendia até o bosque, no final da fazenda dos Cuthbert. Era por ali que as vacas eram levadas para o pasto e a madeira era transportada para a casa durante o inverno. Antes mesmo de completar um mês que morava em Green Gables, Anne lhe deu o nome de Alameda dos Enamorados.

— Não que os namorados realmente andem por lá — explicou ela a Marilla —, mas no livro que eu e Diana estamos lendo há uma Alameda dos Enamorados. Então, queremos uma também. E é um nome muito bonito, você não acha? Tão romântico! Conseguimos até imaginar os enamorados nela, sabe? Gosto desse caminho porque podemos pensar em voz alta lá, sem que nos chamem de loucas.

Anne começava a caminhada de manhã sozinha e descia a Alameda dos Enamorados até o riacho. Ali encontrava Diana, e as duas subiam até o arco frondoso de bordos.

— Os bordos são árvores tão sociáveis — dizia Anne. — Eles estão sempre sussurrando e farfalhando para você.

Então, chegavam a uma ponte rústica. Ali, deixavam o caminho e atravessavam o campo dos fundos do senhor Barry e passavam pela Lagoa dos Salgueiros. Depois da Lagoa dos Salgueiros, vinha o Vale das Violetas — um pequeno vale verde na sombra da grande floresta do senhor Andrew Bell.

— É claro que agora não tem violetas — disse Anne a Marilla —, mas Diana me disse que brotam milhões delas na primavera. Marilla, consegue imaginar? Fico até sem fôlego. Chamei esse lugar de Vale das Violetas. Diana diz que nunca viu alguém como eu para encontrar nomes diferentes para os lugares. É bom ser esperto em alguma coisa, não é? Mas Diana deu nome ao Caminho das Bétulas. Ela queria, então deixei, mas tenho certeza de que teria inventado algo mais poético do que simplesmente Caminho das Bétulas. Qualquer um pensaria nesse nome. Mas o Caminho das Bétulas é um dos lugares mais bonitos do mundo, Marilla.

E era. Outras pessoas, além de Anne, também achavam. Era um caminho estreito e sinuoso, que serpenteava uma longa colina, atravessando a floresta do senhor Bell, aonde a luz chegava através de diversas telas cor de esmeralda de forma tão perfeita quanto o interior de um diamante. Era cercado em toda a sua extensão por bétulas finas e jovens, com caules brancos e ramos flexíveis; samambaias, flores em forma de estrela e lírios-do-vale silvestres com ramos escarlates cresciam densamente ao longo dele; e sempre havia algo delicioso no ar, o canto dos pássaros e o murmúrio e farfalhar dos ventos nas árvores. De vez em quando, ficando-se bem quietinho, via-se um coelho saltando pelo caminho, o que, com Anne e Diana, aconteceu uma única vez. No vale, o caminho acabava na estrada principal e depois era só subir a colina de abetos até a escola.

A escola de Avonlea era um edifício branco, com beirais baixos e largas janelas. Sua mobília contava com confortáveis mesas antigas que se abriam e fechavam e cujos tampos tinham, entalhados as iniciais e os hieróglifos de três gerações de estudantes. A escola ficava afastada da estrada, e atrás dela havia um bosque de abetos e um riacho onde todas as crianças mergulhavam suas garrafas de leite pela manhã para que ficassem frescas até o almoço.

Marilla teve muito receio que não contou a ninguém quando Anne começou as aulas, no primeiro dia de setembro. Ela era uma garota tão estranha. Como seria com as outras crianças? E como conseguiria fazer silêncio durante as aulas?

No entanto, tudo correu melhor do que Marilla imaginava. Naquela tarde, Anne chegou em casa muito animada.

— Acho que vou gostar da escola — anunciou ela. — Mas não gostei muito do professor. Ele fica o tempo todo alisando o bigode e olhando para Prissy Andrews. Prissy cresceu, você sabe. Ela tem 16 anos e está estudando para o exame da Queen's Academy, em Charlottetown, no próximo ano. Tillie Boulter diz que o professor está caidinho por ela. Prissy tem uma tez bonita e cabelos castanhos encaracolados, e os arruma com muita elegância. Ela se senta no banco comprido no fundo, e o professor também fica lá a maior parte do tempo para lhe explicar as lições, segundo o que ele diz. Mas Ruby Gillis contou que o viu escrevendo algo na lousa dela, e, quando Prissy leu, ficou vermelha como uma beterraba e riu. Ruby Gillis disse que acha que não deve ter nada a ver com a lição.

— Anne Shirley, não quero mais ouvir você falar do seu professor dessa maneira — ralhou Marilla. — Você não vai à escola para criticar o professor. Ele está lá para lhe ensinar alguma coisa, e é sua responsabilidade aprender. Entenda que não quero que volte para casa contando histórias sobre ele. Não incentivarei isso. Espero que tenha sido uma boa garota.

— Na verdade fui sim — disse Anne, tranquila. — Não foi tão difícil quanto você imagina. Eu me sentei com Diana. Nossa carteira fica ao lado da janela e podemos olhar para o Lago das Águas Cintilantes. Há muitas garotas legais na escola e nos divertimos bastante brincando na hora do almoço. É tão bom ter muitas meninas com quem brincar. Mas é claro que eu gosto mais de Diana e sempre gostarei. Eu adoro Diana. Estou terrivelmente atrasada em relação aos outros alunos. Eles estão no quinto livro e eu ainda estou no quarto. Sou uma vergonha. Mas percebi que ninguém tem uma imaginação como a minha. Hoje tivemos leitura, geografia, história do Canadá e ditado. O senhor Phillips disse que minha ortografia é horrível e levantou minha lousa para que todos pudessem ver as correções. Eu me senti mortificada, Marilla. Ele poderia ter sido mais educado com alguém que não conhece. Ruby Gillis me deu uma maçã e Sophia Sloane me entregou um adorável cartão rosa em que estava escrito: "Posso ir a sua casa?". Vou devolvê-lo amanhã. Tillie Boulter me deixou usar seu anel de contas a tarde toda. Posso pegar aquelas pérolas da almofada velha que está no sótão para fazer um anel para mim? Oh, Marilla, Jane Andrews me disse que Minnie MacPherson lhe contou que ouviu Prissy Andrews dizer a Sara Gillis que eu tenho um nariz muito bonito. Marilla, esse é o primeiro elogio que recebo na vida e você não pode imaginar que sentimento estranho isso me trouxe. Marilla, meu nariz é mesmo bonito? Sei que vai me dizer a verdade.

— Seu nariz está ótimo — disse Marilla, brevemente. Ela achava o nariz de Anne notavelmente bonito, mas não diria isso a ela.

Isso havia acontecido há três semanas e tudo ia bem até o momento. E agora, naquela manhã de setembro, Anne e Diana, duas das meninas mais felizes de Avonlea, desciam alegremente o Caminho das Bétulas.

— Acho que Gilbert Blythe vai à escola hoje — disse Diana. — Ele passou o verão na casa dos primos, em Nova Brunswick, e só voltou no sábado à noite. Ele é bonito, Anne. Mas atormenta a vida das meninas.

A voz de Diana indicava que ela gostava de ser atormentada na vida.

— Gilbert Blythe? — perguntou Anne. — O nome dele não está escrito na parede da varanda ao lado do de Julia Bell e um "Prestem atenção" sobre eles?

— Sim — disse Diana, sacudindo a cabeça —, mas tenho certeza de que ele não gosta tanto assim de Julia Bell. Eu o ouvi dizer que estudou a tabuada contando as sardas dela.

— Oh, não fale de sardas para mim — implorou Anne. — Não é nada educado, já que tenho tantas. Mas acho que escrever avisos na parede sobre meninos e meninas é a maior bobagem de todos os tempos. Queria ver alguém se atrever a escrever meu nome junto com o de um garoto. Imagine, claro que ninguém faria isso — ela se apressou em acrescentar.

Anne suspirou. Não queria que escrevessem seu nome. Mas foi um pouco humilhante saber que não corria esse perigo.

— Bobagem — disse Diana, cujos olhos negros e mechas brilhantes arrebataram o coração de tantos estudantes em Avonlea e cujo nome figurava nas paredes da varanda em meia dúzia de recados. — É apenas uma brincadeira. E não tenha tanta certeza de que nunca vão escrever seu nome. Charlie Sloane morre por você. Ele contou à mãe — olha só, à mãe dele — que você é a garota mais inteligente da escola. É muito melhor do que ser bonita.

— Não, não é — disse Anne, feminina até o âmago. — Prefiro ser bonita a ser inteligente. E odeio Charlie Sloane, não suporto garotos de olhos arregalados. Se alguém escrevesse meu nome com o dele, nunca esqueceria, Diana Barry. Mas é bom ser a melhor da turma.

— Gilbert estará na sua turma a partir de agora — disse Diana —, e ele está acostumado a ser o melhor da turma. Ele está no quarto livro, embora tenha quase 14 anos. Há quatro anos, seu pai ficou doente e teve de ir para Alberta cuidar da saúde, e Gilbert foi junto. Ficaram lá três anos, e ele não frequentou a escola até voltarem. Você não achará tão fácil ser a melhor da turma agora, Anne.

— Fico feliz — disse Anne rapidamente. — Não poderia me sentir orgulhosa de ser a melhor de uma turma de meninos e meninas de 9 ou 10 anos. Eu me superei ontem, soletrando "ebulição". Josie Pye era a melhor e olhou no livro para responder. O senhor Phillips não viu porque estava olhando para Prissy Andrews, mas eu vi. Lancei um olhar de desprezo congelante para ela, que ficou vermelha como uma beterraba e soletrou errado.

— Essas garotas Pye trapaceiam o tempo todo — disse Diana, indignada, enquanto escalavam a cerca da estrada principal. — Gertie Pye colocou a garrafa de leite dela no meu lugar ontem no riacho. Acredita? Não falo mais com ela agora.

Enquanto o senhor Phillips estava no fundo da sala tomando a lição de latim de Prissy Andrews, Diana sussurrou para Anne:

— Esse, sentado do outro lado do corredor, é Gilbert Blythe, Anne. Olhe e diga se não é bonito.

Anne olhou. Teve uma boa chance para fazer isso, pois o tal Gilbert Blythe estava absorvido tentando prender furtivamente a longa trança loira de Ruby Gillis, que estava sentada à frente dele, com um grampo no encosto da cadeira. Era um garoto alto, com cabelos castanhos encaracolados, astutos olhos e uma boca reveladora de um sorriso provocador. Naquela hora, Ruby Gillis foi até o professor para lhe mostrar uma conta, mas sentou de volta na cadeira com um grito agudo, como se seu cabelo estivesse sendo arrancado pela raiz. Todo mundo olhou para ela, e o senhor Phillips olhou de modo tão severo que ela começou a chorar. Gilbert escondeu o grampo e parecia estudar história com a expressão mais séria do mundo, mas, quando a comoção diminuiu, ele olhou para Anne e piscou com uma indolência indizível.

— Acho o seu Gilbert Blythe é bonito — confidenciou Anne a Diana —, mas o acho muito atrevido. Não é educado piscar para uma garota que ele não conhece.

Mas foi só à tarde que as coisas realmente começaram a acontecer. Phillips estava de volta ao canto da sala, explicando um problema de álgebra a Prissy Andrews, e o resto da turma estava fazendo o queria, comendo maçãs verdes, cochichando, desenhando nas lousas e conduzindo grilos amarrados a linhas para cima e para baixo no corredor. Gilbert Blythe estava tentando fazer Anne Shirley olhar para ele, mas não conseguia, porque Anne estava totalmente alheia não apenas à existência de Gilbert Blythe, mas também à de todos os outros alunos da escola de Avonlea. Com o queixo apoiado nas mãos e os olhos fixos na vista azul do Lago das Águas Cintilantes que a janela oferecia, Anne estava longe, em uma linda terra dos sonhos, ouvindo e vendo nada além de suas maravilhosas fantasias.

Gilbert Blythe não estava acostumado a ter de se esforçar tanto para que uma garota olhasse para ele e ainda assim fracassar. Ela devia olhar para ele, aquela garota ruiva de queixo afilado e olhos grandes, que não eram como os olhos de nenhuma outra garota da escola de Avonlea.

No corredor, Gilbert estendeu a mão e segurou a ponta da longa trança ruiva de Anne, esticou o braço e disse em um sussurro penetrante:

— Cenoura! Cenoura!

Anne olhou para ele com ar de vingança!

E fez mais do que apenas olhar. Firmou-se de pé, e suas lindas fantasias desapareceram. Lançou um olhar indignado para Gilbert, e o brilho furioso de seus olhos logo foi apagado por lágrimas igualmente furiosas.

— Você é um garoto odioso! — ela exclamou apaixonadamente. — Como ousa!

E então, ploc! Anne bateu com a lousa na cabeça de Gilbert e a quebrou — a lousa, não, a cabeça dele.

A escola de Avonlea sempre gostou de uma cena. E essa foi especialmente deliciosa. Todo mundo disse "Ah" com um horrível sentimento de prazer. Diana ofegou. Ruby Gillis, que tendia sempre a ficar histérica, começou a chorar. Tommy Sloane deixou os grilos escaparem enquanto observava tudo, de boca aberta.

O senhor Phillips caminhou pelo corredor e apoiou a mão pesadamente no ombro de Anne.

— Anne Shirley, o que é isso? — ele perguntou, bravo. Anne não respondeu. Era pedir muito de uma simples garota que ela contasse na frente de toda a escola que havia sido chamada de "cenoura". Foi Gilbert quem falou, com firmeza.

— Foi minha culpa, senhor Phillips. Eu a provoquei.

O senhor Phillips não prestou atenção a Gilbert.

— Lamento ver um aluno meu demonstrar esse temperamento e espírito vingativo —, disse em tom solene, como se o mero fato de ser seu aluno eliminasse todas as paixões maliciosas do coração daqueles pequenos mortais imperfeitos. — Anne, você ficará de pé em frente ao quadro-negro pelo resto da tarde como punição.

Anne teria preferido infinitamente o chicote a esse castigo, que fez seu espírito sensível tremer como se ela realmente estivesse sendo chicoteada. Com o rosto pálido, ela obedeceu. O senhor Phillips pegou um giz e escreveu no quadro acima da cabeça dela: "Ann Shirley tem péssimos modos. Ann Shirley deve aprender a controlar seu temperamento" e, em seguida, leu-o em voz alta, para que até mesmo as turmas de iniciação, que não sabiam ler, entendessem.

Anne ficou lá o resto da tarde com os dizeres acima dela. Não chorou nem abaixou a cabeça. A raiva ainda fervia em seu coração e a sustentou em meio a toda sua agonia de humilhação. Com olhos ressentidos e bochechas vermelhas, ela enfrentou o olhar amigo de Diana, os indignados sinais de Charlie Sloane e os sorrisos maliciosos de Josie Pye. Quanto a Gilbert Blythe, ela nem olhou para ele. Nunca mais olharia para ele! Nunca falaria com ele!

Quando a aula terminou, Anne marchou com a cabeça ruiva erguida. Gilbert Blythe tentou interceptá-la na porta da varanda.

— Sinto muito por ter zombado do seu cabelo, Anne — ele sussurrou, contrito. — Estou sendo sincero. Não fique brava comigo.

Anne passou com desdém, sem sinal de que o tivesse visto ou ouvido.

— Ah, como pôde, Anne? — Diana ofegou enquanto desciam a rua, meio reprovadora, meio admirada. Diana sabia que não resistiria a um pedido de desculpas de Gilbert.

— Nunca perdoarei Gilbert Blythe — disse Anne com firmeza. — E o senhor Phillips escreveu meu nome sem o "e" final. Fui ferida na minha alma, Diana.

Diana não tinha a menor ideia do que Anne queria dizer, mas sabia que era algo terrível.

— Você se importa com Gilbert tirar sarro do seu cabelo — disse ela suavemente. — Ele tira sarro de todas as garotas. Ele ri do meu cabelo porque é muito preto. Ele me chamou de corvo uma dúzia de vezes; e nunca o ouvi pedir desculpas por nada antes.

— Há muita diferença entre ser chamado de corvo e ser chamado de cenoura — disse Anne com dignidade. — Gilbert Blythe feriu meus sentimentos de modo excruciante, Diana.

O assunto poderia ter acabado ali, sem mais sofrimento, se nada mais tivesse acontecido. Mas, quando as coisas começam a acontecer, elas tendem a continuar.

Os alunos da escola de Avonlea costumavam passar o meio-dia mascando chicletes no bosque do senhor Bell, sobre a colina e do outro lado do grande pasto. De lá, eles ficavam de olho na casa de Eben Wright, onde o professor morava. Quando o senhor Phillips aparecia, corriam para a escola. Mas a distância que tinham de correr era cerca de três vezes maior que o caminho que o senhor Wright tinha de percorrer. Eles sempre chegavam lá, sem fôlego e ofegantes, cerca de três minutos mais tarde.

No dia seguinte, o senhor Phillips foi acometido de um de seus ataques espasmódicos de reforma e anunciou, antes de ir almoçar, que esperava encontrar os alunos em seus lugares quando retornasse. Quem chegasse atrasado seria punido.

Todos os meninos e algumas das meninas foram para o bosque de abetos do senhor Bell, como sempre, com a intenção de ficar apenas um pouco. Mas os bosques de abetos são sedutores, e a goma das nozes amarelas mais ainda. Eles mascaram, brincaram e se atrasaram. Como sempre, a primeira coisa que os lembrou que tinham de correr para a escola foi Jimmy Glover gritando do alto de um velho abeto:

— O professor está vindo.

As meninas que estavam no chão correram primeiro e conseguiram chegar à escola a tempo, mas sem folga. Os meninos, que tiveram de se apressar para descer das árvores, chegaram mais tarde; e Anne, que não estava mascando chiclete, mas passeando alegremente do outro lado do bosque, até a cintura de samambaias, cantando baixinho para si mesma, e com uma coroa de lírios brancos no cabelo, como se fosse uma divindade selvagem de lugares escuros, foi a última a correr. Mas Anne corria como um cervo. Correu tanto que alcançou os meninos na porta da escola e foi arrastada para dentro junto com eles, bem na hora que o senhor Phillips pendurava o chapéu.

O breve rompante de reforma do senhor Phillips tinha acabado. Ele não queria ter o trabalho de punir uma dúzia de alunos; mas precisava fazer algo para dar valor a sua palavra, então procurou um bode expiatório e o encontrou em Anne, que acabara de sentar, ofegante, com a coroa de lírios esquecida na cabeça dando-lhe uma aparência particularmente desgrenhada.

— Anne Shirley, já que você parece gostar tanto da companhia dos garotos, vamos satisfazer sua vontade — ele disse sarcasticamente. — Tire essas flores do cabelo e sente-se com Gilbert Blythe.

Os outros garotos riram. Diana, pálida de pena, arrancou a coroa dos cabelos de Anne e apertou-lhe a mão. Anne olhou para o professor como se transformada em pedra.

— Ouviu o que eu disse, Anne? — perguntou o senhor Phillips severamente.

— Sim, senhor — disse Anne lentamente —, mas não achei que realmente quisesse dizer isso.

— Garanto que sim — ainda com a inflexão sarcástica que todas as crianças, e Anne especialmente, odiavam. — Obedeça-me imediatamente.

Por um momento, parecia que Anne não o obedeceria. Então, ao perceber que não tinha saída, levantou-se altivamente, atravessou o corredor, sentou-se ao lado de Gilbert Blythe e escondeu o rosto nos braços sobre a mesa. Ruby Gillis, que teve um vislumbre do que aconteceu, diria aos outros, ao voltar para casa, que ela "nunca tinha visto nada parecido... ela estava tão pálida, com terríveis manchas vermelhas".

Para Anne, era o fim. Já era ruim o suficiente ser a única punida entre uma dúzia de culpados, pior ainda foi ter de se sentar com um garoto, e, sendo Gilbert Blythe, sentia-se ainda mais ofendida que insultada. Anne achou que não suportaria e não adiantava tentar. Ela fervilhava de vergonha, raiva e humilhação.

A princípio, os outros alunos ficaram olhando, cochichando, rindo e cutucando uns aos outros. No entanto, como Anne não levantou a cabeça e Gilbert continuou trabalhando em suas frações como se sua alma estivesse absorta nelas e somente nelas, todos logo retornaram às próprias tarefas e Anne foi esquecida. Quando o senhor Phillips anunciou a aula de história, Anne deveria ter ido junto com os outros alunos, mas não se mexeu, e o senhor Phillips, que estava escrevendo alguns versos "Para Priscilla" antes de começar a aula, e ocupado com uma rima obstinada, não sentiu falta dela. Uma hora, quando ninguém olhava, Gilbert tirou da mesa um pequeno coração rosa em que estava escrito em dourado "Você é um doce" e o colocou sob a curva do braço de Anne. Quando a menina levantou a cabeça, pegou cuidadosamente o coração rosa com a ponta dos dedos, jogou-o no chão e pisou nele até virar pó sob seus calcanhares, então retomou a posição sem nem olhar para Gilbert.

Quando a aula terminou, Anne marchou para sua mesa, pegou todas as suas coisas ostensivamente — livros, caneta e tinta, testamento e aritmética — e empilhou ordenadamente em cima da lousa rachada.

— Por que está levando tudo embora, Anne? — Diana quis saber, assim que pegaram o caminho para casa. Não teve coragem de perguntar antes.

— Não volto mais para a escola — disse Anne. Diana ofegou e olhou para Anne para ver se falava a sério.

— Marilla vai deixar? — ela perguntou.

— Vai ter de deixar — disse Anne. — Nunca mais voltarei à escola enquanto esse homem estiver lá.

— Anne! — Diana estava prestes a chorar. — Você é muito má. O que eu faço? O senhor Phillips me fará sentar com aquela horrível Gertie Pye. Sei que vai, porque ela está sentada sozinha. Volte, Anne.

— Eu faria quase qualquer coisa no mundo por você, Diana — disse Anne tristemente. — Deixaria que me cortassem um membro por vez se isso a ajudasse. Mas não posso voltar para a escola, então, por favor, não peça. Você aflige minha alma.

— Pense em toda a diversão que vai perder — lamentou Diana. — Vamos construir uma linda casa nova perto do riacho e jogaremos bola na próxima semana... você nunca jogou bola, Anne. É muito divertido. Vamos aprender uma música nova... Jane Andrews já está praticando; e Alice Andrews trará um livro novo da Pansy semana que vem e o leremos em voz alta, um capítulo cada uma, ao lado do riacho. E você sabe o quanto gosta de ler em voz alta, Anne.

Nada fez Anne mudar de opinião. Ela estava decidida. Não iria à escola enquanto o senhor Phillips estivesse lá. Disse isso a Marilla quando chegou em casa.

— Que disparate! — disse Marilla.

— Não é disparate — disse Anne, olhando para Marilla com olhos solenes e reprovadores. — Não entende, Marilla? Fui insultada.

— Que besteira, insultada! Você vai para a escola amanhã, como sempre.

— Não vou não. — Anne balançou a cabeça de leve. — Não vou voltar, Marilla. Vou estudar em casa e farei o melhor que puder. Vou ficar quietinha o tempo todo, se for possível. Mas não voltarei para a escola, garanto.

Marilla viu algo incrivelmente parecido com uma teimosia inflexível ao olhar para o rosto de Anne. Percebeu que teria dificuldade em convencê-la; mas resolveu, sabiamente, não dizer mais nada naquele momento.

"Vou falar com Rachel sobre isso" pensou ela. "Não adianta conversar com Anne agora. Ela está muito brava e sei que pode ser muito teimosa quando quer. Até onde entendi a história, o senhor Phillips tem cuidado dos alunos com certa rigidez. Mas não posso dizer isso a ela. Vou conversar com Rachel. Ela mandou dez filhos para a escola e deve saber uma coisa ou outra sobre isso. E já deve ter ouvido toda a história a esta altura."

Marilla encontrou a senhora Lynde tricotando mantas diligente e alegremente como sempre.

— Suponho que saiba por que eu vim — disse ela, um pouco envergonhada.

A senhora Rachel assentiu.

— Sobre a bagunça de Anne na escola, eu acho — disse ela. — Tillie Boulter passou por aqui e me contou.

— Não sei o que fazer com ela — disse Marilla. — Ela diz que não vai voltar para a escola. Nunca vi uma criança tão inquieta. Já esperava problemas desde que começou na escola. Sabia que as coisas estavam indo bem demais para ser verdade. Ela se abala facilmente. Que conselho me daria, Rachel?

— Bem, como me pediu conselho, Marilla... — disse a senhora Lynde amavelmente. Ela adorava aconselhar as pessoas. — Eu a deixaria em casa um pouco no começo. Acredito que o senhor Phillips está errado. Claro, não é o caso de dizer isso às crianças. E ele fez bem em puni-la ontem pelo seu comportamento. Mas hoje foi diferente. Todos os alunos que se atrasaram deveriam ter sido punidos, assim como Anne. Não gosto da ideia de fazer as meninas se sentarem junto com os meninos para serem punidas. Não é aceitável. Tillie Boulter estava realmente indignada. Ela ficou do lado de Anne e disse que todos os outros alunos também. Anne parece popular entre eles, de alguma forma. Nunca achei que fosse se dar tão bem assim com eles.

— Então realmente acha que é melhor deixá-la ficar em casa? — disse Marilla, espantada.

— Sim. Melhor, eu não falaria sobre a escola com ela novamente até que ela comente algo. Conte com isso, Marilla, ela se acalmará em uma semana ou mais, e estará pronta para voltar por vontade própria, é isso. Mas, se a fizer voltar agora, Deus sabe o drama que ela fará, e criará mais problemas ainda. Quanto menos barulho, melhor, na minha opinião. Ela não perderá muita coisa não indo à escola por agora. O senhor

Phillips não é bom como professor. A disciplina que ele impõe é um escândalo, na verdade. Ele negligencia os alunos e dedica todo o seu tempo aos outros estudantes que estão se preparando para o exame da Queen's. Ele não teria sido indicado como professor por mais um ano se seu tio não fosse da diretoria, ou melhor, o chefe da diretoria. Não sei o que será da educação nesta ilha.

A senhora Rachel balançou a cabeça, como se dissesse que, se estivesse à frente do sistema educacional da província, as coisas seriam mais bem gerenciadas.

Marilla seguiu o conselho da senhora Rachel, e Anne não disse mais nada sobre voltar para a escola. Ela estudou em casa, fez suas tarefas e brincou com Diana ao final das tardes frias de outono. Mas, quando encontrava Gilbert Blythe na estrada ou na escola dominical, passava por ele com um desprezo gélido que não era quebrado nem mesmo pelo evidente desejo dele de fazer as pazes com ela. Até os esforços de Diana como pacificadora foram inúteis. Evidentemente, Anne decidira odiar Gilbert Blythe até o fim da vida.

No entanto, ela odiava Gilbert com a mesma força que seu pequeno coração amava Diana. Certo fim de tarde, Marilla, vindo do pomar com uma cesta de maçãs, encontrou Anne sentada junto à janela leste, chorando amargamente.

— Qual é o problema agora, Anne? — ela perguntou.

— É Diana — soluçou Anne. — Amo tanto Diana, Marilla. Não posso viver sem ela. Mas, quando crescermos, sei que Diana se casará, irá embora e me deixará. Ah, o que devo fazer? Odeio o marido dela... eu o odeio com todas as minhas forças. Estava imaginando tudo isso... o casamento, Diana vestida de branco e de véu, tão bonita e régia como uma rainha, e eu a dama de honra, também com um vestido adorável e mangas bufantes, mas com o coração partido, escondido em um rosto sorridente. E depois dando adeus a Diana...

— Nesse momento Anne desmoronou completamente e chorou com crescente amargura.

Marilla virou-se rapidamente para esconder o rosto, mas não adiantou. Caiu na cadeira mais próxima e deu uma gargalhada tão estrondosa e rara que Matthew, vindo pelo quintal, parou com espanto. Quando ouvira Marilla rir assim antes?

— Bem, Anne Shirley — disse Marilla, logo que conseguiu falar —, se quer criar problemas que não existem, pelo amor de Deus, pense em coisas de verdade. É muita imaginação mesmo.

capítulo 16

Diana é convidada para um chá com resultados trágicos

Outubro era um mês bonito em Green Gables, quando as bétulas no vale ficavam douradas como a luz do sol, os bordos atrás do pomar se tornavam carmesins e as cerejeiras silvestres assumiam belos tons de vermelho-escuro e verde-bronzeado, enquanto os campos ficavam dourados.

Anne se divertia com o mundo de cores ao seu redor.

— Oh, Marilla — ela exclamou num sábado de manhã, entrando e dançando com os braços cheios de lindos ramos. — Estou tão feliz por morar em um mundo onde há outubros. Seria terrível se apenas pulássemos de setembro para novembro, não seria? Olhe para esses ramos de bordo. Eles não a emocionam, não são várias emoções? Vou decorar meu quarto com eles.

— Que bagunça — disse Marilla, cujo senso estético não fora visivelmente desenvolvido. — Você bagunça demais o seu quarto com coisas que pega lá fora, Anne. Os quartos foram feitos para dormir.

— Ah, e para sonhar também, Marilla. Sabe que se pode sonhar muito melhor em um quarto onde há coisas bonitas. Vou colocar esses ramos no velho jarro azul, na minha mesa.

— Não derrube folhas por toda a escada. Vou a uma reunião da Sociedade Beneficente em Carmody hoje à tarde, Anne, e provavelmente não voltarei antes do anoitecer. Você jantará com Matthew e Jerry, então não esqueça de preparar o chá antes de se sentar à mesa, como fez da última vez.

— Foi horrível da minha parte esquecer — disse Anne se desculpando —, mas naquela tarde estava tentando pensar em um nome para o Vale das Violetas e isso me atrapalhou um pouco. Matthew foi tão bonzinho. Ele não me repreendeu nem um pouco. Ele preparou o chá e disse que poderíamos esperar um pouco. Contei a ele um adorável conto de fadas enquanto esperávamos, para que ele não achasse a espera muito longa. Era um belo conto de fadas, Marilla. Mas, como acabei esquecendo o final, eu mesma inventei um fim, Matthew disse que não sabia dizer onde eu o tinha emendado.

— Matthew acharia que tudo bem, Anne, se você resolvesse acordar no meio da noite para jantar. Mas preste atenção hoje. E — talvez eu não esteja fazendo o certo, isso pode deixá-la ainda mais atrapalhada —, se quiser, peça para Diana vir passar a tarde com você.

— Oh, Marilla! — Anne juntou as mãos. — Que perfeitamente adorável! Você é capaz de imaginar as coisas, afinal, ou então não saberia quanto eu ansiava por isso. Vai ser tão bom e adulto. Não vou esquecer de preparar o chá tendo companhia. Marilla, posso usar o jogo de chá com pintura de botões de rosa?

— Não, claro que não! Esse jogo de chá, imagine! O que vem depois? Você sabe que eu nunca o uso, exceto quando o pastor vem ou para a Sociedade Beneficente. Use o velho jogo de chá marrom. Mas pode abrir o potinho amarelo de compota de cereja. Já é hora de comê-lo, acho que está começando a ficar bom. E corte uns pedaços do bolo de frutas e sirva alguns biscoitos e bolachas.

— Imagino-me sentada à cabeceira da mesa e servindo o chá — disse Anne, fechando os olhos em êxtase. — E depois perguntando a Diana se ela gostaria de açúcar! Sei que sim, mas é claro que vou perguntar a ela como se não soubesse. E depois insistir para pegar outro pedaço de bolo de frutas e mais um pouco da compota. Marilla, é uma sensação maravilhosa pensar nisso. Posso levá-la ao quarto de hóspedes para guardar o chapéu quando ela chegar? E depois para a sala de visitas?

— Não. A sala de estar já é o bastante para você e sua amiga. Mas há uma meia garrafa de suco de framboesa que peguei na igreja na outra noite. Está na segunda prateleira do armário da sala de estar, vocês podem tomá-lo, se quiser, junto com biscoitos à tarde, pois acho que Matthew demorará para chegar, já que está carregando batatas no porto.

Anne voou para o vale, passou pela Fonte da Dríade e subiu o caminho de abetos para Orchard Slope, para convidar Diana para tomar o chá. Assim, logo depois que Marilla partiu para Carmody, Diana chegou, vestindo seu segundo melhor vestido e com uma aparência absolutamente apropriada para uma convidada para o chá. Outras vezes, ela havia entrado correndo pela cozinha sem bater, mas desta vez bateu na porta da frente. E quando Anne, também com o seu segundo melhor vestido, a abriu, as duas garotinhas apertaram-se as mãos com tanta formalidade, como se nunca tivessem se visto antes. Essa solenidade não natural durou até Diana ser levada para o sótão para tirar o chapéu e, em seguida, sentar-se por dez minutos na sala de estar, com os dedos dos pés bem posicionados.

— Como está a sua mãe? — indagou Anne educadamente, como se não tivesse visto a senhora Barry colhendo maçãs naquela mesma manhã com excelente saúde e disposição.

— Está muito bem, obrigada. Suponho que o senhor Cuthbert esteja embarcando batatas no Lily Sands esta tarde, sim? — disse Diana, que havia ido até a casa do senhor Harmon Andrews naquela manhã na charrete de Matthew.

— Sim. Nossa colheita de batatas foi muito boa este ano. Espero que a colheita de seu pai também tenha sido.

— Sim, razoavelmente boa, obrigada. Colheram muitas maçãs?

— Oh, muitas — disse Anne deixando a dignidade de lado e pulando rapidamente. —Vamos ao pomar colher um pouco de maçãs, Diana. Marilla disse que podemos pegar todas que restaram no pé. Marilla é uma mulher muito generosa. Ela disse que podemos comer bolo de frutas e compota de cereja no chá. Mas não é educado dizer para a sua convidada o que ela irá comer, então não vou lhe dizer o que ela disse que podemos beber. Só que começa com um S e um F e é vermelho brilhante. Eu amo bebidas vermelhas brilhantes, você também? Têm muito mais sabor do que as bebidas de outras cores.

O pomar, com seus galhos enormes e inclinados pelo peso das frutas, mostrou-se tão delicioso que as meninas passaram a maior parte da tarde lá, sentadas em um canto gramado onde a geada poupara o verde e o sol suave do outono o aquecia, comendo maçãs e conversando todo o tempo que podiam. Diana tinha muito a contar a

Anne sobre a escola. Ela teve de se sentar com Gertie Pye e odiou; Gertie arranhava o lápis na mesa o tempo todo e isso deixava Diana nervosa; Ruby Gillis havia tirado todas as suas verrugas com uma pedra mágica — é verdade —, que a velha Mary Joe do Creek lhe dera. Ela teve de esfregar as verrugas com a pedrinha e depois jogá-la fora por cima do ombro esquerdo durante a lua nova, e todas as verrugas desapareceram. Escreveram o nome de Charlie Sloane e de Em White na parede da varanda, mas ela ficou muito brava com isso; Sam Boulter "respondeu" ao senhor Phillips na sala de aula e ele lhe bateu. O pai de Sam foi à escola e desafiou o senhor Phillips a colocar novamente a mão em um de seus filhos; e Mattie Andrews estava usando um capuz vermelho novo e um casaco azul com borlas, e estava muito metida por causa disso; e Lizzie Wright não falava mais com Mamie Wilson porque a irmã mais velha de Mamie Wilson havia roubado o namorado da irmã mais velha de Lizzie Wright; e todos sentiram muita falta de Anne e queriam que ela voltasse à escola; e Gilbert Blythe...

Mas Anne não queria ouvir falar de Gilbert Blythe. Ela se levantou apressadamente e falou para as duas entrarem para tomar um pouco do suco de framboesa.

Anne olhou para a segunda prateleira do armário da sala de estar, mas não tinha nada lá. Olhou melhor, e a encontrou na prateleira de cima. Anne colocou a garrafa em uma bandeja em cima da mesa, ao lado de um copo.

— Sirva-se, por favor, Diana — disse ela educadamente. — Acho que não vou tomar nada agora, depois de todas aquelas maçãs.

Diana serviu-se de um copo do suco, olhou para o tom vermelho brilhante com admiração e depois tomou um gole delicadamente.

— Isso é muito bom, suco de framboesa, Anne — disse ela. — Não sabia que suco de framboesa era tão bom.

— Fico feliz que tenha gostado. Pegue o quanto quiser. Vou acender o fogo. São muitas responsabilidades quando estamos cuidando da casa, não é?

Quando Anne voltou da cozinha, Diana estava bebendo seu segundo copo de suco. Anne ofereceu-lhe mais, ao que Diana não fez nenhuma objeção em particular e bebeu um terceiro copo. Os copos foram generosos e sem dúvida o suco de framboesa era muito bom.

— O melhor que eu já bebi — disse Diana. — Muito melhor que o da senhora Lynde, que fala tanto dele. Não é em nada parecido com o dela.

— Acho que o suco de framboesa de Marilla provavelmente é muito melhor do que o da senhora Lynde — disse Anne, lealmente. — Marilla é uma ótima cozinheira. Ela está tentando me ensinar a cozinhar, mas garanto, Diana, é um trabalho árduo. Há tão pouco espaço para a imaginação na culinária. É preciso apenas seguir regras. A última vez que fiz um bolo, esqueci de colocar farinha. Estava imaginando uma história linda com nós duas, Diana. Imaginei que você estava muito doente de varíola e que todo mundo a tinha abandonado, mas eu estava corajosamente ao seu lado na cama e cuidei de você até que ficasse boa. Então eu peguei varíola também, mas morri e fui enterrada sob os choupos do cemitério, e você plantou uma roseira na minha sepultura e a regou com suas lágrimas. E nunca, nunca esqueceu sua amiga da juventude que sacrificara a vida por você. Ah, foi uma história tão emocionante, Diana. As lágrimas desceram sobre minhas bochechas enquanto eu preparava o bolo. Mas esqueci a farinha e o bolo foi um fracasso. Farinha é essencial para bolos, sabe. Marilla ficou muito zangada e eu sabia que tinha razão. Sou uma grande provação para ela. Ela ficou terrivelmente mortificada com a calda de pudim na semana passada. Ela fez pudim de ameixa para o almoço na terça-feira e sobrou metade do pudim e bastante calda. Marilla disse que havia o suficiente para outro almoço e me disse para guardar a calda na prateleira da despensa e cobri-la. Eu pretendia cobri-la, Diana, mas, quando estava levando a calda, comecei a imaginar que era uma freira — claro, sou protestante, mas imaginei que era católica — e estava escondendo meu coração partido atrás do hábito, na reclusão do claustro. Então esqueci de cobrir a calda do pudim. Lembrei disso na manhã seguinte e corri para a despensa. Diana, pense no meu extremo horror ao encontrar um rato afogado naquela calda! Peguei o rato com uma colher e joguei-o no quintal. Depois lavei a colher três vezes. Marilla estava na ordenha, mas eu pretendia lhe perguntar, quando voltasse, se eu poderia dar a calda aos porcos. No entanto, quando ela entrou, eu estava imaginando que eu era uma fada do frio atravessando a floresta e que deixava as árvores vermelhas e amarelas, a cor que elas quisessem, e esqueci de novo da calda do pudim, e Marilla me mandou colher maçãs. Bem, o senhor e a senhora Chester Ross, de Spencervale, vieram naquela manhã. Eles são pessoas muito elegantes, principalmente a senhora

Chester Ross. Quando Marilla me chamou para o almoço, já estava tudo pronto e servido à mesa. Tentei ser o mais educada e digna possível, pois queria que a senhora Chester Ross me achasse uma garotinha boa, mesmo que não fosse bonita. Tudo estava correndo bem até eu ver Marilla chegando com o pudim de ameixa em uma mão e a jarra de calda, aquecida, na outra. Diana, foi um momento terrível. Lembrei-me de tudo, me levantei e gritei: "Marilla, não use essa calda. Havia um rato afogado nela. Esqueci de lhe contar antes". Ah, Diana, nem com cem anos esquecerei aquele momento horrível. A senhora Chester Ross só olhou para mim e pensei em me enterrar no chão de tanta vergonha. Ela é uma dona de casa tão perfeita, nem imagino o que deve ter pensado de nós. Marilla ficou vermelha como fogo, mas não disse uma palavra na hora. Ela levou a calda do pudim de volta e trouxe algumas compotas de morango. Ela até me ofereceu um pouco, mas não consegui comer nada. Parecia que havia um amontoado de brasas na minha cabeça. Depois que a senhora Chester Ross foi embora, Marilla me deu uma bronca terrível. Diana, qual é o problema?

Diana levantou-se meio instável; então se sentou novamente, colocando as mãos na cabeça.

— Não estou nada bem — disse ela, com a voz um pouco enrolada. — Acho... que... vou para casa.

— Ah, nem pense em ir para casa antes do chá — exclamou Anne angustiada. — Vou preparar agora mesmo.

— Vou para casa — repetiu Diana, estupidamente, mas determinada.

— De qualquer forma, deixe-me fazer um lanche para você — implorou Anne. — Pegue um pedaço de bolo de frutas e um pouco de compota de cereja. Deite-se no sofá um pouco e se sentirá melhor. O que está sentindo?

— Preciso ir para casa — disse Diana, e foi tudo o que disse. Em vão, Anne implorou.

— Eu nunca ouvi falar de uma visita ir embora antes do chá — ela lamentou. — Ah, Diana, será que é a varíola? Se for, vou cuidar de você, tenha certeza. Nunca vou abandoná-la. Mas gostaria que ficasse até o chá. O que está sentindo?

— Estou muito zonza — disse Diana.

E, de fato, ela andava em zigue-zague. Anne, com lágrimas de decepção nos olhos, pegou o chapéu de Diana e foi com ela até a cerca do quintal dos Barry. Depois, chorou durante todo o caminho de volta a Green Gables, onde, tristemente, guardou o restante do suco de framboesa na despensa e preparou o chá para Matthew e Jerry, muito desanimada.

O dia seguinte era um domingo e, como caiu uma chuva torrencial do amanhecer até o anoitecer, Anne não saiu de Green Gables. Segunda-feira à tarde, Marilla a mandou para a casa da senhora Lynde em uma missão. Em pouco tempo, Anne voltou correndo com lágrimas escorrendo pelo rosto. Entrou pela cozinha e jogou-se de bruços no sofá, em agonia.

— O que foi agora, Anne? — perguntou Marilla em dúvida e consternação. — Espero que não tenha sido mal-educada com a senhora Lynde novamente.

Nenhuma resposta de Anne, exceto mais lágrimas e soluços tempestuosos!

— Anne Shirley, quando perguntar algo, quero que responda. Sente-se e me diga por que está chorando.

Anne sentou-se, era a tragédia personificada.

— A senhora Lynde foi hoje visitar a senhora Barry, e a senhora Barry estava em um humor horrível — ela lamentou. — Ela diz que deixei Diana bêbada no sábado e a mandei para casa em uma condição vergonhosa. Disse também que eu devo ser uma garota muito má e perversa, e que ela nunca, nunca mais deixará Diana brincar comigo de novo. Ah, Marilla, estou completamente angustiada.

Marilla olhou com espanto, perplexa.

— Deixou Diana bêbada! — ela disse, quando recuperou a voz. — Anne, você ou a senhora Barry estão loucas? O que você deu a ela?

— Nada de mais, apenas o suco de framboesa — soluçou Anne. — Nunca pensei que suco de framboesa deixasse as pessoas bêbadas, Marilla... nem mesmo se bebessem três copos grandes como Diana fez. Ah, parece até o marido da senhora Thomas! Não pretendia deixá-la bêbada.

— Imagine, bêbada! — Marilla disse, marchando para o armário da sala de estar.

Na prateleira, havia uma garrafa com um pouco de seu vinho caseiro de groselha, envelhecido três anos, pelo qual ela era celebrada em Avonlea, embora alguns conservadores, entre eles a senhora Barry, a desaprovasse fortemente. E, então, Marilla lembrou que havia colocado a garrafa de suco de framboesa na despensa, e não no armário da sala de estar, como dissera a Anne.

Ela voltou para a cozinha com a garrafa de vinho na mão. Seu rosto tremia, culpando-se.

— Anne, você certamente atrai confusão. Você deu vinho de groselha para a Diana em vez de suco de framboesa. Você não viu a diferença?

— Eu nem provei — disse Anne. — Pensei que fosse o suco. Só queria ser uma boa anfitriã... Diana ficou muito mal e teve de ir embora. A senhora Barry disse à senhora Lynde que ela estava completamente bêbada. Ela riu como uma boba quando a mãe perguntou o que ela tinha e dormiu por horas. Sua mãe sentiu o hálito dela e viu que estava bêbada. Ontem, ela teve uma dor de cabeça terrível. A senhora Barry está tão indignada. Ela nunca vai acreditar que não fiz de propósito.

— Acho que ela deveria castigar Diana por ter bebido três copos — disse Marilla em seguida. — Ora, três daqueles copos grandes lhe fariam mal, mesmo que tivesse sido o suco. Bem, essa história vai botar lenha na fogueira das pessoas que me recriminam por fazer vinho de groselha, embora não o faça há três anos, desde que descobri que o pastor não aprova. Guardei a garrafa para algum tratamento medicinal. Ah, garota, não chore. Você não tem culpa, embora eu lamente que tenha acontecido.

— Preciso chorar — disse Anne. — Meu coração está partido. As estrelas em seus cursos pelejam contra mim, Marilla. Diana e eu fomos separadas para sempre. Oh, Marilla, não foi com isso que sonhei quando fizemos nossos votos de amizade.

— Não seja tola, Anne. A senhora Barry vai entender quando descobrir que você não tem culpa. Ela deve estar achando que você fez isso por brincadeira ou algo assim. É melhor você visitá-la hoje e lhe contar o que aconteceu.

— Perco a coragem ao pensar em enfrentar a mãe ofendida de Diana — suspirou Anne. — Gostaria que você fosse, Marilla. Você é muito mais digna do que eu. Provavelmente ela ouvirá você melhor do que a mim.

— Bem, eu vou — disse Marilla, pensando que provavelmente era o caminho mais certo. — Não chore mais, Anne. Ficará tudo bem.

Marilla mudou de ideia sobre tudo ficar bem quando voltou de Orchard Slope. Anne a estava esperando e voou até a porta da varanda para encontrá-la.

— Marilla, vejo no seu rosto que não foi tudo bem — disse ela com tristeza. — A senhora Barry não vai me perdoar?

— A senhora Barry, pois é! — retrucou Marilla — De todas as mulheres irracionais que eu já vi, ela é a pior. Eu lhe disse que tudo foi um mal-entendido e que você não tinha culpa, mas ela simplesmente não acreditou. Disse-me poucas e boas sobre o meu vinho de groselha e sobre eu sempre dizer que teria pouco efeito em alguém. Então, eu disse que era óbvio que não se deveria beber três copos de uma vez e que, se uma criança minha fosse tão gulosa, eu a deixaria sóbria com uma boa surra.

Marilla entrou na cozinha muito perturbada, deixando uma pequena alma muito aflita na varanda. Anne saiu no frio crepúsculo do outono e, com muita determinação e firmeza, desceu pelo campo de trevos secos, passou sobre a ponte de troncos e subiu pelo bosque de abetos, iluminada por uma pequena lua pálida que pairava sobre a floresta no oeste. A senhora Barry, ao chegar à porta em resposta a uma batida tímida, encontrou uma garota suplicante, com olhos ansiosos e lábios pálidos.

O rosto dela enrijeceu. A senhora Barry era uma mulher de fortes preconceitos e teimosa, e sua raiva era do tipo frio e sombrio, que é sempre mais difícil de superar. Para fazer justiça, ela realmente acreditava que Anne deixara Diana bêbada por pura maldade, e era sincero seu desejo de preservar a filha de mais intimidade com uma criança assim.

— O que você quer? — ela disse rigidamente.

Anne juntou as mãos.

— Senhora Barry, por favor, me perdoe. Eu não pretendia embebedar Diana. Como eu poderia? Imagine se a senhora fosse uma pobre menina órfã adotada por pessoas gentis e tivesse apenas uma melhor amiga em todo o mundo. Acha que a embebedaria de propósito? Pensei que fosse suco de framboesa. Tinha certeza de que era suco de framboesa. Oh, por favor, não impeça Diana de brincar comigo. Se o fizer, cobrirá minha vida com uma nuvem negra de tristeza.

Esse discurso, que suavizaria o coração da senhora Lynde em um piscar de olhos, não teve efeito sobre a senhora Barry, exceto o de irritá-la ainda mais. Ela não acreditava nas grandes palavras e nos gestos dramáticos de Anne e imaginou que a criança estava tirando sarro dela. Então disse, fria e cruelmente:

— Não acho que você seja uma boa garota para Diana. É melhor ir para casa e se comportar.

Os lábios de Anne tremeram.

— Poderia ver Diana apenas mais uma vez para me despedir? — ela implorou.

— Diana foi até Carmody com o pai — disse a senhora Barry, entrando e fechando a porta.

Anne voltou para Green Gables, desesperada.

— Minha última esperança se foi — disse a Marilla. — Fui até a casa da senhora Barry e ela me tratou de maneira muito ofensiva. Marilla, não acho que ela seja uma mulher bem-educada. Não há mais nada a fazer, exceto orar, e não acho que isso fará muita diferença. Afinal, Marilla, não acredito que o próprio Deus possa fazer alguma coisa com uma pessoa tão obstinada como a senhora Barry.

— Anne, você não deveria dizer essas coisas — repreendeu Marilla, esforçando-se para superar sua tendência profana de rir que ela, consternada, descobria crescer dentro de si. E, de fato, quando contou a história a Matthew naquela noite, riu com entusiasmo das tribulações de Anne.

Mas quando foi devagarinho ao sótão antes de se deitar, descobriu que Anne havia chorado até dormir, e uma suavidade não habitual apareceu em seu rosto.

— Pobre alma — ela murmurou, erguendo uma mecha de cabelo do rosto manchado de lágrimas da menina. Então se abaixou e beijou a bochecha corada sobre o travesseiro.

capítulo 17

Um novo interesse na vida

Na tarde seguinte, Anne, debruçada sobre a colcha de retalhos à janela da cozinha, por acaso olhou para fora e viu Diana na Fonte da Dríade, acenando misteriosamente. Num instante, Anne já estava fora de casa e corria para o vale, com espanto e esperança lutando em seus olhos expressivos. Mas a esperança desapareceu quando viu o semblante abatido de Diana.

— Sua mãe não cedeu? — ela ofegou.

Diana balançou a cabeça tristemente.

— Não... E, Anne, ela disse para nunca mais brincar com você. Eu chorei, chorei, e disse a ela que não foi sua culpa, mas não adiantou. Eu só consegui convencê-la a me deixar vir aqui para dizer adeus a você. Só tenho dez minutos, e ela está contando o tempo.

— Dez minutos não são suficientes para uma despedida — disse Anne, chorosa. — Ah, Diana, promete fielmente nunca me esquecer, sua amiga de juventude, não importa o que suas queridas amigas façam?

— Sim, sim — soluçou Diana —, e nunca terei outra melhor amiga... nem quero ter. Não conseguiria amar ninguém como amo você.

— Ah, Diana — exclamou Anne, juntando as mãos —, me amas?

— Claro que sim. Não sabia?

— Não — Anne respirou fundo. — Sabia que gostavas de mim, é claro, mas não achei que me amasses. Diana, achei que ninguém poderia me amar. Acho que nunca alguém me amou. Ah, é maravilhoso! É um raio de luz que brilhará para sempre na escuridão de um caminho longe de ti, Diana. Ah, repete, por favor.

— Eu te amo devotamente, Anne — disse Diana com firmeza —, e sempre amarei, tenha certeza disso.

— Sempre vou te amar, Diana — disse Anne, estendendo a mão solenemente. — Nos próximos anos, a lembrança de ti brilhará como uma estrela na minha vida solitária, como dizia a última história que lemos juntas. Diana, poderias me dar uma mecha de teus cabelos negros para eu guardar para sempre?

— Como vamos cortar? — indagou Diana, enxugando as lágrimas que as palavras de Anne haviam feito fluir novamente e voltando-se a detalhes práticos.

— Sim. Felizmente, tenho minha tesoura de retalhos no bolso do avental — disse Anne. E solenemente cortou um dos cachos de Diana. — Vai, minha amada amiga. Doravante, teremos de ser estranhas uma a outra, embora vivendo lado a lado. Mas meu coração sempre será fiel a ti.

Anne observou Diana sumir de vista, acenando tristemente a mão sempre que ela se virava para olhar para trás. Então voltou para a casa, desconsolada com essa despedida romântica.

— Está tudo acabado — ela informou Marilla. — Nunca terei outra amiga. Nunca estive pior do que agora, pois nem mesmo tenho Katie Maurice e Violetta agora. E mesmo se tivesse, não seria a mesma coisa. De alguma forma, as meninas da imaginação não são como uma amiga de verdade. Diana e eu tivemos uma despedida tão emocionante. Será um momento sagrado em minha memória para sempre. Usei a linguagem mais emocionante em que consegui pensar. Usei "tu" e "ti", que parecem muito mais românticos que "você". Diana me deu uma mecha do seu cabelo e eu vou guardá-la em um saquinho e usá-la em volta do pescoço por toda a minha vida. Por favor, cuide para que seja enterrado comigo, pois não acho que viverei por muito tempo. Talvez, quando Diane me vir deitada e morta diante dela, a senhora Barry sinta remorso pelo que fez e deixe Diana ir ao meu funeral.

— Não acho que morrerá de tristeza se ainda puder conversar, Anne — disse Marilla, impaciente.

Na segunda-feira seguinte, Anne surpreendeu Marilla ao descer do quarto com a cesta de livros no braço e os lábios em uma linha de determinação.

— Vou voltar para a escola — ela anunciou. — É tudo o que me resta na vida agora que minha amiga me foi cruelmente arrancada. Na escola, posso observá-la e refletir sobre os dias passados.

— É melhor você refletir sobre suas lições e contas — disse Marilla, escondendo sua satisfação com o caminho que a situação tomava. — Se você voltar para a escola, espero não ouvir mais nada sobre quebrar lousas sobre a cabeça das pessoas e coisas assim. Comporte-se e faça o que o professor pedir.

— Vou tentar ser uma boa aluna — concordou Anne com tristeza. — Acho que não haverá muita diversão. O senhor Phillips disse que Minnie Andrews é uma ótima aluna, mas ela não tem nem um pouco de imaginação na vida. Ela é chata e esquisita e nunca parece se divertir. Mas estou tão deprimida, que talvez seja fácil agora. Vou dar a volta pela estrada. Não aguentaria ir pelo Caminho das Bétulas sozinha. Eu choraria lágrimas amargas se o fizesse.

Anne foi recebida de volta à escola de braços abertos. Todos sentiram muita falta de sua imaginação nas brincadeiras, de sua voz no canto e de sua habilidade dramática na leitura em voz alta de livros na hora do almoço. Ruby Gillis trouxe três ameixas azuis para ela durante a leitura do testamento; Ella May MacPherson deu-lhe um enorme amor-perfeito amarelo que recortou da capa de um catálogo de flores — uma espécie de decoração de mesa muito apreciada na escola de Avonlea. Sophia Sloane ofereceu-se para ensinar um novo padrão perfeitamente elegante de renda de malha, muito bom para arrematar aventais. Katie Boulter deu a ela um frasco de perfume para guardar água de cheiro, e Julia Bell copiou cuidadosamente, em um pedaço de papel rosa-pálido com recortes nas bordas, o seguinte poema:

> *Quando o crepúsculo chega*
>
> *E nasce uma estrela*
>
> *Lembre-se de que tem uma amiga*
>
> *Embora distante.*

— É tão bom ser querida — suspirou Anne com entusiasmo para Marilla naquela noite.

As meninas não foram os únicos alunos que a receberam tão bem. Quando Anne voltou para a sala de aula após a hora do almoço — o senhor Phillips lhe disse para sentar com Minnie Andrews —, encontrou em sua mesa uma grande e deliciosa maçã. Anne a pegou e estava pronta para dar a primeira mordida quando lembrou que o único lugar em Avonlea onde havia essas maçãs era no velho pomar dos Blythe, do outro lado do lago de Águas Cintilantes. Anne devolveu a maçã à mesa como se fosse um carvão em brasas e ostensivamente limpou os dedos no lenço. A maçã permaneceu intocada em sua mesa até a manhã seguinte, quando o pequeno Timothy Andrews, que varria a escola e acendia o fogo, a pegou para si. O giz de lousa de Charlie Sloane — maravilhosamente envolto em papel listrado vermelho e amarelo, e que custava dois centavos, enquanto os gizes comuns custavam apenas um — que ele enviou a Anne depois do almoço foi muito bem recebido. Anne ficou graciosamente agradecida e o recompensou com um sorriso que exaltou o garoto apaixonado ao sétimo céu e o levou a cometer erros terríveis no ditado, que o senhor Phillips o fez ficar na sala depois da aula para reescrevê-lo.

Mas assim como

A investida de César ao busto de Brutus

Fez lembrar ainda mais o melhor filho de Roma,

então a grande ausência de qualquer reconhecimento por parte de Diana Barry, que se sentava agora com Gertie Pye, amargou o pequeno triunfo de Anne.

— Diana poderia ter pelo menos sorrido para mim uma vez — ela lamentou para Marilla naquela noite. Mas, na manhã seguinte, um bilhete, com a mais maravilhosa dobradura, e um pequeno embrulho foram entregues a Anne.

Querida Anne,

Minha mãe me disse para não brincar nem falar com você na escola. Não é minha culpa e não fique zangada comigo. Eu a amo muito, como sempre. Sinto muita falta de você para contar todos os meus segredos e não gosto nem um pouco de Gertie Pye. Fiz um marcador de página novo para você, de papel de seda vermelho. Eles estão muito na moda agora e apenas três meninas na escola sabem fazê-los. Ao olhar para ele, lembre-se de

sua verdadeira amiga,

Diana Barry.

Anne leu o bilhete, beijou o marcador e enviou uma resposta rápida para o outro lado da sala.

> *Minha querida Diana,*
>
> *Claro que não estou zangada com você. Você tem de obedecer sua mãe. Nossos espíritos podem comungar. Guardarei seu adorável presente para sempre. Minnie Andrews é uma menina muito legal — embora não tenha imaginação —, mas, depois de ter sido sua amiga, não posso ser amiga de Minnie. Por favor, desculpe os erros, porque minha ortografia ainda não está muito boa, embora tenha melhorado muito.*
>
> *Até que a morte nos separe,*
>
> *Anne ou Cordelia Shirley.*
>
> *P.S.: Vou dormir com sua carta debaixo do travesseiro hoje à noite.*
>
> *A. ou C.S.*

Marilla, pessimista, esperava mais problemas desde que Anne voltara a frequentar a escola. Mas não houve nenhum. Talvez Anne tenha captado algo do espírito da aluna exemplar Minnie Andrews; pelo menos ela se deu bem com o senhor Phillips desde então. Lançou-se aos estudos de coração e alma, determinada a não ser superada em nenhuma matéria por Gilbert Blythe. A rivalidade entre eles logo ficou aparente. Para Gilbert não havia problema algum, não se podia dizer o mesmo em relação a Anne, que certamente tinha uma tenacidade inestimável por guardar rancores. Ela era tão intensa em seus ressentimentos quanto em seus amores. Não admitiria que pretendia competir com Gilbert na escola, porque assim teria de reconhecer que ele existia, o que Anne ignorava persistentemente. Mas a rivalidade existia, e as honras alternavam-se entre eles. Se em um dia Gilbert era o melhor da classe em ortografia; no outro, Anne, balançando suas longas tranças vermelhas, soletrava melhor que ele. Certa manhã, Gilbert acertou todas as suas contas e seu nome foi para o quadro-negro na lista de honra. Na manhã seguinte, Anne, tendo lutado bravamente com os decimais na noite anterior, se saía melhor. Terrível foi o dia em que os nomes dos dois foram escritos juntos na lousa. Isso era quase tão ruim quanto os avisos de "Prestem atenção" na varanda da escola, e a mortificação de Anne era tão evidente quanto a satisfação de Gilbert. No final do mês, quando houve os exames escritos, o suspense foi terrível. No primeiro, Gilbert ficou três pontos à frente. No segundo, Anne teve cinco pontos a mais que ele. Mas seu triunfo foi arruinado quando Gilbert a parabenizou sinceramente na frente de todos na escola. Teria sido muito mais gratificante para ela se ele sentisse o infortúnio da derrota.

O senhor Phillips até podia não ser um professor muito bom, mas uma aluna tão inflexivelmente determinada em aprender como Anne não deixaria de progredir mesmo assim. No fim do período, Anne e Gilbert passaram para a série seguinte e puderam começar a estudar os elementos dos "ramos", o que queria dizer latim, geometria, francês e álgebra. Em geometria, Anne conheceu seu fracasso.

— É perfeitamente horrível, Marilla — ela reclamou. — Nunca serei capaz de entender essa matéria. Não há espaço para a imaginação. O senhor Phillips diz que sou a pior aluna de geometria que ele já viu. E Gil... quero dizer, alguns dos outros alunos são muito bons. É extremamente humilhante, Marilla. Até Diana se dá melhor do que eu. Mas não me importo de ser derrotada por Diana. Embora sejamos como duas estranhas agora, meu amor por ela ainda é inesgotável. Às vezes, fico muito triste ao pensar nela. Mas, Marilla, não se pode ficar triste por muito tempo em um mundo tão interessante, não é?

capítulo 18

Anne vai em socorro

Todas as coisas boas se ligam às coisas pequenas. À primeira vista, pode não parecer que a decisão de um certo primeiro-ministro canadense de incluir a ilha do Príncipe Eduardo em uma turnê política tivesse muito a ver com a pequena Anne Shirley em Green Gables. Mas teve.

O primeiro-ministro visitou a ilha, para se dirigir a seus apoiadores leais e a outros que não o apoiavam, e que estariam presentes no encontro que aconteceria em Charlottetown. A maior parte das pessoas de Avonlea o apoiava, por isso, nesse dia, quase todos foram à cidade, a cerca de cinquenta quilômetros de distância. A senhora Rachel Lynde também foi, pois era muito envolvida na política e não podia perder um encontro como esse, embora estivesse do lado oposto ao do primeiro-ministro. Então foram ela e o marido — Thomas seria útil para cuidar do cavalo — e Marilla Cuthbert. Marilla tinha um interesse furtivo por política e, como achava que poderia ser sua única chance de ver o primeiro-ministro ao vivo, prontamente aceitou o convite, deixando Anne e Matthew em casa até voltar, no dia seguinte.

Portanto, enquanto Marilla e a senhora Rachel se divertiam no encontro político, Anne e Matthew tinham a alegre cozinha de Green Gables para si. O fogo crepitava no fogão antigo e cristais de gelo azuis e brancos brilhavam nas vidraças. Matthew pescava de sono com um exemplar da revista *Farmer's Advocate* no sofá, e Anne, à mesa, estudava com uma determinação rigorosa, apesar dos vários olhares melancólicos para a estante do relógio, onde havia um novo livro que Jane Andrews lhe emprestara naquele dia. Jane tinha lhe dito que o livro era muito emocionante, e os dedos de Anne formigavam para pegá-lo. Mas isso significaria o triunfo de Gilbert Blythe no dia seguinte. Anne virou de costas para a estante do relógio e tentou imaginar que não havia nada lá.

— Matthew, você estudou geometria na escola?

— Bem, não, não estudei — disse Matthew, saindo de seu cochilo com um sobressalto.

— Queria que tivesse estudado — suspirou Anne —, assim, poderia me entender. Você não vai entender direito o que eu sinto se nunca estudou geometria. Essa matéria está formando uma nuvem negra em minha vida. Sou tão burra nisso, Matthew.

— Bem, não sei — disse Matthew suavemente. — Acho que você é boa em tudo. O senhor Phillips me disse na semana passada na loja do Blair, em Carmody, que você é a aluna mais inteligente da escola e estava progredindo muito rápido. "Progresso rápido" foram suas palavras. Tem gente que diz que Teddy Phillips não é bom professor, mas acho que ele é bom, sim.

Para Matthew qualquer pessoa que elogiasse Anne era "boa".

— Tenho certeza de que me daria bem com geometria se não mudasse tanto as letras — reclamou Anne. — Aprendo a teoria e então o professor escreve tudo no quadro-negro com outras letras, e eu me confundo. Um professor não deveria fazer isso com seus alunos, não é? Estamos estudando agricultura agora e finalmente descobri o que deixa as estradas vermelhas. É um grande alívio para mim. Será que Marilla e a senhora Lynde estão se divertindo? A senhora Lynde diz que o Canadá está se acabando da forma que as coisas acontecem em Ottawa e que isso é um alerta terrível para os eleitores. Ela diz que, se as mulheres pudessem votar, logo veríamos uma grande mudança. Em qual partido você vota, Matthew?

— No Conservador — disse Matthew prontamente. Votar no Conservador fazia parte da religião de Matthew.

— Então sou dos conservadores também — disse Anne decidida. — Fico feliz porque Gil... porque alguns dos meninos da escola são liberais. Acho que o senhor Phillips também é liberal porque o pai de Prissy Andrews é, e Ruby Gillis diz que, quando um homem está namorando, ele deve concordar com a mãe da garota quanto à religião e com o pai quanto à política. Isso é verdade, Matthew?

— Bem, não sei direito — disse Matthew.

— Você já cortejou alguém, Matthew?

— Não, eu não sei muito bem se já — respondeu Matthew, que certamente nunca havia pensado nisso em toda a sua existência.

Anne refletiu com o queixo apoiado nas mãos.

— Deve ser bem interessante, não acha, Matthew? Ruby Gillis diz que, quando crescer, terá muitos pretendentes que serão loucos por ela. Acho que isso seria emocionante demais. Prefiro apenas um que esteja em sã consciência. Mas Ruby Gillis sabe mais sobre esse assunto, porque ela tem irmãs mais velhas, e a senhora Lynde diz que as meninas Gillis namoram bastante. O senhor Phillips visita Prissy Andrews quase todas as noites. Ele diz que é para ajudá-la com as lições, mas Miranda Sloane também estuda para a prova da Queen's e acho que precisa de mais ajuda do que Prissy, porque ela é muito mais burra, mas ele nunca vai ajudá-la à noite. Há muitas coisas neste mundo que não consigo entender muito bem, Matthew.

— Bem, acho que eu mesmo também não compreendo — reconheceu Matthew.

— Bem, acho melhor terminar minhas lições. Não vou me permitir abrir o novo livro que Jane me emprestou enquanto não terminar tudo. Mas é uma grande tentação, Matthew. Mesmo quando estou de costas para ele, consigo vê-lo lá. Jane disse que chorou demais com essa história. Amo um livro que faça chorar. Mas acho que vou levar esse para a sala de estar, trancá-lo no armário de geleias e dar a chave para você. Assim, Matthew, você me devolve a chave apenas quando minhas aulas terminarem, mesmo que eu implore de joelhos. É muito bom conseguir resistir à tentação, mas é bem mais fácil se eu não estiver com a chave. Vou até a despensa pegar algumas maçãs, Matthew. Gostaria de algumas?

— Acho que sim — disse Matthew, que nunca comia maçãs, mas sabia que Anne as adorava.

No momento em que Anne emergiu triunfantemente do porão com a bandeja cheia de maçãs, ouviram passos no chão de tábuas coberto de gelo lá fora. No instante seguinte a porta da cozinha se abriu e Diana Barry, com o rosto pálido e sem fôlego, com um xale enrolado apressadamente em torno da cabeça, entrou. De pronto, Anne, surpresa, soltou a vela e a bandeja e, com isso, a bandeja, a vela e as maçãs caíram escada abaixo da despensa. No dia seguinte, Marilla as encontrou embebidas em cera derretida. Ela as juntou e agradeceu pelo fato de a casa não ter sido incendiada.

— O que foi, Diana? — Anne perguntou. — Sua mãe finalmente cedeu?

— Ah, Anne, venha rápido — implorou Diana, nervosa. — Minnie May está muito doente... está com crupe. Mary Joe que disse.... E meu pai e minha mãe estão fora. Não tem ninguém para levá-la ao médico. Minnie May está muito mal e Mary Joe não sabe o que fazer... Anne, estou com tanto medo!

Matthew, sem dizer uma palavra, pegou o chapéu e o casaco, passou por Diana e se afastou na escuridão do quintal.

— Ele foi aprontar a égua alazã para buscar o médico em Carmody — disse Anne, enquanto vestia o gorro e o casaco. — Sei disso tão bem quanto se ele tivesse dito. Matthew e eu somos espíritos tão afins que consigo ler seus pensamentos sem que ele me diga nada.

— Não sei se vai encontrar o médico em Carmody — soluçou Diana. — O doutor Blair foi à cidade e acho que o doutor Spencer também. Mary Joe nunca viu ninguém com crupe e a senhora Lynde não está em casa. Ah, Anne!

— Não chore, Di — disse Anne animada. — Sei exatamente como tratá-la. Lembre-se de que a senhora Hammond teve gêmeos três vezes. Quando você cuida de três pares de gêmeos, naturalmente adquire muita experiência. Todos eles tiveram crupe. Espere até eu pegar o xarope de ipecacuanha, talvez não tenham em casa. Vamos.

As garotas se apressaram de mãos dadas e correram pela Alameda dos Enamorados. Atravessaram o campo coberto de gelo, pois a neve era profunda demais para ir pelo bosque, que era o caminho mais curto. Anne, embora estivesse sinceramente preocupada com Minnie May, estava longe de ficar insensível ao romantismo da situação e à doçura de compartilhar mais uma vez um momento como esse com um espírito afim.

A noite estava clara e gelada, toda negra pela sombra escura dos ébanos e prateada pela neve; grandes estrelas brilhavam sobre os silenciosos campos. Aqui e ali, os abetos escuros se erguiam com neve por cima dos galhos e o vento assobiava através deles. Anne achou realmente maravilhoso perscrutar todo esse mistério e beleza com sua melhor amiga, da qual estava há tanto tempo distante.

Minnie May, de 3 anos, ficara realmente muito doente. Estava deitada no sofá da cozinha, febril e inquieta, e sua respiração rouca podia ser ouvida por toda a casa. Mary Joe, uma moça francesa meiga e de rosto largo, que morava em Creek, a quem a senhora Barry havia contratado para cuidar das crianças em sua ausência, estava desamparada e confusa, incapaz de pensar em uma solução ou de fazer o que pensasse.

Anne começou a trabalhar com habilidade e presteza.

— Minnie May realmente tem crupe e está muito mal, mas já vi casos piores. Primeiro, precisamos de muita água quente. Diana, não tem mais do que uma xícara na chaleira! Agora, sim, está cheia. Mary Joe, coloque um pouco de lenha no fogão. Não quero magoar seus sentimentos, mas já deveria ter pensado nisso, se tivesse alguma imaginação. Agora, vou despir Minnie May e colocá-la na cama. Pegue algumas flanelas macias, Diana. Vou dar a ela uma dose do xarope.

Minnie May não recebeu bem o xarope, mas Anne não tinha cuidado de três pares de gêmeos em vão. Ela deu o xarope à menina não apenas uma vez, mas muitas outras durante a longa e aflitiva noite em que se dedicaram pacientemente a cuidar de Minnie May. Já Mary Joe, sinceramente ansiosa por fazer tudo o que pudesse, manteve o fogo sempre aceso e aqueceu mais água do que o necessário para um hospital lotado de bebês com crupe.

Eram 3 horas da madrugada quando Matthew chegou com um médico, pois teve de ir a Spencervale para encontrar um. No entanto, a urgência já tinha passado e Minnie May estava muito melhor e dormia profundamente.

— Eu estava quase desistindo de tanto desespero — explicou Anne. — Ela estava piorando, até ficar mais doente que os gêmeos Hammond. Na verdade, pensei que sufocaria até a morte. Dei a ela todo o xarope e, na última dose, disse para mim mesma — não para Diana ou para Mary Joe, porque não queria preocupá-las ainda mais, mas precisava aliviar minha angústia — "Esta é a última esperança, e temo que seja em vão". Mas, uns três minutos depois, ela tossiu todo o catarro e começou a melhorar imediatamente. Imagine meu alívio, doutor, porque não consigo expressá-lo em palavras. Algumas coisas não podem ser expressas em palavras, o senhor sabe.

— Sim, eu sei — assentiu o médico. Ele olhou para Anne como se estivesse pensando em algumas coisas que não podiam ser expressas em palavras. Mais tarde, porém, ele as expressou ao senhor e à senhora Barry. — Aquela garotinha ruiva dos Cuthbert é muito esperta. Ela salvou a vida daquela criança, pois já era tarde demais quando cheguei lá. Ela parece ter habilidade e presença de espírito perfeitas para alguém tão nova. Nunca vi nada como os olhos dela ao me explicar o que acontecera.

Naquela maravilhosa manhã de inverno, coberta de gelo, Anne voltou para casa com os olhos pesados por não ter dormido, mas ainda conversava com Matthew enquanto atravessavam o longo campo branco e caminhavam sob o brilhante arco de bordos do Caminhos dos Enamorados.

— Ah, Matthew, não é uma manhã maravilhosa? O mundo parece algo que Deus imaginou para Seu próprio deleite, não é? Parece que poderíamos derrubar aquelas árvores apenas com um sopro... puf! Sou muito feliz por viver em um mundo onde existem geadas, você não? E estou muito feliz que a senhora Hammond tenha tido três pares de gêmeos. Se ela não os tivesse, talvez eu não soubesse o que fazer por Minnie May. Estou arrependida por ter ficado brava com a senhora Hammond por ter gêmeos. Mas, ah, Matthew, estou com muito sono. Não posso ir para a escola. Não conseguiria manter os olhos abertos e seria muito burra. Mas odeio ficar em casa, porque Gil... outro aluno será o melhor da turma,x e é tão difícil se tornar a melhor de novo, embora, é claro, quanto mais difícil, mais prazeroso será, não é?

— Acho que você vai ficar bem — disse Matthew, olhando para o pequeno rosto pálido de Anne e as sombras escuras sob seus olhos. — Vá direto para a cama e durma bem. Eu cuido das tarefas da casa.

Anne foi para a cama e dormiu tanto e tão profundamente que a tarde branca de inverno já começava a ficar rosada, quando ela acordou e desceu para a cozinha, onde Marilla, que havia chegado nesse meio-tempo, tricotava.

— Ah, você viu o primeiro-ministro? — exclamou Anne. — Como ele é, Marilla?

— Bem, ele não chegou a primeiro-ministro por causa da aparência — disse Marilla. — Um nariz como o dele! Mas fala muito bem. Tive orgulho de ser conservadora. Rachel Lynde, claro, sendo liberal, não gostou dele. Seu almoço está no forno,

Anne, e pode pegar um pouco de doce de ameixa na despensa. Deve estar com fome. Matthew me contou sobre a noite passada. Foi muita sorte que você soubesse o que fazer. Eu mesma não saberia, pois nunca vi um caso desse. Mas, agora, preocupe-se apenas em comer. Pelo seu olhar, já sei que tem muita coisa para contar, mas isso pode esperar.

Marilla tinha algo a dizer a Anne, mas não falou nada naquele momento, pois sabia que sua excitação a levaria para longe de assuntos práticos como apetite ou almoço. Apenas depois de Anne terminar o doce de ameixa, Marilla disse:

— A senhora Barry esteve aqui à tarde, Anne. Ela queria ver você, mas não quis acordá-la. Disse que você salvou a vida de Minnie May e está arrependida por ter agido daquela forma com você no caso do vinho. Disse que tem consciência de que não era sua intenção embebedar Diana e espera que você a perdoe e volte a ser amiga da filha dela. Você pode ir lá esta noite porque Diana não pode sair, pois está gripada. Agora, Anne Shirley, pelo amor de Deus, não fique no mundo da lua.

O aviso não parecia desnecessário, tão exaltada e aérea eram a expressão e a atitude de Anne quando se levantou, com o rosto irradiado pela chama de seu estado de espírito.

— Ah, Marilla, posso ir agora, sem lavar a louça? Lavo quando voltar, mas não posso me prender a algo tão pouco romântico como lavar a louça neste momento emocionante.

— Sim, sim, vá — disse Marilla, indulgente. — Anne Shirley, está doida? Volte e se agasalhe. É como falar com as paredes. Ela se foi sem gorro e sem casaco. E saiu correndo pelo pomar com os cabelos voando. Será uma bênção se não se resfriar nesse frio.

Anne voltou para casa dançando pelos caminhos cobertos de neve sob o crepúsculo púrpura do inverno. Ao longe, no sudoeste, vislumbrava-se o brilho cintilante e perolado de uma estrela da tarde no céu dourado e etéreo que se erguia sobre espaços brancos reluzentes e vales escuros de abetos. O tilintar dos sinos dos trenós nas colinas nevadas parecia uma melodia élfica no ar gelado, mas a música deles não era mais doce do que a música no coração e nos lábios de Anne.

— Você vê diante de si uma pessoa totalmente feliz, Marilla — anunciou ela. — Estou muito feliz, apesar do meu cabelo ruivo. No momento, minha alma está além do meu cabelo. A senhora Barry me beijou, chorou e disse que estava arrependida e que jamais conseguiria me retribuir. Marilla, fiquei muito constrangida, mas disse com o máximo de educação: "Não tenho nenhum ressentimento, senhora Barry. Esteja certa, de uma vez por todas, de que não pretendia embebedar Diana e, a partir de agora, cobrirei o passado com o manto do esquecimento". Foi uma maneira bastante digna de falar, não foi, Marilla? — Senti que estava amontoando brasas sobre a cabeça da senhora Barry. E Diana e eu tivemos uma tarde adorável. Diana me mostrou um novo ponto de crochê que sua tia de Carmody lhe ensinou. Nenhuma alma em Avonlea conhece esse ponto além de nós, e juramos que nunca iremos revelá-lo a ninguém. Diana me deu um lindo cartão com o desenho de uma coroa de rosas e um poema:

Se você me ama como eu te amo,

Nada além da morte pode nos separar.

— E é verdade, Marilla. Vamos pedir ao senhor Phillips que nos deixe sentar juntas novamente na escola, e Gertie Pye poderá se sentar com Minnie Andrews. Tomamos um chá muito elegante. A senhora Barry usou a melhor porcelana, Marilla, como se eu fosse uma visita de verdade. Não consigo dizer a emoção que senti. Ninguém nunca usou a melhor porcelana comigo antes. E comemos bolo de frutas e bolo inglês, e rosquinhas e dois tipos de compota, Marilla. E a senhora Barry me perguntou se eu tinha tomado chá e disse ao marido: "Por que não passa os biscoitos para Anne?". Marilla, deve ser adorável crescer e ser tratada sempre como adulto.

— Não sei, não — disse Marilla, com um breve suspiro.

— Bem, de qualquer forma, quando eu crescer — disse Anne, decidida —, falarei com as garotas como se também fossem adultas, não darei risada quando usarem palavras complicadas. Sei por experiência própria como isso machuca os sentimentos. Depois do chá, Diana e eu fizemos caramelos. Mas não ficaram muito bons. Acho que foi porque nunca havíamos feito. Diana me deixou mexer a panela enquanto passava manteiga nas assadeiras, mas me distraí e deixei queimar. Então, quando colocamos as assadeiras para esfriar, o gato andou sobre elas e tivemos que jogar fora. Mas foi esplêndido e divertido. Então, quando estava vindo embora, a senhora Barry me pediu para voltar sempre que quisesse, e Diana ficou de pé junto à janela me mandando beijos até eu chegar à Alameda dos Enamorados. Garanto, Marilla, que vou orar hoje à noite com vontade e vou pensar em uma oração nova especialmente em homenagem a essa ocasião.

capítulo 19

Um concerto, uma catástrofe e uma confissão

— Marilla, posso ver Diana só por um minuto? — perguntou Anne, descendo sem fôlego pelas escadas do sótão numa noite de fevereiro.

— Não sei por que quer passear depois do anoitecer — disse Marilla brevemente. — Você e Diana voltaram da escola juntas e ficaram lá fora na neve mais meia hora, falando sem parar. Não acho que precise tanto assim vê-la novamente.

— Mas ela quer me ver — implorou Anne. — Ela tem algo muito importante para me dizer.

— Como você sabe disso?

— Porque ela me sinalizou da janela dela. Arrumamos uma maneira de sinalizar usando velas e papelão. Colocamos a vela no peitoril da janela e fazemos *flashes* passando o papelão para lá e para cá. Tantos *flashes* significam certa coisa. Foi minha ideia, Marilla.

— Aposto que sim — disse Marilla enfaticamente. — E a próxima será colocar fogo nas cortinas com essa bobagem de sinalização.

— Ah, nós somos muito cuidadosas, Marilla. E é tão interessante. Dois *flashes* significam: "Você está aí?". Três significam "Sim" e quatro, "Não". Cinco significam: "Venha o mais rápido possível, porque tenho algo importante a contar". Diana acaba de assinalar cinco *flashes*, e estou realmente ansiosa para saber o que é.

— Não fique mais — disse Marilla sarcasticamente. — Pode ir, mas volte daqui dez minutos.

Anne lembrou-se de que tinha hora para voltar e cumpriu o prometido, embora provavelmente nenhum mortal jamais saiba o quanto custou a ela limitar a conversa com Diana a apenas dez minutos. Mas pelo menos usara bem o tempo que tinha.

— Ah, Marilla, o que você acha? Amanhã é aniversário de Diana. Bem, a mãe dela disse que ela poderia me convidar para ir à casa delas depois da escola e passar a noite lá. Seus primos estão vindo de Newbridge em um grande trenó para assistir a um concerto no Clube de Debates amanhã à noite. E eles vão nos levar, se você deixar, é claro. Você deixa, não deixa, Marilla? Ah, estou tão animada.

— Acalme-se então, porque você não vai. Estará melhor em casa, na sua cama, e, quanto ao concerto, isso é bobagem... as meninas não deveriam poder ir a esses lugares.

— Tenho certeza de que o Clube de Debates é um lugar muito respeitável — implorou Anne.

— Não disse que não é. Mas você não vai começar a ir a concertos e ficar a noite toda fora. Isso não é para as crianças. Estou surpresa que a senhora Barry deixe Diana ir.

— Mas é uma ocasião muito especial — lamentou Anne, à beira das lágrimas. — Diana faz aniversário apenas uma vez ao ano. Aniversários não são dias comuns, Marilla. Prissy Andrews vai recitar "O toque de recolher não deve soar à noite". É uma peça com uma moral muito boa, Marilla, tenho certeza de que me faria muito bem ouvi-la. E o coral vai cantar quatro canções dramáticas, que são quase tão boas quanto os hinos. E, Marilla, o pastor vai participar; sim, ele vai. Ele fará um discurso. Será como um sermão. Por favor, Marilla?

— Você ouviu o que eu disse, Anne, não ouviu? Tire as botas agora e vá para a cama. São oito e meia.

— Só mais uma coisa, Marilla — disse Anne, como para usar seu último recurso. — A senhora Barry disse a Diana que poderíamos dormir no quarto de hóspedes. Pense na honra de sua pequena Anne ser colocada no quarto de hóspedes.

— É uma honra sem a qual terá de viver. Vá para a cama, Anne, e não diga mais uma palavra.

Quando Anne, com lágrimas pelo rosto, subiu tristemente para o quarto, Matthew, que aparentemente dormira no sofá durante toda a conversa, abriu os olhos e disse decididamente:

— Marilla, você deveria deixar Anne ir.

— Não — replicou Marilla. — Quem está criando essa criança, Matthew, você ou eu?

— Bem, é você — admitiu Matthew.

— Não interfira, então.

— Eu não estou interferindo. Dar a própria opinião não é interferir. E minha opinião é de que você deve deixar Anne ir.

— Por você eu deveria deixar Anne ir para a Lua se ela pedisse, não tenho dúvida — foi a reposta amável de Marilla. — Eu poderia deixar ela passar a noite com Diana, se fosse só isso. Mas não aprovo esse plano de concerto. Ela iria e acabaria ficando resfriada e com a cabeça cheia de bobagens e excitação. Isso a perturbaria por uma semana. Conheço o temperamento dela e sei o que é melhor para ela, Matthew.

— Só acho que você deveria deixar — repetiu Matthew com firmeza. Argumentar não era seu ponto forte, mas manter firme sua opinião certamente era. Marilla deu um suspiro e refugiou-se no silêncio. Na manhã seguinte, enquanto Anne lavava a louça do café da manhã, Matthew parou a caminho do celeiro para dizer a Marilla novamente:

— Ainda acho que você deveria deixar Anne ir, Marilla.

Por um momento, Marilla pensou em palavras que era melhor não pronunciar. Então se rendeu ao inevitável e disse, azeda:

— Muito bem, ela pode ir, já que só isso o deixará quieto.

Anne saiu correndo da pia, com o pano de prato pingando na mão.

— Ah, Marilla, Marilla, diga essas palavras abençoadas novamente.

— Acho que uma vez já basta. Isso é coisa de Matthew e por isso lavo minhas mãos. Se você pegar uma pneumonia dormindo em uma cama estranha ou saindo daquele concerto quente no meio da noite, não me culpe; culpe Matthew. Anne Shirley, você está pingando água gordurosa por todo o chão. Eu nunca vi uma criança tão descuidada.

— Oh, eu sei que sou uma provação para você, Marilla — disse Anne, arrependida. — Cometo muitos erros. Mas pense em todos os erros que não cometo, embora pudesse cometê-los. Vou pegar um pouco de areia e esfregar as manchas de gordura antes de ir para a escola. Marilla, meu coração estava pronto para ir a esse concerto. Nunca fui a um concerto na vida. Quando as outras meninas falam sobre isso na escola, me sinto excluída. Você não sabia exatamente como eu me sentia sobre isso, mas viu que Matthew entende. Matthew me entende, e é tão bom ser entendida, Marilla.

Anne estava empolgada demais para ser uma boa aluna na escola aquele dia. Gilbert Blythe passou-a em ortografia e a deixou bem para trás em aritmética. No entanto, a humilhação de Anne foi bem menor do que poderia ter sido, já que ela iria ao concerto e dormiria no quarto de hóspedes da casa de Diana. Ela e Diana conversaram tanto sobre isso naquele dia que, se tivessem um professor mais rigoroso do que o senhor Phillips, inevitavelmente teriam sido punidas.

Anne sentiu que não suportaria se não pudesse ir ao concerto, pois não se conversava de outra coisa na escola aquele dia. O Clube de Debates de Avonlea, que se reunia quinzenalmente durante o inverno, promovia vários pequenos eventos gratuitos; mas esse seria o maior, e custaria dez centavos de dólar, revertidos à biblioteca. Os jovens de Avonlea vinham praticando havia semanas, e todos os alunos estavam interessados em ir porque seus irmãos e irmãs mais velhos iriam participar. Todos na escola com mais de 9 anos de idade estavam ansiosos, exceto Carrie Sloane, cujo pai compartilhava das opiniões de Marilla sobre meninas pequenas irem a concertos noturnos. Carrie Sloane chorou sobre o livro de gramática a tarde toda e achou que a vida não valia mais a pena.

Para Anne, a verdadeira emoção começou logo na saída da escola e só aumentou a partir daí, até o êxtase na hora do concerto. Eles tomaram um "chá perfeitamente elegante"; e então veio a deliciosa tarefa de vestir-se no quartinho de Diana, no andar de cima. Diana arrumou a franja de Anne no novo estilo Pompadour, e Anne amarrou os laços de Diana com seu talento especial. Elas experimentaram pelo menos meia dúzia de maneiras diferentes de prender os cabelos. Por fim, estavam prontas, bochechas escarlates e olhos brilhantes de excitação.

É verdade que Anne não pôde deixar de sentir um pouco de inveja ao comparar seu gorro preto simples e seu casaco cinza de pano feio e mangas apertadas feito em casa com o gorro de pele e a jaqueta elegante de Diana. Mas ela lembrou a tempo que tinha ótima imaginação e poderia usá-la.

Então chegaram os primos de Diana, os Murray, de Newbridge; todos se amontoaram no grande trenó, entre palhas e mantas felpudas. Anne se divertiu no caminho para o concerto, deslizando pelas estradas suaves como cetim, com a neve afundando sob eles. O pôr do sol estava magnífico, e as colinas nevadas e as águas azuis profundas do golfo de São Lourenço pareciam rodear todo o esplendor como uma enorme tigela de pérolas e safiras repleta de vinho e fogo. O tilintar de sinos de trenó e risadas distantes que lembravam a alegria dos elfos da floresta vinham de todos os cantos.

— Ah, Diana — suspirou Anne, apertando a mão enluvada de Diana sob a manta felpuda —, não parece um lindo sonho? Pareço a mesma menina de sempre? Sinto-me tão diferente, que acho que estou refletindo isso na minha aparência.

— Está muito bem — disse Diana, que acabara de receber um elogio de um de seus primos e achava que deveria passá-lo adiante. — Está com uma cor linda.

A programação da noite foi uma série de "emoções" para pelo menos uma ouvinte na plateia e, como Anne garantiu a Diana, cada emoção era ainda mais emocionante que a anterior. Quando Prissy Andrews, em um novo vestido de seda rosa e um colar de pérolas em volta do pescoço fino e branco e com cravos naturais no cabelo — comentava-se o professor havia mandado buscá-los na cidade —, subiu a escada escorregadia e escura, Anne estremeceu em simpatia. Então o coro cantou "Far above the gentle daisies", e Anne olhou para o teto como se houvesse afrescos de anjos; e então Sam Sloane começou a explicar "How Sockery set a hen"[5], Anne riu até as pessoas próximas a ela rirem também, mais por causa dela do que por diversão, já que a história era bem conhecida até mesmo em Avonlea. Quando o senhor Phillips fez a oração de Marco Antônio diante do corpo de César em um tom muito emocionante — olhando para Prissy Andrews no fim de cada frase —, Anne sentiu que poderia se levantar e começar uma revolta ali mesmo, se pelo menos um cidadão romano tomasse a liderança.

Apenas uma apresentação não a interessou. Quando Gilbert Blythe recitou "Bingen no Reno", Anne pegou o livro que Rhoda Murray havia emprestado da bibliote-

---

5 · "Como Sockery (ou Zachary) pôs uma galinha para chocar ovos". (N. E.)

ca e o leu até ele terminar, depois se sentou imóvel enquanto Diana batia palmas até suas mãos formigarem.

Chegaram em casa às 11 horas, satisfeitas mas ainda ansiosas para conversar sobre o que tinham vivenciado. Parecia que todos dormiam e a casa estava escura e silenciosa. Anne e Diana caminharam na ponta dos pés até a sala de visitas, um cômodo comprido e estreito, de onde se chegava ao quarto de hóspedes. Estava agradavelmente quente e levemente iluminado pelas brasas do fogo na lareira.

— Vamos nos despir aqui — disse Diana. — É tão agradável e quente.

— Não foi uma noite magnífica? — suspirou Anne, extasiada. — Deve ser esplêndido subir ao palco e recitar. Será que um dia seremos convidadas, Diana?

— Sim, claro, um dia. Eles sempre pedem aos alunos mais velhos. Gilbert Blythe sempre vai, e ele é apenas dois anos mais velho que nós. Ah, Anne, como você pôde fingir que não o ouvia? Quando ele recitou o verso:

Há outra, mas não uma irmã,

e olhou para você.

— Diana — disse Anne com dignidade —, você é minha melhor amiga, mas não vou permitir que fale comigo sobre essa pessoa. Pronta para dormir? Vamos ver quem chega primeiro à cama.

A sugestão atraiu Diana. As duas pequenas figuras vestidas de branco correram pela sala comprida, atravessaram a porta do quarto de hóspedes e pularam na cama no mesmo momento. E então algo se moveu sob elas, houve um suspiro e um grito, e alguém disse com sotaque abafado:

— Misericórdia!

Anne e Diana nunca conseguiram contar como saíram da cama e do quarto. Só sabiam que, depois de uma corrida frenética, se viram na ponta dos pés, tremendo, no andar de cima.

— Ah, quem era... O que foi aquilo? — sussurrou Anne, os dentes batendo de frio e medo.

— Era tia Josephine — disse Diana, ofegando de tanto rir. — Ah, Anne, era tia Josephine, mas não sei por que ela está lá. Mas sei que ficará furiosa. É horrível... é realmente horrível... mas já viu coisa tão engraçada, Anne?

— Quem é sua tia Josephine?

— Ela é tia do meu pai e mora em Charlottetown. É muito velha — setenta e tantos — e não acho que já tenha sido menina um dia. Estávamos esperando a visita dela, mas não tão cedo. Ela é muito educada e formal, e vai nos repreender muito por isso, eu sei. Bem, vamos ter que dormir com Minnie May, e você não imagina o quanto ela chuta.

Josephine Barry não apareceu no café da manhã no dia seguinte. A senhora Barry sorriu gentilmente para as duas meninas.

— Divertiram-se ontem à noite? Tentei ficar acordada até vocês chegarem, pois queria contar que tia Josephine havia chegado e que vocês teriam de dormir no andar de cima, afinal, mas estava tão cansada que adormeci. Espero que não tenham incomodado sua tia, Diana.

Diana ficou em um silêncio discreto, mas ela e Anne trocaram sorrisos furtivos de culpa e diversão por cima da mesa. Anne correu para casa depois do café e, portanto, continuou feliz sem saber da confusão que estava acontecendo na casa dos Barry até o final da tarde, quando foi até a casa da senhora Lynde a pedido de Marilla.

— Então você e Diana quase mataram de susto a pobre senhorita Barry ontem à noite? — disse a senhora Lynde severamente, mas com um brilho nos olhos. — A senhora Barry esteve aqui há alguns minutos a caminho de Carmody. Ela está realmente preocupada com isso. A velha senhorita Barry estava com um humor terrível quando se levantou esta manhã. E o humor de Josephine Barry não é brincadeira. Ela não falou com Diana.

— Não foi culpa de Diana — disse Anne, arrependida. — É minha culpa. Sugeri correr para ver quem chegaria à cama primeiro.

— Eu sabia! — disse a senhora Lynde, com a animação de quem sempre adivinha as coisas. — Sabia que essa ideia tinha vindo da sua cabeça. Bem, isso causou muitos problemas. A velha senhorita Barry veio para ficar um mês, mas disse que não ficará mais nem um dia e voltará para a cidade amanhã, mesmo que seja domingo. Ela teria ido hoje se alguém pudesse levá-la. Havia prometido pagar três meses de aulas de música para Diana, mas agora está decidida a não fazer absolutamente mais nada por essa moleca. Ah, acho que eles passaram por momentos aflitivos esta manhã. A velha senhorita Barry é rica, e eles gostariam de manter o bom relacionamento com ela. É claro que a senhora Barry não me disse exatamente isso, mas compreendo bem a natureza humana.

— Sou uma garota tão azarada— lamentou Anne. — Estou sempre me metendo em confusão e levando meus melhores amigos junto comigo... pessoas pelas quais daria a vida. Sabe me dizer por quê, senhora Lynde?

— Porque você é muito desatenta e impulsiva, criança, por isso. Você nunca para para pensar. Tudo o que lhe vem à cabeça você fala ou faz sem refletir.

— Ah, mas assim é melhor — protestou Anne. — Algo simplesmente surge em sua cabeça, é tão emocionante, e você precisa colocar para fora. Se parar para refletir, estraga tudo. Nunca sentiu isso, senhora Lynde?

Não, a senhora Lynde nunca sentira aquilo. E balançou a cabeça sabiamente.

— Deveria começar a refletir um pouco, Anne. Deveria seguir aquele ditado que diz "Olhe bem antes de saltar", especialmente quando pula em cama de quartos de hóspedes.

A senhora Lynde riu bastante da própria piada, mas Anne permaneceu pensativa. Não viu graça na situação, que para ela parecia muito séria. Quando saiu da casa da senhora Lynde, atravessou os campos cobertos de neve e foi até Orchard Slope. Diana a encontrou à porta da cozinha.

— Sua tia Josephine ficou muito brava, não foi? — sussurrou Anne.

— Sim — respondeu Diana, abafando uma risadinha com um olhar apreensivo por cima do ombro para a porta fechada da sala de estar. — Ela estava com bastante raiva, Anne. Ah, como ela reclamou. Disse que eu tenho o pior temperamento que ela já viu e que meus pais deveriam ter vergonha da maneira como me educaram. Ela diz que não vai ficar aqui, mas não me importo com isso. No entanto, meu pai e minha mãe se importam.

— Por que você não disse a eles que foi minha culpa? — disse Anne.

— Eu não faria isso, não acha? — disse Diana. — Eu não sou dedo-duro, Anne Shirley, e, de qualquer maneira, também tenho culpa.

— Então eu vou contar a ela — disse Anne resolutamente.

Diana olhou.

— Anne Shirley, não! Ela vai comer você viva!

— Não me assuste mais ainda — implorou Anne. — Prefiro entrar na boca de um canhão. Mas tenho de fazer isso, Diana. Foi minha culpa e tenho que confessar. Felizmente, estou acostumada com isso.

— Bem, ela está na sala — disse Diana. — Você pode entrar se quiser. Eu não ousaria. E não acredito que isso vá ajudar em alguma coisa.

Com esse incentivo, Anne foi até o leão em sua cova... caminhou resolutamente até a porta da sala de estar e bateu de leve. Um afiado "Entre" se fez ouvir.

A senhorita Josephine Barry, magra, altiva e rígida, tricotava ferozmente perto do fogo da lareira, com sua ira ainda bastante visível e os olhos brilhando através dos óculos de aro dourado. Girou na cadeira, esperando ver Diana, mas encontrou uma garota de rosto pálido cujos grandes olhos estavam cheios de uma mistura de coragem desesperada e terror hesitante.

— Quem é você? — disse a senhorita Josephine Barry, sem cerimônia.

— Sou Anne de Green Gables — disse a pequena visitante, tremendo e apertando as mãos em seu gesto característico. — Vim me confessar.

— Confessar o quê?

— Foi minha culpa pular em cima da cama ontem à noite. Eu que sugeri. Diana nunca teria pensado nisso, tenho certeza. Ela é uma garota muito educada, senhorita Barry. Então, veja como é injusto culpá-la.

— Ah, é injusto? Acho que Diana tem sua parte nisso. Tais acontecimentos em uma casa de respeito como esta!

— Mas estávamos apenas brincando — persistiu Anne. — Acho que a senhorita deveria nos perdoar, senhorita Barry, agora que pedimos desculpas. De qualquer forma, por favor, perdoe Diana e deixe-a fazer as aulas de música. O coração de Diana é tão dedicado às aulas de música, senhorita Barry, e eu sei muito bem o que é amar tanto algo e não o ter. Se a senhorita tiver de se zangar, que seja comigo. Já estou tão acostumada a que as pessoas se zanguem comigo, que posso suportar muito melhor do que Diana.

Àquela altura, grande parte da raiva da senhorita Barry já tinha desaparecido e fora substituída por um brilho de interesse divertido. Mas ela ainda disse severamente:

— Não acho que seja desculpa o fato de que estavam apenas brincando. As garotinhas não se entregavam à diversão dessa forma quando eu era jovem. Você não sabe o que é despertar de um sono profundo, depois de uma longa e árdua viagem, com duas grandes garotas pulando em cima de você.

— Não sei, mas posso imaginar — disse Anne, ansiosa. — Tenho certeza de que deve ter sido muito perturbador. Mas há também o nosso lado. Tem imaginação, senhorita Barry? Se tiver, basta colocar-se em nosso lugar. Não sabíamos que havia alguém naquela cama e a senhorita quase nos matou de susto. Foi simplesmente horrível o que sentimos. E não pudemos dormir no quarto de hóspedes como haviam nos prometido. Suponho que a senhorita esteja acostumada a dormir em quartos de hóspedes. Mas imagine como se sentiria se fosse uma menina órfã que nunca teve essa honra.

Toda a ira já havia passado nesse momento. A senhorita Barry realmente riu — um som que fez Diana, à espera, ansiosa e em silêncio, na cozinha, dar um grande suspiro de alívio.

— Acho que minha imaginação está um pouco enferrujada... faz tanto tempo que não a uso — disse ela. — Ouso dizer que seu pedido de compreensão é tão compreensível quanto o meu. Tudo depende do ponto de vista. Sente-se aqui e me conte mais sobre você.

— Sinto muito, mas não posso — disse Anne com firmeza. — Gostaria muito, porque a senhorita me parece uma mulher interessante e pode ser um espírito afim, embora não pareça. Mas é meu dever voltar para casa, a senhorita Marilla Cuthbert é uma mulher muito boa que me adotou e está me educando adequadamente. Ela está fazendo o melhor que pode, mas é um trabalho muito difícil. Não a culpe por eu ter pulado na cama. Mas antes de ir embora, por favor, diga-me se perdoará Diana e se ficará o tempo que pretendia em Avonlea.

— Acho que sim, se você vier conversar comigo de vez em quando — disse a senhorita Barry.

Naquela noite, a senhorita Barry deu a Diana um bracelete de prata e contou aos adultos da casa que havia desfeito a mala.

— Decidi ficar simplesmente com o objetivo de me familiarizar com a garota Anne — disse ela com franqueza. — Ela me diverte e, nesta altura da vida, uma pessoa divertida é uma raridade.

O único comentário de Marilla quando ouviu a história foi: "Eu não disse?", dirigido para Matthew.

A senhorita Barry passou o mês todo e mais um pouco. Foi uma visita mais agradável do que o habitual, pois Anne a mantinha de bom humor. Elas se tornaram grandes amigas.

Quando a senhorita Barry foi embora, ela disse:

— Lembre-se, menina Anne, quando for à cidade, vá me visitar e eu a acomodarei na cama mais confortável do meu quarto de hóspedes.

— A senhorita Barry é um espírito afim, afinal — confidenciou Anne a Marilla. — Você não diria isso na primeira vez que a visse. Não dá para perceber logo de cara, como foi com Matthew, mas depois de um tempo, sim. Espíritos afins não são tão escassos quanto eu pensava. É esplêndido descobrir que existem tantos no mundo.

capítulo 20

Uma boa imaginação que deu errado

A primavera havia chegado mais uma vez a Green Gables — uma bela primavera canadense, caprichosa, imprevisível e destemida, que pairou sobre abril e maio numa sucessão de dias frescos e doces, um pouco frios também, com pores do sol rosados e milagres de ressurreição e crescimento. Os bordos na Alameda dos Enamorados tinham botões vermelhos e havia samambaias encaracoladas em volta da Fonte da Dríade. Subindo por trás da casa do senhor Silas Sloane, as flores-de-maio desabrochavam, doces estrelas rosas e brancas sob as folhas marrons. Meninos e meninas tinham uma tarde dourada pela frente, e voltariam para casa em um entardecer límpido, carregando cestas cheias de mimos floridos.

— Sinto tanto pelas pessoas que vivem onde não há flores-de-maio — disse Anne. — Diana diz que elas talvez tenham coisas melhores, mas o que poderia ser melhor que flores-de-maio, não é mesmo, Marilla? E Diana também diz que não se sente falta do que não se conhece. Acho isso tão triste! Seria trágico, Marilla, não saber o que são flores-de-maio e não sentir falta delas. Sabe o que são as flores-de-maio, Marilla? Acho que são as almas das flores que morreram no último verão e isto é o paraíso delas. Mas que dia esplêndido tivemos hoje, Marilla! Almoçamos em um oco de árvore grande e decorado com musgos perto de um poço — que lugar romântico! Charlie Sloane duvidou que Arty Gillis pulasse sobre o poço, e Arty pulou porque adora ser desafiado. Todos na escola adoram. Desafiar está tão na moda. O senhor Phillips presenteou Prissy Andrews com todas as flores-de-maio que encontrou, e eu o ouvi dizer "doces para a mais doce". Ele tirou isso de um livro, eu sei; mas mostra que tem alguma imaginação. Ofereceram-me flores-de-maio também, mas as desdenhei. Não posso dizer quem foi pois jurei que nunca pronunciaria seu nome. Fizemos coroas de flores-de-maio para nossos chapéus, e quando chegou a hora de voltar para casa, fomos em procissão pela estrada, aos pares, com nossos buquês e coroas, cantando "My Home on the Hill". Ah, foi tão maravilhoso, Marilla! Todos os familiares do senhor Silas Sloane correram para nos ver passar e todos com quem cruzávamos pela estrada ficavam nos olhando atônitos. Que espetáculo fizemos ali.

— Não me espanta! Quanta bobagem! — disse Marilla.

Após as flores de maio vieram as violetas, e o Vale das Violetas estava todo púrpura. Anne cruzou por ali em seu caminho para a escola com passos reverentes e olhos de devoção, como se caminhasse por solo sagrado.

— É estranho — disse para Diana —, pois, quando passo por aqui, não me importo se Gil... alguma pessoa é melhor do que eu na escola. Mas quando estou na escola é diferente e não vejo mais nada pela frente. Há tantas Annes em mim. Às vezes acho que por isso sou tão problemática. Se eu fosse apenas uma Anne, seria tudo tão mais fácil, mas em nada interessante.

Em um dia de junho, quando os pomares estavam todos rosa novamente, os sapos cantavam doce e alegremente nos pântanos próximos ao Lago das Águas Cintilantes e o ar tinha gosto de trevos e abetos balsâmicos, Anne sentou-se à janela. Estava fazendo as lições da escola, mas a escuridão a cobriu e a impediu de ler, então caiu em um devaneio de olhos bem abertos, fitando os galhos da clematite Rainha da Neve, mais uma vez maravilhada com os ramos de flores.

O quarto do sótão estava incólume em sua estrutura. As paredes eram brancas, a alfineteira dura, as cadeiras rígidas e amareladas como sempre. Mesmo assim, estava diferente. Estava cheio de uma personalidade vital e pulsante que invadia mas que não afetava os livros da escola, os vestidos e os laços, tampouco o vaso trincado com flores de macieira sobre a mesa. Era como se os sonhos dormentes e acordados da vívida ocupante tivessem se tornado visíveis, mesmo que de forma imaterial, e tivessem tecido aquele quarto nu com esplêndidas fitas de arco-íris e luares. Marilla veio lépida trazendo os aventais escolares recém-passados a ferro. Ela os pendurou sobre uma cadeira e sentou-se dando um leve suspiro. Teve mais uma daquelas dores de cabeça naquela tarde, e, ainda que a dor tivera passado, sentia-se fraca e exausta, como ela mesma expressou. Anne a olhou com olhos de branda simpatia.

— Queria ter tido essa dor de cabeça em seu lugar, Marilla. Teria passado bravamente por isso por você.

— Você me ajudou ao fazer o trabalho e me deixar descansar — disse Marilla. — Você parece ter melhorado e cometeu menos erros que o habitual. Claro, não precisava ter engomado os lenços de Matthew! E normalmente as pessoas colocam a torta no forno para aquecer e só tiram quando está pronta, em vez de deixá-la queimar lá dentro. Mas evidentemente não parece ser seu estilo.

Dores de cabeça deixavam Marilla um tanto sarcástica.

— Desculpe-me — disse Anne, penitente. — Realmente esqueci da torta assim que a coloquei no forno, mesmo sentindo instintivamente que faltava algo na mesa de jantar. Estava determinada, quando você me deixou no comando esta manhã, a não me distrair com nada e a manter cabeça no lugar. Estava indo bem até colocar a torta no forno, e aí uma tentação irresistível me tomou e comecei a me imaginar como uma princesa encantada trancafiada em uma torre solitária aguardando um lindo cavaleiro vir me resgatar em seu cavalo preto como o carvão. Foi então que me esqueci da torta. Nem imaginava que tinha engomado os lenços. Enquanto passava as roupas a ferro, tentava pensar em um nome para uma ilha que Diana e eu havíamos descoberto perto do riacho. Mas que lugar estonteante, Marilla! Há dois bordos em volta dos quais o riacho flui. Então percebi como seria esplêndido chamá-la de Ilha Victoria, já que a encontramos no dia do aniversário da rainha. Diana e eu somos muito leais. Desculpe-me pela torta e os lenços. Queria ser competente porque hoje é uma data especial. Lembra o que aconteceu neste dia, no ano passado, Marilla?

— Não me lembro de nada especial.

— Ah, Marilla, foi o dia em que cheguei a Green Gables. Jamais vou me esquecer. Foi o momento mais importante da minha vida. Claro que não seria tão importante para você. Cheguei aqui há um ano e tenho sido tão feliz! Tive meus problemas, confesso, mas é perdoável viver com problemas. Você se ressente em ter me deixado ficar, Marilla?

— Não diria que me ressinto — respondeu Marilla, que às vezes se perguntava como viveu antes de Anne chegar a Green Gables. — Não necessariamente ressentida. Se você terminou seus afazeres, Anne, quero que vá até a senhora Barry e pergunte se ela me emprestaria o molde de avental da Diana.

— Ah... Está... Está tão escuro — choramingou Anne.

— Escuro? Ora, ainda está anoitecendo! Só Deus sabe quantas vezes você saiu ao anoitecer!

— Irei amanhã pela manhã — disse Anne efusivamente. — Levanto cedo e vou até lá, Marilla.

— Mas o que deu em você, Anne Shirley? Preciso do molde para cortar seu avental esta noite. Vá logo e não seja boba!

— Vou ter de dar a volta pela estrada, então — disse Anne, pegando seu chapéu com certa relutância.

— Vá pelo bosque, que é só meia hora! Ora, essa!

— Não posso ir pelo Bosque Assombrado, Marilla — Anne gritou desesperadamente.

Marilla a fitou.

— Bosque Assombrado? Enlouqueceu? Que diabos é o Bosque Assombrado?

— O bosque de abetos do riacho — Anne sussurrou.

— Que bobagem! Não tem nenhum bosque assombrado por aí. Quem lhe disse tamanho impropério?

— Ninguém — confessou Anne. — Diana e eu imaginamos que o bosque é assombrado. Todos os lugares no mundo são tão, tão comuns. Inventamos essa história só por distração. Começou em abril. Um bosque assombrado é tão romântico, Marilla. Escolhemos o bosque de abetos por ser sombrio. Ah, as coisas mais perturbadoras que imaginamos! Há uma mulher que anda pelo riacho neste exato momento, e ela sacode as mãos e chora copiosamente. Ela aparece sempre que acontece alguma morte na família. E o fantasma de uma garotinha assassinada assombra perto do Recanto Silvestre; ela surge por trás e pousa seus dedos gelados em sua mão. Ah, Marilla, tenho até pânico ao pensar nisso. Há também um homem sem cabeça que nos persegue pelo caminho, e esqueletos surgem por entre os galhos. Ah, Marilla, não iria pelo Bosque Assombrado à noite de forma alguma. Tenho certeza de que essas coisas penadas apareceriam por trás das árvores e me pegariam.

— Mas onde já se viu? — esgoelou-se Marilla, ouvindo com grande torpor. — Anne Shirley, você está dizendo que acredita nessa bobagem da sua própria imaginação?

— Não, não acredito — ponderou Anne. — Não acredito à luz do dia. Mas ao escurecer, Marilla, é quando os fantasmas aparecem.

— Fantasmas não existem, Anne.

— Ora, se existem, Marilla — disse Anne afobadamente. — Conheço pessoas que viram, pessoas respeitáveis. Charlie Sloane disse que sua avó viu seu avô pastorear as vacas uma noite, e isso depois de ter sido enterrado hávia um ano. Sabe que a avó de Charlie Sloane não mentiria à toa. Ela é uma mulher muito devota. E o pai da senhora Thomas foi perseguido uma noite por um cordeiro de fogo com a cabeça decepada, pendurada apenas por uma pequena tripa. Disse que era o espírito de seu irmão e era um aviso de que ele morreria dali nove dias. Ele não morreu no dia que achou, mas dois anos depois, então veja como era verdade. E Ruby Gillis disse...

— Anne Shirley — interrompeu Marilla com firmeza —, não quero mais ouvi-la dizer essas coisas. Tive dúvidas sobre sua imaginação logo que a conheci, e se é assim que as coisas são, então não serei conivente com mais nada. Vá até a casa dos Barry, e vá pelo bosque, para aprender que não há nada de errado. E não quero ouvir mais nem uma vírgula sobre bosques assombrados novamente!

Anne chorou e suplicou o quanto pôde, pois, para ela, aquilo tudo era muito real. Sua imaginação correu solta e ela esconjurou o bosque escuro. Mas Marilla mantinha-se inexorável. Empurrou a pequena testemunha de espíritos pela saída e ordenou-lhe que seguisse reto pela ponte e pelos retiros de mulheres esvoaçantes e espectros decapitados.

— Ah, Marilla, como pode ser tão cruel? — soluçou Anne. — Como se sentiria se algo me raptasse e me levasse daqui?

— Assumirei o risco — disse Marilla friamente. — Sabe como sou verdadeira. Vou curá-la desses fantasmas imaginários. Agora, ande.

Anne andou. Quer dizer, tropeçou pela ponte e arrastou-se pelo caminho escuro adiante. Anne jamais esquecera aquele caminho. Arrependeu-se amargamente pela liberdade que deu a sua imaginação. Seus fantasmas pairavam sob todas as sombras, levando as mãos frias e esqueléticas para pegar a pequena garota que lhes dera vida. Uma pequena casca de bétula soprando pelo vazio do bosque a paralisou. O ranger de dois longos galhos esfregando-se um no outro fê-la transpirar pela testa. O farfalhar dos morcegos sobre sua cabeça na escuridão fora como as asas de criaturas sinistras. Quando chegou ao campo do senhor William Bell, Anne correu por ele como se estivesse sendo perseguida por um exército de coisas brancas, e chegou à porta da cozinha dos Barry tão sem fôlego que mal podia concluir seu pedido sobre o modelo de avental. Diana não estava, então não havia desculpa para demoras. A apavorante jornada de volta teria de ser encarada. Anne voltou com os olhos fechados, preferindo ter a cabeça esmagada pelos galhos a ver as temidas coisas brancas. Quando alcançou a ponte de troncos, soltou um longo e tremido suspiro de alívio.

— Então, ninguém a pegou? — perguntou Marilla sem a menor simpatia.

— Ah, Marilla — disse Anne —, depois de hoje, muito me agradam os lugares comuns.

capítulo 21

Um novo sabor

"Querida eu, não há nada senão encontros e partidas neste mundo, como diz a senhora Lynde", lembrou Anne de forma bucólica, colocando o caderno e os livros sobre a mesa da cozinha naquele último dia de junho e esfregando os olhos vermelhos com um lenço úmido.

— Como foi bom, Marilla, pegar um lenço a mais hoje. Tive o pressentimento de que seria necessário, afinal.

— Jamais pensei que nutrisse algo tão forte pelo senhor Phillips a ponto de precisar de dois lenços para secar as lágrimas por sua partida — disse Marilla.

— Não acho que chorei por sentir algo por ele — refletiu Anne. — Chorei porque todos choraram. Ruby Gillis que começou. Ruby Gillis é sempre disse odiar o senhor Phillips, mas, tão logo levantou para dizer adeus, caiu em lágrimas. Então todas as garotas começaram a chorar, uma após a outra. Tentei me segurar, Marilla. Tentei me lembrar da vez em que o senhor Phillips me fez sentar com Gil... com um garoto, e da vez em que ele escreveu meu nome na lousa sem a letra "e" no final, e de como disse que eu era a pior aluna em geometria que ele já tinha visto e riu de como eu escrevo; e todas as vezes que ele foi tão grosseiro e sarcástico. Mas de alguma forma não me segurei, Marilla, tive de chorar também. Faz um mês que Jane Andrews tem dito o quanto ela ficaria feliz se o senhor Phillips fosse embora e que jamais derramaria uma lágrima por ele. Bem, ela chorou mais do que todas nós juntas, a ponto de pedir emprestado o lenço do irmão — claro, pois homens não choram —, porque não tinha trazido o próprio lenço, julgando que não precisaria. Ah, Marilla, foi de cortar o coração. O senhor Phillips fez um discurso de despedida tão bonito, começando com "chegou o momento de nos despedirmos". Foi muito afetuoso. Ele tinha lágrimas nos olhos, também, Marilla. Ah, me senti tão mal e com remorso por todas as vezes que conversei durante a aula e o desenhei no meu caderno e tirei sarro dele e Prissy. Gostaria de ter sido uma aluna exemplar, assim como Minnie Andrews. Sua consciência era vazia. As garotas choraram da escola até em casa. Carrie Sloane repetia a cada minuto "chegou o momento de nos despedirmos", e aquilo era um gatilho sempre que esboçávamos um momento de felicidade. Sinto-me terrivelmente triste, Marilla. Mas não é possível se ver em tamanho desespero sendo que dois meses de férias estão chegando, não é mesmo, Marilla? Além do mais, conhecemos o novo pastor e sua esposa vindo da estação. Mas estava me sentindo tão mal pela partida do senhor Phillips que acabei nem prestando atenção no novo pastor. Sua esposa é muito bonita. Não exatamente um escândalo de linda, claro — creio que um pastor com uma esposa escandalosamente linda seria um mau exemplo. A senhora Lynde disse que a esposa do pastor em Newbridge é um mau exemplo por conta de suas roupas da moda. A esposa do nosso novo pastor estava vestida em uma musselina azul com mangas bufantes adoráveis e um chapéu bem cortado com rosas. Jane Andrews disse que mangas bufantes são atrevidas demais para uma esposa de pastor, mas não fiz nenhum comentário depreciativo, Marilla, pois sei o que é ansiar por mangas bufantes. Além disso, ela se tornou esposa do pastor há pouco tempo, então algumas regalias são permitidas, não são? Eles vão se hospedar com a senhora Lynde até que o presbitério fique pronto.

 Se Marilla foi até a casa da senhora Lynde naquela tarde tentada por qualquer motivo que não fosse devolver os moldes de acolchoados que pediria emprestado no inverno passado, isso teria sido uma fraqueza amigável compartilhada por quase todos em Avonlea. Muitas coisas que a senhora Lynde emprestava, às vezes sem esperar vê-las novamente, voltavam pelas mãos de outros. Um novo pastor, ainda mais com uma esposa, era objeto de curiosidade no povoado de uma pequena cidadezinha com sensações tão esparsas.

 O velho senhor Bentley, pastor que Anne julgava de pouca imaginação, tinha ficado à frente de Avonlea por dezoito anos. Era viúvo quando chegou, e viúvo prosseguiu, apesar de ter se casado com as fofocas aqui e acolá. Em fevereiro último deixara o cargo e partiu em meio às lamentações de seu povo, que se afeiçoara a ele durante seu longo caminho, apesar das deficiências como orador. Desde então a igreja de Avonlea gozou de uma variedade de percepções religiosas por ouvir vários candidatos e "suplentes" que vinham domingo após domingo para testes de orações. Eles se mantinham ou caíam pelo julgamento dos pais e mães da comunidade; mas certa garotinha ruiva, que se sentava calmamente no canto do velho banco dos Cuthbert, na igreja, tinha as próprias opiniões e as discutia com Matthew; Marilla tinha por princípio não criticar pastores.

— Não acho que o senhor Smith conseguiria, Matthew — era o veredicto de Anne. A senhora Lynde disse que sua pregação era muito pobre, mas acho que ele era como o senhor Bentley: sem imaginação. Já o senhor Terry tinha muita; deixava-a solta, assim como eu fiz no caso do Bosque Assombrado. Além disso, a senhora Lynde disse que sua teologia não era das melhores. O senhor Gresham era um homem muito bom e religioso, mas contava muitas histórias engraçadas e fazia as pessoas rirem na igreja; ele era indigno, e há de se ter dignidade para ser pastor, não é verdade, Matthew? O senhor Marshall era decididamente atraente, mas a senhora Lynde diz que ele não é casado, tampouco noivo, porque ela fez um interrogatório sobre ele, e diz que não se pode ter um pastor jovem e solteiro em Avonlea, pois ele poderia se casar na congregação, e isso poderia ser um problema. A senhora Lynde é uma mulher que vê adiante, não é, Matthew? Estou feliz por terem chamado o senhor Allan. Gostei dele porque seu sermão é interessante e ele reza com fervor, e não por hábito. A senhora Lynde disse que ele não é perfeito, mas disse também que não devemos esperar um pastor perfeito por 750 dólares por ano, e de qualquer maneira sua teologia é sólida, pois ela o questionou em todos os pontos da doutrina. E ela conhece a família de sua esposa, e eles são respeitáveis e as mulheres são todas boas donas de casa. A senhora Lynde diz que um homem com uma doutrina sólida e uma mulher boa dona de casa são a combinação ideal para uma família de pastor.

O novo pastor e a esposa eram um casal jovem e bem-apessoado, ainda em lua de mel, cheios de boas atitudes e entusiasmo pela vida que escolheram. Avonlea abriu o coração para eles desde o princípio. Novos e velhos gostavam daquele jovem franco e vivaz, com grandes ideais, assim como gostavam também da mulher gentil e brilhante que assumiu os afazeres domésticos do presbitério. Anne ficou imediata e profundamente apaixonada pela senhora Allan. Havia encontrado outro espírito afim.

— A senhora Allan é extremamente amável — anunciou Anne num sábado à tarde. — Ela é nossa professora e pareceu-me esplêndida. Disse prontamente que não era justo o professor fazer todas as perguntas, e você sabe, Marilla, é exatamente o que eu sempre pensei. Ela disse que poderíamos perguntar o que quiséssemos, e fiz várias perguntas. Sou boa em fazer perguntas, Marilla.

— Sim, acredito em você! — disse Marilla, enfaticamente.

— Ninguém mais fez perguntas, exceto Ruby Gillis, e ela perguntou se haveria o piquenique da escola dominical este ano. Não achei que fosse a pergunta mais apropriada a se fazer, pois não havia nenhuma relação com a aula. A aula era sobre Daniel na cova dos leões, mas a senhora Allan apenas sorriu e disse que achava que sim. A senhora Allan tem um sorriso muito bonito; ela tem covinhas tão lindas nas bochechas. Queria ter covinhas nas bochechas, Marilla. Não estou mais tão magra como quando cheguei, mas ainda não tenho covinhas. Se tivesse, talvez pudesse influenciar as pessoas fazer o bem sempre. A senhora Allan disse que devemos sempre influenciar as pessoas a fazer o bem sempre. Ela fala tão bonito sobre tudo. Jamais imaginei que a religião fosse algo tão emocionante até vê-la. Sempre vi a religião como algo melancólico, mas a senhora Allan não vê assim, por isso gostaria de ser cristã se eu pudesse ser como ela. Não quero ser cristã como o superintendente Bell.

— Que coisa feia falar assim do senhor Bell — disse Marilla com certa severidade. — O senhor Bell é um bom homem.

— Sim, claro que é — concordou Anne —, mas não me parece que ele faz bom uso disso. Se eu pudesse ser boa, dançaria e cantaria o dia todo por estar feliz. Acho que a senhora Allan já está velha para dançar e cantar e, claro, não seria digno para a esposa de um pastor. Mas percebo que ela se contenta em ser cristã e que também seria se não precisasse disso para chegar ao paraíso.

— Acho que devemos convidar o senhor e a senhora Allan para um chá qualquer dia — refletiu Marilla. — Eles já visitaram todas as casas, menos a nossa. Deixe-me ver. Poderia ser na próxima quarta-feira. Mas não diga nada para Matthew, pois, se ele souber que eles virão, inventará qualquer desculpa para fugir do compromisso. Ele estava tão acostumado com a presença do senhor Bentley que mal se importava, mas terá dificuldades em se familiarizar com o novo pastor, e a esposa o colocará em pânico.

— Minha boca é um túmulo — assegurou Anne. — Mas, ah, Marilla, me deixe fazer um bolo para a ocasião? Adoraria fazer algo para a senhora Allan, e você sabe que já sou uma boa boleira.

— Você pode fazer um bolo de camadas — prometeu Marilla.

A segunda-feira e a terça-feira foram dias de grandes preparações em Green Gables. Que tarefa era receber o pastor e sua esposa para o chá, e Marilla estava determinada a não ser superada por nenhuma das donas de casa de Avonlea. Anne estava vibrando de ansiedade e prazer. Contou tudo para Diana no final da terça-feira, sentadas nas grandes pedras vermelhas na Fonte da Dríade, e Anne fazia arco-íris na água com pequenos galhos embebidos no bálsamo dos abetos.

— Está tudo pronto, Diana, menos o bolo que farei pela manhã, e os biscoitos de fermento que Marilla preparará pouco antes da hora do chá. Tenha certeza, Diana, que Marilla e eu tivemos dois dias bem cheios. É uma grande responsabilidade receber a família do pastor para o chá. Jamais pensei que teria essa experiência. Você precisava ver nossa despensa. É uma visão e tanto. Vamos comer galantina de frango e língua fria. Devemos ter dois tipos de geleia, vermelha e amarela, torta de limão com chantili, torta de cerejas, três tipos de biscoitos, e bolo de frutas, e a compota de ameixas que Marilla reserva especialmente para os pastores; pão de ló e bolo de camadas, e biscoitos, como já mencionei; pão novo e velho, caso o pastor tenha dispepsia e não possa provar pão novo. A senhora Lynde diz que os pastores são assim, mas não acredito que o senhor Allan seja pastor há tanto tempo para sofrer disso. Mas fico com receio quando penso no bolo de camadas. Ah, Diana, e se não ficar bom? Noite passada sonhei que uma gárgula me perseguia, e ela tinha cabeça de bolo de camadas.

— Vai dar tudo certo — disse Diana, com uma voz reconfortante. — O bolo que você preparou para o almoço no Recanto Silvestre estava muito bom.

— Sim, mas bolos podem ficar ruins especialmente quando queremos que fiquem bons — suspirou Anne, deixando que um pequeno galho flutuasse pela água. — De todo modo, vou confiar na Providência e ter cuidado ao usar a farinha. Ah, veja, Diana, que arco-íris lindo! Você acha que a ninfa vai sair do oco das árvores e usar esse arco-íris como uma echarpe?

— Você sabe que ninfas não existem, não é? — disse Diana. Sua mãe havia descoberto sobre o Bosque Assombrado e ficara muito brava. Por conta disso, Diana deixou de lado os voos de sua imaginação e achou prudente não pensar mais nem nas inofensivas ninfas.

— Mas é tão fácil imaginar que elas existem! — disse Anne. — Toda noite, quando me deito, olho pela janela e penso que uma ninfa está sentada comigo, penteando os cachinhos com a fonte como espelho. Às vezes, vejo suas pegadas no comecinho da manhã. Ah, Diana, não pare de acreditar nas ninfas!

Chegou a quarta-feira. Anne levantou-se com o sol, pois estava muito entusiasmada para continuar dormindo. Pegara um forte resfriado por ter se molhado na noite anterior; mas nem uma pneumonia a impediria de executar seus afazeres culinários naquela manhã. Após o café, começou a preparar o bolo. Quando fechou o forno, deu um longo suspiro.

— Tenho certeza de que não me esqueci de nada desta vez, Marilla. Acha que ele vai crescer? E se o fermento não for tão bom? E eu usei a lata nova. A senhora Lynde diz que não dá para ter certeza da qualidade do fermento nos dias de hoje, pois tudo é tão adulterado. A senhora Lynde diz que o governo tem de tomar uma atitude com relação a isso, mas que um governo conservador nunca fará nada. Marilla, e se o bolo não crescer?

— Já temos comida suficiente — disse Marilla sem o menor apreço pelo assunto.

O bolo realmente cresceu, e saiu do forno tão leve e dourado quanto uma pluma de ouro. Anne, ruborescida de contentamento, uniu as camadas com geleia rubi enquanto imaginava a senhora Allan saboreando o bolo e pedindo mais!

— Usaremos o melhor jogo de chá, presumo eu, Marilla. Posso enfeitar a mesa com rosas e samambaias?

— Acho que não faz o menor sentido — ignorou Marilla. — Para mim, o que importa é o que comemos, e não as decorações extravagantes.

— A senhora Barry decorou a mesa dela — disse Anne, valendo-se da sabedoria da serpente. — E o pastor lhe fez um belo elogio. Disse que era um banquete tanto para os olhos quanto para o paladar.

— Bem, faça como quiser — disse Marilla, determinada a não ser inferiorizada pela senhora Barry ou qualquer outra pessoa. — Apenas deixe espaço suficiente para a louça e a comida.

Anne começou a decorar a mesa de forma a desbancar a senhora Barry. Tendo em mãos uma abundância de rosas e samambaias, além de um grande senso artístico muito próprio, criou tamanha beleza na mesa de chá que, quando o pastor e a esposa se sentaram, exaltaram em coro tal delicadeza.

— É a arte de Anne — disse Marilla com um sorriso; e Anne sentiu que a aprovação da senhora Allan era a maior felicidade que encontraria no mundo.

Matthew estava lá, um tanto forçado, e só Deus e Anne sabiam disso. Estava em um estado de timidez tão grande que Marilla desistiu dele, mas Anne o conduziu com as mãos de forma tão graciosa que ele se sentou à mesa com sua melhor indumentária, colarinho branco, e conversou com o pastor de maneira interessada. Jamais dirigiu uma palavra à esposa do pastor, mas isso, com certeza, já era esperado.

Tudo correu bem como se esperava até a hora do bolo de Anne. A senhora Allan, após refestelar-se com tamanha variedade de opções, declinou a oferta do bolo. Mas Marilla, vendo Anne ser tomada por um grande desapontamento, disse sorridente:

— Ah, experimente um pedaço, senhora Allan. Anne fez especialmente para a senhora.

— Nesse caso, aceito — a senhora Allan riu, servindo-se de uma grande fatia, assim como o pastor e Marilla.

A senhora Allan provou um bocado e uma expressão peculiar surgiu em seu rosto; não disse uma palavra, mas comeu tudo. Marilla notou a expressão dela e provou um pedaço do bolo.

— Anne Shirley! — exclamou. — Que diabos você colocou no bolo?

— Nada além do que a receita pedia, Marilla — disse Anne com voz angustiada. — Não está bom?

— Está péssimo, horrível. Senhora Allan, não coma. Anne, venha provar. Que ingrediente você usou?

— Baunilha — disse Anne, envergonhada após provar um pedaço. — Apenas baunilha. Ah, Marilla, deve ter sido o fermento! Achei que não daria certo desde o início...

— Fermento nada! Pegue o pote de baunilha que você usou.

Anne correu para a despensa e voltou com um potinho parcialmente cheio de um líquido marrom rotulado "a melhor baunilha".

Marilla pegou, tirou a tampa, cheirou.

— Valha-me Deus, Anne, você colocou unguento sedativo! Quebrei a garrafa de unguento semana passada e coloquei o que sobrou no pote velho de baunilha. É minha culpa também... deveria tê-la avisado. Mas, pelos céus, por que não abriu o pote e cheirou antes de usar?

Anne era só lágrimas após tamanha desgraça.

— Eu não conseguiria... Estava resfriada! Correu para sótão, enfiou-se na cama e chorou de tal forma que não havia quem a reconfortasse.

Ouviram-se passos leves na escada e alguém adentrou ao quarto.

— Ah, Marilla — soluçava Anne sem olhar para cima. — Caí em eterna desgraça. Como viverei assim? As pessoas vão falar... as pessoas sempre falam em Avonlea. Diana perguntará como ficou meu bolo e terei de dizer a verdade. Serei sempre vista como a garota que usou unguento sedativo no bolo. Gil... os garotos vão rir. Ah, Marilla, se tiver um pouco de benevolência cristã, não me peça para descer e lavar a louça. Faço isso quando o pastor e a esposa tiverem ido, mas não posso encarar a senhora Allan novamente. Ela pensará que tentei envená-la. A senhora Lynde diz conhecer uma garota órfã que tentou envenenar seu benfeitor. Mas o unguento não é venenoso. É para ingeri-lo, mas não em bolos. Não diga nada à senhora Allan, sim, Marilla?

— Bem, então apresse-se e diga você mesma — disse uma voz cândida.

Anne deu um pulo e viu a senhora Allan ao seu lado, olhando-a com olhos risonhos.

— Meu anjo, não chore assim — disse, com pena de Anne e seu rosto trágico. — Ora, é só um engano que qualquer pessoa cometeria.

— Ah, não, é demais para mim cometer um engano desse — disse Anne com um tom de completo abandono. — Queria fazer um bolo delicioso para a senhora.

— Eu sei, minha querida. E agradeço por sua gentileza como faria se tudo tivesse corrido bem. Agora, não chore mais. Desça comigo e me mostre seu jardim. A senhorita Cuthbert disse que você tem um espaço só seu. Gostaria de vê-lo, tenho muito apreço por flores.

Anne permitiu-se ser guiada até o andar de baixo e ser confortada, tendo em mente que era uma dádiva a senhora Allan ter um espírito tão bom. Nenhuma palavra foi dita sobre o bolo de unguento e, quando os convidados se foram, Anne descobriu que aproveitou a noite mais do que esperava, considerando o terrível incidente. De qualquer forma, soltou um grave suspiro.

— Marilla, é bom saber que amanhã é um novo dia e não haverá erros.

— Tenho certeza de que aproveitará — disse Marilla. — Nunca vi alguém cometer tantos erros quanto você, Anne.

— Sim, eu sei muito bem disso! — admitiu Anne com ar melancólico. — Mas já percebeu uma coisa encorajadora em mim, Marilla? Jamais repito o mesmo erro.

— Não sei o quanto isso a ajuda, já que vive cometendo novos erros.

— Ah, não vê, Marilla? Deve haver um limite de enganos que uma pessoa possa cometer, e quando eu chegar ao limite, isso acabará. É um pensamento reconfortante.

— Bem, acho melhor dar seu bolo aos porcos — disse Marilla. — Não é recomendável para qualquer pessoa, nem mesmo Jerry Boute.

capítulo 22

Anne é convidada para o chá

—Por que os olhos esbugalhados? — perguntou Marilla, quando Anne voltou de uma corrida rápida até os correios. — Descobriu mais algum espírito afim? — Anne estava coberta de emoção, brilho nos olhos, candura em todos os gestos. Ela vinha dançando pela rua, como uma fada ao vento, cortando o sol suave e as sombras preguiçosas de uma tarde de agosto.

— Vou lhe contar, Marilla! Fui convidada para o chá no presbitério amanhã à tarde! A senhora Allan me deixou uma carta nos correios! Veja, Marilla! "Senhorita Anne Shirley, Green Gables." É a primeira vez que me chamam de "senhorita". Fiquei tão feliz que guardarei com meus tesouros mais preciosos.

— A senhora Allan me contou que convidou todos os membros da escola dominical para o chá — disse Marilla, transparecendo calma em relação ao maravilhoso evento. — Não fique tão abalada. Aprenda a controlar a situação, criança.

Para Anne, "controlar a situação" significava modificar toda sua natureza. Por ser toda "espírito e fogo e orvalho", as dores e delícias da vida chegavam a ela com extrema intensidade. Marilla sabia disso e ficou um pouco incomodada, pois sabia que as nuances da vida recairiam pesadamente sobre a alma impulsiva de Anne sem que ela as compreendesse de forma clara, o que seria compensado pela sua grande capacidade de ver o lado bom das coisas. No entanto, Marilla sabia que deveria conduzir Anne a uma uniformidade tão impossível e alheia a si própria quanto dançar sob os raios de sol no bosque. Não fez muitos avanços, como admitiu. A derrocada de algum plano ou esperança arrastaria Anne para "aflições profundas". Cumprir essa tarefa a exaltaria a reinos estonteantes de prazer. Marilla por pouco não passou a moldar a criança abandonada em uma garotinha puritana e recatada. Mas também custava a acreditar que gostava de Anne exatamente assim como ela era.

Anne recolheu-se naquela noite calada de tristeza, pois Matthew dissera que vinha vindo um vento do nordeste e temia que fosse um dia chuvoso pela manhã. O farfalhar dos álamos ao redor da casa trouxera-lhe preocupação, pois soava como gotas de chuva espatifando-se, e o bradar do vento ao longe, que ela ouvira com prazer em outros tempos, amando seu ritmo sonoro e sombrio, agora parecia mais a profecia da tempestade e completo desastre para uma pequena donzela que só desejava ter um bom dia. Anne pensava que aquela manhã jamais chegaria.

Mas tudo tem seu fim, mesmo noites anteriores a um dia para o qual se é convidado a tomar chá no presbitério. A manhã, a despeito das previsões de Matthew, estava boa e o espírito de Anne voava alto.

— Ah, Marilla, há algo em mim hoje que me faz amar a todos os que vejo — exclamou enquanto lavava a louça do café da manhã. — Nem pode imaginar quão bem me sinto hoje! Não seria ótimo se durasse para sempre? Mas, ah, Marilla, é por conta da ocasião solene, também. Estou tão ansiosa! E se não me comportar direito? Nunca tomei chá no presbitério antes, e não sei se conheço todas as regras de etiqueta, embora as tenha estudado no *Family Herald*, na seção sobre Etiqueta, desde que cheguei. Temo fazer algo bobo ou esquecer de algo. Seria de bom-tom repetir o prato se você quiser muito?

— Seu problema, Anne, é que pensa muito sobre si mesma. Deveria pensar mais na senhora Allan e no que poderia fazer para agradá-la — disse Marilla, alcançando pela primeira vez um tom firme na voz para dar um conselho. Anne percebeu logo.

— Está certa, Marilla. Tentarei não pensar somente em mim mesma.

Evidentemente, Anne passou sem qualquer problema de "etiqueta" em sua visita ao presbitério, pois voltara ao entardecer sob um céu magnífico, todo glorificado com trilhas cor de açafrão e nuvens róseas, exalando beatitude. Contou tudo para Marilla, com a cabeça cacheada em seu colo e com alegria, sentada na grande área de lajotas vermelhas da cozinha.

Um vento frio soprava dos longos campos verdejantes entre as colinas a oeste e assoviava pelos álamos. Uma estrela reluzia acima do pomar e as libélulas rodeavam a Alameda dos Enamorados, por sobre as samambaias e os galhos farfalhantes. Anne observava-os enquanto conversava e sentia que o vento e as estrelas e as libélulas eram todos personagens de uma magia extremamente encantadora.

— Ah, Marilla, foi um dos momentos mais fascinantes da minha vida. Sinto que não tenho vivido em vão e que devo sempre me sentir assim mesmo se nunca mais for convidada ao presbitério novamente. Quando cheguei, a senhora Allan me recebeu à porta. Estava usando um delicadíssimo vestido de algodão rosado, com dezenas de babados e mangas até os cotovelos, e parecia um anjo que veio do céu. Acho que quero ser esposa de pastor quando crescer, Marilla. Um pastor não se importaria com meus cabelos vermelhos porque não pensaria em coisas mundanas. Mas claro que é preciso ser uma pessoa naturalmente boa, e não sei se eu sou, então acho que é em vão pensar nisso. Algumas pessoas são naturalmente boas, não são? ...e outras não. Sou desse segundo tipo. A senhora Lynde diz que sou cheia do pecado original. Não importa quão boa eu tente ser, jamais será o suficiente em comparação a quem é naturalmente bom. Deve ser assim também com a geometria, acho. Mas tentar de verdade deve contar para alguma coisa, não? A senhora Allan é boa por natureza. Amo-a de paixão. Há pessoas, como Matthew e a senhora Allan, que você pode amar logo de início sem qualquer problema. Outras, como a senhora Lynde, exigem muito de nós para amá-las. Entendo que devemos amá-las, pois sabem tanto e são tão ativas nos afazeres da igreja, mas devemos sempre nos lembrar caso esqueçamos. Havia outra garotinha no chá do presbitério que estuda na escola dominical White Sands. Seu nome é Lauretta Bradley, e é uma menina muito boa. Não exatamente um espírito afim, sabe? Mas ainda assim boa. Tivemos um momento muito agradável, e acho que segui muito bem todas as regras de etiqueta. Após o chá, a senhora Allan tocou e cantou, e fez com que eu e Lauretta cantássemos também. A senhora Allan diz que tenho boa voz e que eu deveria cantar no coral da escola dominical. Imagine como fiquei radiante só de pensar nisso! Ansiei tanto por cantar no coral da escola dominical, assim como Diana, mas achei que pudesse ser uma honra muito grande para mim. Lauretta teve de ir embora cedo pois haverá um grande concerto no hotel de White Sands esta noite e sua irmã fará um recital. Lauretta disse que os americanos promovem um concerto toda quinzena no hotel em prol do Hospital de Charlottetown, e pedem que as pessoas de White Sands façam recitais. Lauretta espera que um dia a chamem também. Apenas olhei para ela estupefata. Depois que ela foi embora, a senhora Allan e eu tivemos uma conversa franca e aberta. Disse-lhe tudo: sobre a senhora Thomas e os gêmeos, e Katie Maurice e Violetta, e por ter vindo a

Green Gables e meus problemas com geometria. E acredite, Marilla, a senhora Allan me disse que também é burra em geometria! Aquilo me encorajou muito. A senhora Lynde chegou ao presbitério pouco antes de eu vir embora, e quer saber, Marilla? Contrataram um novo professor, professora, na verdade. Seu nome é senhorita Muriel Stacy. Que nome mais romântico! A senhora Lynde disse que nunca houve uma professora em Avonlea antes e ela acha uma inovação perigosa. Mas acredito que será esplêndido ter uma professora, e não sei como viverei as próximas duas semanas até que as aulas voltem. Estou muito ansiosa para vê-la.

capítulo 23

Anne se ressente em uma questão de honra

Anne teve de esperar mais duas semanas. Quase um mês se passara desde o episódio do bolo de unguento, e já era hora de novas confusões — tal como distraidamente esvaziar uma lata de leite na cesta de novelos, na despensa, em vez de fazê-lo no balde dos porcos, ou equilibrar-se no peitoril da ponte de troncos do bosque enquanto voava com seus pensamentos, e outras incontáveis mais.

Uma semana após o chá no presbitério, Diana Barry deu uma festa.

— Pequena e reservada — Anne assegurou para Marilla. — Só para as meninas da nossa sala.

Elas se divertiram bastante e nada inesperado aconteceu até o chá, quando se reuniram no jardim dos Barry, um tanto exaustas de tanto brincarem e aguardando qualquer travessura que pudessem pregar. Assim, começou o "desafio".

"Desafio" era a diversão da moda dos pequenos de Avonlea. Começou com os meninos, mas logo se espalhou entre as meninas. Faziam as coisas mais bobas naquele verão em Avonlea simplesmente porque eram "desafiadas".

Primeiro, Carrie Sloane desafiou Ruby Gillis a escalar até certo ponto do grande salgueiro perto da porta da frente. Apesar do pânico que tinha das lagartas gordas e verdes que infestavam o salgueiro, e dos olhos de sua mãe caso ela rasgasse o vestido de musselina, ela o fez, para o embaraço de Carrie Sloane. Então, Josie Pye desafiou Jane Andrews a pular sem parar com o pé esquerdo pelo jardim sem colocar o pé direito no chão, o que Jane Andrews tentou com determinação, mas desistiu na terceira curva e teve de admitir a derrota.

Com o triunfo de Josie sendo mais pronunciado do que o bom gosto permitia, Anne Shirley desafiou-a a andar na beira da cerca de madeira a leste do jardim. Porém, "andar" naquelas cercas exige mais destreza e firmeza na cabeça e calcanhares do que qualquer pessoa que nunca tentou imaginaria. Mas Josie Pye, apesar de lhe faltarem algumas qualidades que a poderiam tornar popular, tinha esse dom natural, cultivado com afinco, de andar sobre cercas de madeira. Josie andou sobre a cerca dos Barry com tamanho desdém que pareceu uma tarefa que não estava à altura de um "desafio". Recebeu elogios relutantes por sua peripécia, já que a maioria das garotas reconhecia tal esforço, pois muitas delas passaram por maus bocados em suas tentativas. Josie desceu de seu trono, embevecida pela vitória, e lançou um olhar desafiador para Anne.

Anne jogou suas tranças ruivas para trás.

— Não creio ser algo tão maravilhoso andar numa cerca pequena e baixa — disse. — Conheci uma garota em Marysville que podia andar pela cumeeira de um telhado.

— Não acredito — disse Josie com indiferença. — Não acredito que alguém possa andar pela cumeeira de um telhado. Você não conseguiria.

— Não mesmo? — gritou Anne, num arroubo.

— Pois eu a desafio! — disse Josie com em ainda mais ríspido. — Desafio você a subir no telhado da cozinha do senhor Barry e andar pela cumeeira.

Anne ficou pálida, mas claramente só havia algo a ser feito. Ela andou em direção à casa, onde uma escada descansava na parede de fora da cozinha. Todas as garotas da quinta série exclamaram "Ah!", meio que de euforia, meio que de consternação.

— Não faça isso, Anne — pediu Diana. — Você cairá e morrerá. Não ligue para Josie Pye. Não é justo desafiar alguém em algo tão perigoso.

— Eu tenho de fazer! Minha honra está em jogo — disse Anne solenemente. — Tenho que caminhar sobre aquela cumeeira, Diana, ou morrer tentando. Se assim for, pode ficar com meu anel de pérola.

Anne subiu a escada em um silêncio sepulcral, ganhou a cumeeira, equilibrou-se naquela estrutura precária, e começou a andar por ela, consciente, porém atordoada com o fato de estar a uma altura muito desconfortável e por saber que sua imaginação não poderia ajudar muito nesse caso. No entanto, conseguiu dar vários passos até que a catástrofe se abateu. Quando se virou, perdeu o equilíbrio, tropeçou, cambaleou e caiu, deslizando do telhado quente pelo sol e espatifando-se no emaranhado de trepadeiras abaixo — tudo antes do grito de consternação do grupo de meninas.

Se Anne tivesse despencado do telhado pelo lado que subiu, Diana provavelmente teria herdado o anel de pérola. Felizmente ela caiu do outro lado, onde o telhado se estendia até a varanda, chegando tão perto do chão que a queda ali acabou sendo bem menos séria. Mesmo assim, quando Diana e as outras garotas deram a volta pela casa freneticamente — exceto Ruby Gillis, que permaneceu plantada até ter um ataque de histeria —, encontraram Anne deitada toda pálida e mole por entre os destroços e as trepadeiras.

— Anne, você morreu? — berrou Diana, atirando-se ao solo de joelhos ao lado de sua amiga. — Oh, Anne, querida Anne, fale comigo e me diga se você está morta!

Para o alívio geral, e especialmente de Josie Pye, que, apesar de toda a falta de imaginação, sentia-se culpada pela morte prematura e trágica de Anne Shirley, todas viram a amiga sentar-se um pouco atordoada e responder meio que sem certeza:

— Não, Diana, não morri, mas acho que vou desmaiar.

— Onde? — soluçou Carrie Sloane. — Onde, Anne? — Antes que Anne pudesse responder, a senhora Barry entrou em cena. Ao vê-la, Anne tentou equilibrar-se sobre os pés, mas caiu novamente, dando um pequeno grito de dor.

— O que houve? Onde se machucou? — inquiriu a senhora Barry.

— Meu tornozelo — disse Anne meio sem voz. — Oh, Diana, chame seu pai e peça-lhe para me levar para casa, por favor. Jamais conseguirei andar até lá. Não vou conseguir pular em um pé só até tão longe se Jane mal conseguiu pular em volta do jardim.

Marilla estava no pomar colhendo maçãs quando viu o senhor Barry vindo pela ponte de troncos com a senhora Barry ao lado e uma procissão de garotas acompanhando-os. Em seus braços estava Anne, com a cabeça repousada em seu ombro.

Naquele instante, Marilla teve uma revelação. Em um repentino medo que atingiu em cheio seu coração, finalmente percebeu o quanto Anne significava para ela. Teria admitido que gostava de Anne — não, ela apreciava Anne. Mas agora sabia que

Anne era tão querida por ela quanto qualquer coisa no mundo, pois correu desesperadamente para encontrá-la.

— Senhor Barry, o que aconteceu com ela? — perguntou em um fôlego só, irreconhecível de tão trêmula e pálida, bem diferente da Marilla calma e contida de tantos anos.

Anne mesma respondeu, levantando a cabeça:

— Não se assuste, Marilla. Estava andando pela cumeeira e caí. Acho que torci o tornozelo. Mas, Marilla, eu poderia ter quebrado o pescoço. Vamos ver pelo lado bom das coisas.

— Sabia que aprontaria uma dessas quando a deixei ir à festa — disse Marilla, ácida e mal-humorada como sempre. — Traga-a aqui, senhor Barry, e deite-a no sofá. Deus meu, a menina desmaiou!

Era verdade. Vencida pela dor do machucado, Anne teve mais um de seus desejos atendidos. Desmaiou.

Matthew, rapidamente chamado na colheita, buscou imediatamente um médico, que veio a tempo de descobrir que o que acontecera com Anne era mais sério do que se pensava: ela havia quebrado o tornozelo.

Aquela noite, quando Marilla foi até o sótão, onde a garotinha branquela estava deitada, uma voz lamuriosa cumprimentou-a.

— Está com pena de mim, Marilla?

— Foi sua culpa — disse Marilla, sacudindo a cortina e acendendo uma lamparina.

— Por isso mesmo devia ter pena de mim — disse Anne —, pois o fato de ser minha culpa deixa tudo ainda mais difícil. Se pudesse culpar outro, eu me sentiria bem melhor. Mas o que faria, Marilla, se a desafiassem a andar na cumeeira?

— Eu me manteria em solo firme e mandaria às favas o desafio. Que absurdo! — disse Marilla.

Anne suspirou.

— Sua mente é muito forte, Marilla. A minha, não. Não aturaria a risada de Josie

Pye. Ela me atazanaria por toda a vida. Acho que já fui punida o suficiente para você ser rígida comigo, Marilla. Não foi bom ter desmaiado, afinal de contas. E o doutor me machucou muito para colocar meu tornozelo no lugar. Não poderei passear por seis ou sete semanas, e não verei a nova professora. Ela não será mais uma novidade quando eu estiver pronta para voltar à escola. E Gil... todos estarão adiantados nas aulas. Coitada de mim! Mas tentarei carregar esta cruz bravamente se você não for rígida comigo, Marilla.

— Pronto, pronto, não serei rígida — disse Marilla. — Você não tem sorte, criança, não há dúvidas, mas, como você mesma diz, vai sofrer um pouco. Agora, tente comer seu jantar.

— Não é uma sorte eu ter tanta imaginação? — disse Anne. Passarei por tudo isso esplendidamente, acho. O que as pessoas sem imaginação fazem quando quebram os ossos, Marilla?

Anne tinha bons motivos para abençoar a própria imaginação por conta das tediosas sete semanas que se seguiram. Mas não era dependente apenas disso. Recebeu várias visitas e não passou um dia sequer sem a visita de uma das garotas da escola lhe trazendo flores e livros e contando-lhe todos os acontecidos no mundo juvenil de Avonlea.

— Todos têm sido tão gentis comigo, Marilla — Anne suspirou de felicidade no primeiro dia em que pôde mancar pelo quarto. — Não é bom estar deitada, mas há um lado bom, Marilla. Você descobre quem são os verdadeiros amigos. Ora, até o superintendente Bell veio me ver, e ele é um homem muito bom. Não um espírito afim, claro, mas ainda gosto dele e estou terrivelmente arrependida de ter criticado a forma como faz suas orações. Acho que ele realmente acredita nelas, mas ainda tem o hábito de pronunciá-las como se não acreditasse. Poderia superar isso se se esforçasse um pouco. Avisei-o. Contei-lhe como deixo minhas orações mais interessantes. Ele me contou sobre a vez em que quebrou seu tornozelo quando era garoto. Parece-me muito estranho cogitar a ideia de que o superintendente Bell já foi um garoto. Mesmo minha imaginação tem limites, pois não conseguiria imaginar isso. Quando tento imaginá-lo como um garoto, vejo-o com bigodes brancos e óculos, como na escola dominical, só que pequeno. Mas é muito fácil imaginar a senhora

Allan como uma garotinha. A senhora Allan veio me ver catorze vezes. Não é algo de que se orgulhar, Marilla? Com tantos afazeres que ela tem como esposa do pastor! Que pessoa adorável para ter como visita! Jamais diz que é minha culpa e deseja que eu seja uma garota melhor. A senhora Lynde sempre me diz isso quando vem me ver, e disse-me isso de tal maneira que consegui perceber que ela deseja que eu seja uma garota melhor, mas não acredita realmente que eu possa ser. Até mesmo Josie Pye veio me ver. Recebi-a com toda a educação, porque acho que ela está arrependida de ter me desafiado a andar pela cumeeira. Seu eu tivesse morrido ela carregaria esse fardo por toda a vida. Diana tem sido uma amiga fiel. Ela aparece todos os dias para me animar. Mas, ah, ficarei tão mais feliz quando puder retornar à escola, já que ouvi tantas coisas boas sobre a nova professora. Todas as meninas a acham um doce. Diana diz que ela tem um cabelo encaracolado lindo e olhos fascinantes. Ela se veste maravilhosamente bem, e suas mangas bufantes são maiores do que as de qualquer outra pessoa em Avonlea. Sexta-feira sim, sexta-feira não, ela faz recitais e todos a ajudam. Ah, que glorioso! Josie Pye diz que odeia, mas é porque ela tem pouca imaginação. Diana, Ruby Gillis e Jane Andrews estão preparando um diálogo chamado "Uma visita matinal" para a próxima sexta-feira. E nas sextas-feiras em que não há recitais, a senhorita Stacy leva os alunos para o bosque para um "dia de campo", e estudam samambaias, flores e pássaros. Eles têm aulas de educação física todas as manhãs e tardes. A senhora Lynde diz que nunca ouviu algo parecido, e é tudo culpa de se ter uma professora. Mas imagino que deve ser esplêndido e acredito que a senhorita Stacy seja um espírito afim.

— Vejo algo óbvio, Anne — disse Marilla. — Sua queda não causou nenhum mal à sua língua.

capítulo 24

A senhorita Stacy e seus alunos fazem um recital

Já era outubro quando Anne retornou à escola — um outubro glorioso, todo vermelho e dourado, de manhãs doces com os vales cobertos de uma névoa delicada, tal como se o espírito do outono tivesse se derramado por eles para que o sol o absorvesse — ametista, pérola, prata, rosa e azul-escuro. O orvalho era tão denso que os campos brilhavam como um tecido de prata, e havia montes de folhas farfalhantes atravessando as árvores e entrando pelos ocos. O Caminho das Bétulas era uma grande copa amarela e as samambaias estavam crestadas por todo o caminho. Havia um cheiro no ar que inspirava o coração das jovens donzelas, que iam saltitantes, ao contrário das lesmas, a caminho da escola; e era agradável estar de volta àquela carteira marrom ao lado de Diana, com Ruby Gillis acenando de cabeça, Carrie Sloane enviando bilhetinhos e Julia Bell passando goma de mascar pelo fundo da sala. Anne deu um longo suspiro de felicidade enquanto apontava seu lápis e ajeitava seus cartões ilustrados na carteira. A vida era certamente bastante interessante.

Anne encontrou na nova professora mais uma amiga verdadeira e fiel. A senhorita Stacy era uma mulher brilhante e empática, com o feliz dom de conquistar o afeto dos alunos e extrair o melhor deles em termos mentais e morais. Anne se expandia como uma flor sob aquela influência saudável, e levava para casa, para a admiração de Matthew e as críticas de Marilla, os resultados de seus trabalhos escolares e desejos.

— Amo a senhorita Stacy com todo o meu coração, Marilla. Ela é uma dama e tem uma voz tão doce. Quando ela pronuncia meu nome, sinto instintivamente que o diz com a letra "e" no final. Tivemos recitais esta tarde. Queria que estivesse lá para me ouvir recitar "Mary, Rainha da Escócia". Coloquei toda a minha alma naquilo. Ruby Gillis me contou no caminho de volta que a forma como eu disse a frase "Para os braços de meu pai, o coração de minha mulher se despede" fez o coração dela trepidar.

— Bem, pode recitar algumas partes para mim, lá no celeiro — sugeriu Matthew.

— Claro que sim! — disse Anne com certo receio. — Mas não conseguirei recitá-las tão bem, sabe? Não é tão animado como quando se tem toda a escola à sua frente, agarrando-se sem fôlego às suas palavras. Sei que não farei seu coração trepidar.

— A senhora Lynde diz que o que fez o coração dela trepidar foi quando viu os meninos escalarem até o topo das árvores da colina do senhor Bell procurando ninhos de corvos na última sexta-feira — disse Marilla. — Imagino se a senhorita Stacy não os encorajou.

— Mas precisávamos de ninhos de corvos para estudar — explicou Anne. — Era nossa tarefa de campo aquela tarde. Tarefas de campo são esplêndidas, Marilla. E a senhorita Stacy explica tudo com tanta beleza! Escrevemos redações nas tarefas de campo da tarde e escrevi as melhores.

— Não deveria ser tão vaidosa. É melhor que sua professora diga se são as melhores.

— Mas ela disse, Marilla. E certamente isso não me envaidece. Como poderia, quando sou tão burra em geometria? Apesar de que estou começando a entender um pouco também. A senhorita Stacy faz parecer tão fácil. Mesmo assim, jamais serei boa, e lhe asseguro que é uma humilde reflexão. Mas amo escrever redações. Na maioria das vezes, a senhorita Stacy nos deixa escolher os temas; mas na próxima semana vamos escrever uma redação sobre uma pessoa marcante. Difícil escolher dentre tantas pessoas marcantes que já viveram. Não é esplêndido ser marcante e ter redações escritas a seu respeito depois de morrer? Ah, como gostaria de ser alguém marcante! Penso que quando crescer serei uma enfermeira e irei com a Cruz Vermelha aos campos de batalha para ajudar os que precisam. Isto é, se eu não for uma missionária estrangeira. Seria tão romântico, mas é preciso ser muito boa missionária, e isso pode ser um grande empecilho. Temos educação física todos os dias, também. Ela nos deixa graciosas e promove a digestão.

— Promove nada! — disse Marilla, que honestamente via tudo aquilo como uma grande bobagem.

Mas todas as tardes no campo e os recitais às sextas e as contorções da educação física pararam ante um projeto trazido pela senhorita Stacy para novembro. Os estudantes de Avonlea deveriam organizar um recital e realizá-lo na prefeitura na noite de Natal, para o louvável propósito de financiar uma bandeira para a escola. Os alunos aceitaram graciosamente o plano, e as preparações para o programa começaram imediatamente. De todos os animados atores eleitos, ninguém estaria mais animado que Anne Shirley, que se lançou à tarefa com coração e alma, mesmo que Marilla a atrapalhasse com sua desaprovação. Para Marilla, aquilo era tudo bobagem.

— Ela está só enchendo sua cabeça com tolices e gastando um tempo que poderia ser útil com lições — balbuciou. — Não aprovo que crianças preparem receitais e fiquem ensaiando. Isso as torna vaidosas, atrevidas e folgados.

— Mas pense no que isso representa — pediu Anne. — Uma bandeira cultiva o espírito de patriotismo, Marilla.

— Imagine! Há pouquíssimo patriotismo na cabecinha de cada um de vocês. Vocês só querem se refestelar!

— Bem, quando você combina patriotismo com diversão, não é melhor? Claro que é bom organizar o recital. Teremos seis corais e Diana fará uma apresentação solo. Estou em dois diálogos: "A sociedade para repressão da fofoca" e "A fada rainha". Os meninos terão seus diálogos também. E tenho dois recitais, Marilla. Tremo só de pensar nisso, mas é um tremor de ansiedade. E teremos uma cena ao final: "Fé, esperança e caridade". Diana e Ruby e eu estaremos nessa, vestidas de branco com cabelos esvoaçantes. Serei a Esperança, com minhas mãos juntas e olhos meio levantados. Praticarei meus recitais no sótão. Não se aflija se me ouvir gemer. Tenho que gemer de todo o coração em uma das falas, e é muito difícil conseguir executar um gemido artístico, Marilla. Josie Pye está emburrada porque não conseguiu o papel que queria no diálogo. Ela queria ser a fada rainha. Seria ridículo, pois não há uma fada rainha tão gorda quanto Josie. Rainhas fadas devem ser esguias. Jane Andrews será a rainha e eu serei uma das madrinhas de honra. Josie diz que uma fada ruiva é tão ridículo quanto uma gorda, mas não me importo com o que ela diz. Terei uma coroa de rosas brancas nos cabelos e Ruby Gillis me emprestará suas sapatilhas pois não tenho. É necessário que as fadas usem sapatilhas, sabe? Não dá para imaginar fadas com botas, não é mesmo? Especialmente com pontas de cobre. Vamos decorar a prefeitura com temas de abetos e rosas de papel. E marcharemos em duplas quando os espectadores estiverem sentados, enquanto Emma White tocará uma marcha no órgão. Ah, Marilla, sei que não está tão entusiasmada com isso quanto eu, mas não quer que sua pequena Anne faça grande sucesso?

— Espero apenas que se comporte. Estarei muito agradecida quando tudo isso acabar e você se aquietar. Você é um perigo com a cabeça cheia de diálogos, gemidos e cenas. Quanto à sua língua, é de admirar que ela já não esteja gasta.

Anne suspirou e dirigiu-se ao quintal, onde uma lua nova estava brilhando por entre os galhos desfolhados dos álamos no horizonte oeste cor de maçã-verde, e onde Matthew cortava madeira. Anne acomodou-se em uma tora e falou com ele sobre o recital, esperançosa de ter um ouvinte simpático e generoso desta vez.

— Acredito que será um bom recital. E espero que você faça bem sua parte — disse Matthew, sorrindo direto para o pequeno rosto vivaz de Anne. Anne sorriu para ele. Eles eram melhores amigos e Matthew agradeceu às estrelas por nada ter a ver com o crescimento da menina. Era tarefa exclusiva de Marilla; se fosse dele, estaria em preocupação constante com os frequentes conflitos entre inclinações e deveres. Ele, então, estava livre para "mimar Anne" tanto quanto quisesse, como dizia Marilla. Mas não era um mau acordo, afinal; um pequeno gesto de apreciação às vezes faz mais do que toda a criação escrupulosa no mundo.

capítulo 25

Matthew quer mangas bufantes

Foram dez desagradáveis minutos para Matthew. Ele havia entrado na cozinha, no crepúsculo de uma noite fria e cinzenta de dezembro, e se sentado no canto da caixa de lenha para tirar as botas pesadas, inconsciente do fato de que Anne e um grupo de suas colegas da escola estavam ensaiando "A fada rainha" na sala de estar. De repente, elas vieram marchando pelo corredor e entraram na cozinha, rindo e tagarelando alegremente. Não viram Matthew, que se encolheu, encabulado, na sombra atrás da caixa de lenha, com uma bota em uma mão e a descalçadeira na outra, e as observava timidamente, enquanto vestiam seus gorros e casacos e conversavam sobre o diálogo e a apresentação. Anne estava no meio delas, de olhos brilhantes e animados como os delas, mas, de repente, Matthew percebeu que havia algo de diferente. E o que o preocupou foi a impressão de que aquela diferença não deveria existir. Anne tinha um rosto mais iluminado, olhos maiores e mais brilhantes, e feições mais delicadas que as outras — e até mesmo o tímido e desatento Matthew aprendera a prestar atenção nessas coisas —, mas a diferença que o perturbava não tinha a ver com nada disso. O que era, então?

Matthew ficou fixado nessa pergunta ainda muito depois de as meninas terem saído de braços dados pela longa e gelada alameda e Anne ter ido mergulhar nos livros. Ele não podia falar sobre o assunto com Marilla, que obviamente fungaria com desdém e diria que a única diferença que ela via entre Anne e as outras garotas era que elas às vezes descansavam a língua, ao contrário de Anne. Matthew pressentia que isso não seria de grande ajuda.

Naquela noite, e para grande desgosto de Marilla, Matthew recorreu ao seu cachimbo para ajudá-lo a pensar. Depois de duas horas fumando e em profunda reflexão, encontrou a uma resposta. Anne não estava vestida como as outras meninas!

Quanto mais Matthew pensava no assunto, mais se convencia de que Anne nunca se vestira como elas, nunca, desde que chegara a Green Gables. Marilla a vestia com vestidos simples e escuros, todos feitos no mesmo modelo de sempre. E essa era toda a noção que Matthew tinha sobre moda. Mas de uma coisa ele tinha certeza, as mangas de Anne não se pareciam em nada com as mangas das outras meninas. Ele se lembrou do bando de garotinhas que vira há pouco ao redor dela — todas alegres em tons de vermelho, azul, rosa e branco — e se perguntou por que Marilla sempre colocava a menina vestida de maneira tão simples e sóbria.

Mas, naturalmente, não haveria de ser nada. Marilla sabia mais do que ele, e era ela que estava educando a menina. Provavelmente algum motivo sensato e misterioso estaria por trás disso. Sem dúvida não faria mal dar para a garota um vestido bonito, como os que Diana Barry usava. Matthew decidiu que daria um vestido a ela; e isso de modo algum significava que estava dando palpites em sua criação. Faltavam apenas quinze dias para o Natal. Um belo vestido novo seria um presente e tanto. Matthew, com um suspiro de satisfação, guardou o cachimbo e foi para a cama, enquanto Marilla abria todas as portas para ventilar a casa.

No dia seguinte, ao entardecer, Matthew foi a Carmody para comprar o vestido, determinado a passar logo pelo pior, pois, estava certo disso, não seria uma empreitada qualquer. Havia algumas coisas que Matthew podia comprar e provar que não era um negociador inexperiente; mas ele sabia que estaria à mercê dos vendedores uma vez que se tratava de comprar um vestido para uma menina.

Depois de muito pensar, Matthew decidiu ir à loja de Samuel Lawson em vez de ir à de William Blair. Os Cuthbert eram frequentadores fiéis do estabelecimento de William Blair; para eles, era quase uma questão de discernimento, assim como frequentar a Igreja Presbiteriana ou votar no Partido Conservador. Mas eram as duas filhas de William Blair quem normalmente atendiam os clientes, e Matthew tinha verdadeira aversão a elas. Ele poderia interagir com elas se soubesse exatamente o que queria comprar e simplesmente apontasse para tal coisa; mas agora, que teria de fazer perguntas e dar explicações, Matthew teve a impressão de que preferia outro homem atrás do balcão. Portanto, iria à loja de Lawson, onde seria atendido por Samuel ou seu filho.

Que infortúnio! Matthew não sabia que Samuel, ao expandir seu negócio recentemente, havia contratado uma vendedora; ela era sobrinha de sua esposa e uma jovem cheia de vigor, de fato, com um grande topete lateral, grandes olhos castanhos e um sorriso largo e desconcertante. Ela estava vestida com extrema elegância e usava várias pulseiras reluzentes que chacoalhavam e tilintavam a cada movimento das mãos. Matthew ficou muito confuso ao vê-la ali; e aquelas pulseiras arruinaram de uma vez seu espírito preparado.

— Como posso ajudá-lo, senhor Cuthbert? — a senhorita Lucilla Harris indagou, enérgica e insinuante, tateando o balcão com as mãos.

— A senhorita teria um... um, um... bem, um ancinho de jardim? — gaguejou Matthew.

A senhorita Harris pareceu um tanto surpresa, naturalmente, ao ouvir um homem procurando ancinhos em pleno dezembro.

— Acho que sobraram um ou dois — disse ela —, mas estão lá em cima, no depósito. Eu vou ver.

Durante sua ausência, Matthew procurou se concentrar para outra tentativa.

A senhorita Harris voltou com o ancinho e perguntou animadamente:

— Mais alguma coisa, senhor Cuthbert?

Então, Matthew agarrou toda a coragem que tinha e respondeu:

— Ora, bem, já que a senhorita perguntou, eu poderia comprar, isto é, olhar, eu também poderia... algumas sementes de feno.

A senhorita Harris já tinha ouvido falar que Matthew Cuthbert era estranho, e naquele momento ela via que era completamente desmiolado.

— Nós só vendemos sementes de feno na primavera — ela explicou sobriamente. — Não temos no momento.

— Oh, certamente, certamente, é verdade... — gaguejou o pobre Matthew, agarrando o ancinho e dirigindo-se para a porta. A um passo de sair, ele se lembrou de que não havia pagado pelo ancinho e voltou desoladamente ao balcão. Enquanto a senhorita Harris contava seu troco, ele reuniu todos os caquinhos que haviam restado de suas forças para uma desesperada tentativa final.

— Ah, sim, se não for incômodo, eu gostaria também, quer dizer... gostaria de um pouco de... açúcar.

— Branco ou mascavo? – perguntou a senhorita Harris, pacientemente.

— Ah... bem... mascavo — respondeu Matthew, com fraqueza.

— Naquele barril ali — apontou a senhorita Harris, balançando as pulseiras. — É o único que temos.

— Vou... vou querer dez quilos — disse Matthew, com gotas de suor na testa.

Já quase a meio caminho de casa, Matthew voltou a si. Foi uma tenebrosa experiência, mas lhe serviu de lição, pensou ele, por cometer a heresia de ir a uma loja estranha. Quando chegou em casa, escondeu o ancinho na casa das ferramentas e, quanto ao açúcar, levou para Marilla.

— Açúcar mascavo! — exclamou Marilla. — Que diabo o fez comprar tanto? Você sabe que nunca uso açúcar mascavo, a não ser no mingau do rapaz que contratamos ou no bolo de frutas. Jerry já foi embora, e o bolo já está pronto. E nem é um bom açúcar, é grosso e escuro, William Blair não costuma vender açúcar assim.

— Eu... eu achei que poderia ser útil qualquer dia desses — esquivou-se Matthew.

Quando Matthew voltou a pensar sobre o assunto, decidiu que a situação pedia a ajuda de uma mulher. Marilla estava fora de questão. Ele sabia que ela jogaria um balde de água fria em seu projeto imediatamente. Restou apenas a senhora Lynde; pois Matthew não ousaria pedir conselhos de nenhuma outra mulher em Avonlea. Então, e para o desenlace da situação, ele foi à casa da senhora Lynde, e a boa senhora prontamente tirou o problema das mãos do atormentado homem.

— Escolher um vestido para o senhor dar a Anne? Pode contar comigo. Vou a Carmody amanhã e cuidarei disso. O senhor tem uma ideia em mente? Não? Bem, então escolherei a meu critério. Acredito que um belo marrom ficará perfeito nela, e William Blair tem um novo tecido que é verdadeiramente uma beleza. Talvez o senhor também queira que eu costure o vestido, uma vez que, se Marilla ficar a cargo dele, a menina provavelmente descobrirá e isso estragaria a surpresa, não é? Bem, está certo! Não, não é incômodo algum, eu gosto de costurar. Vou fazê-lo com as medidas da minha sobrinha, Jenny Gillis, porque parece que ela e Anne saíram da mesma fôrma.

— Ora, fico muito agradecido — disse Matthew. — E... e... não sei, mas... eu gostaria... acho que eles fazem as mangas diferentes, hoje em dia. Se não for pedir muito, eu... eu gostaria que elas fossem como as novas.

— Mangas bufantes? Mas é claro. Você não precisa se preocupar mais com isso, Matthew, nem um pouco. Vou fazer o vestido bem na última moda — disse a senhora Lynde. E, quando Matthew foi embora, disse para si: "Vai ser finalmente uma satisfação ver aquela pobre criança vestindo algo decente pela primeira vez. A maneira como Marilla a veste é absolutamente ridícula, isso sim, e eu desejei dizer isso a ela uma dúzia de vezes. Mas segurei minha língua, pois vejo que Marilla dispensa conselhos e acha que sabe mais sobre educação de filhos do que eu, apesar de ser uma solteirona. Mas é sempre assim. As pessoas que têm filhos sabem que não existe no mundo um método escrito em pedra que seja certo para toda e qualquer criança. E pensam que é tudo tão simples e claro quanto a regra de três, que basta definir as variáveis e o resultado está na mão. Mas pessoas de carne e osso não são números seguindo as leis da aritmética, e é aí que Marilla Cuthbert comete seu erro. Suponho que ela esteja tentando cultivar um espírito de humildade em Anne, vestindo-a daquela maneira; mas é mais provável que acabe cultivando inveja e descontentamento. Tenho certeza de que a criança já deve ter percebido a diferença entre suas roupas e as das outras meninas. Agora, Matthew ter se dado conta disso! Esse homem está acordando depois de ter dormido por mais de sessenta anos".

Nas duas semanas seguintes, Marilla percebeu que Matthew tinha algo em mente, mas não sabia o quê. Até que, na véspera de Natal, a senhora Lynde trouxe o vestido novo. Marilla se comportou muito bem no geral, embora, muito provavelmente não tenha acreditado na explicação diplomática da senhora Lynde de que tinha feito o vestido porque Matthew temia que Anne descobrisse tudo se Marilla o fizesse.

— Então é por isso que Matthew está tão misterioso, com sorrisinhos escondidos durante essas duas semanas, não é? — ela disse num tom rígido, porém tolerante. — Sabia que ele estava tramando alguma tolice. Bem, não acho que Anne precise de mais vestidos. Fiz para ela neste outono três vestidos bons, quentinhos e decentes, e mais do que isso é pura extravagância. Há tecido suficiente nessas mangas para fazer uma cintura inteira, acredite em mim. Você vai apenas alimentar a vaidade de Anne, Matthew, e ela já é tão vaidosa quanto um pavão. Bem, espero que ela fique satisfeita, pois sei que sonha com essas mangas tolas desde que se tornaram novidade, embora só tenha falado nisso uma única vez. Essas mangas bufantes estão ficando cada vez maiores e mais ridículas, logo serão verdadeiros balões. No ano que vem, qualquer pessoa que as use terá de ficar de lado se quiser passar por uma porta.

A manhã de Natal irrompeu em uma linda paisagem branca. Aquele havia sido um dezembro muito ameno e as pessoas estavam ansiosas por um Natal verde, mas a neve caiu suavemente durante toda a noite, e Avonlea transformou-se. Anne espiou da sua janela congelada com olhos encantados. Os abetos do Bosque Assombrado estavam como emplumados e maravilhosos; as bétulas e cerejeiras silvestres pareciam adornadas com pérolas; os campos arados formavam pequenos caminhos nevados; e o ar trazia um glorioso aroma fresco e cristalino. Anne desceu rapidamente as escadas cantando, até sua voz ecoar por toda Green Gables.

— Feliz Natal, Marilla! Feliz Natal, Matthew! Não é um lindo Natal? Estou tão feliz que esteja todo branco. Qualquer outro tipo de Natal não parece real, não é? Eu não gosto de Natais verdes. Porque eles não são verdes realmente... são marrom-acinzentados e desbotados. O que faz as pessoas chamá-los de verdes? Ora... ora, Matthew! Isso é para mim?... Oh, Matthew!

Matthew tirou timidamente o vestido do embrulho de papel e estendeu-o, sob o olhar depreciativo de Marilla, que fingiu estar distraída enchendo o bule, mas ao mesmo tempo observou a cena pelo canto do olho com um ar bastante interessado.

Anne pegou o vestido e olhou para ele em um silêncio reverente. Ah, como era bonito — um lindo marrom-claro com todo o brilho da seda; uma saia com franzidos e babados delicados; uma cintura cuidadosamente afilada da maneira mais moderna, com um pequeno babado de renda transparente no pescoço. Mas as mangas! Eram esplêndidas! Os punhos eram alongados até os cotovelos, coroados nos ombros por duas belas nuvens bufantes, com fileiras de franzidos e laços de fita de seda marrom.

— É um presente de Natal para você, Anne — disse Matthew timidamente. — Ora... ora, Anne, você não gostou? Bem... poxa vida.

Os olhos de Anne estavam de repente cheios de lágrimas.

— Se eu gostei! Ah, Matthew! — Anne colocou o vestido sobre uma cadeira e juntou as mãos. — Matthew, é perfeitamente maravilhoso. Oh, nunca conseguirei agradecer o suficiente. Vejam essas mangas! Oh, parece um sonho, um sonho feliz!

— Muito bem, vamos tomar o café da manhã — interrompeu Marilla. — Anne, não acho que você precisava disso, mas, já que Matthew lhe deu o vestido, cuide bem dele. A senhora Lynde deixou uma fita de cabelo para você. É marrom, para combinar com o vestido. Agora venha, sente-se.

— Tomar café da manhã como? — disse Anne, arrebatada. — O café da manhã parece tão trivial em um momento tão emocionante. Eu prefiro que meus olhos se refestelem nesse vestido. Estou tão feliz que as mangas bufantes ainda estejam na moda. Jamais superaria se elas saíssem da moda antes de eu ter um vestido assim. Nunca ficaria plenamente satisfeita. Foi muito gentil da senhora Lynde me dar a fita também. Tenho de ser uma garota muito boa, de fato. Em momentos como este vejo que não sou uma menina exemplar! E eu sempre decido como serei no futuro, mas, de alguma forma, é difícil manter as resoluções quando as tentações aparecem. Mas não importa, me esforçarei ainda mais agora.

Quando o "trivial" café da manhã terminou, a pequena figura alegre de Diana surgiu cruzando a ponte de troncos em seu sobretudo carmesim. Anne correu para encontrá-la.

— Feliz Natal, Diana! Ah, que Natal maravilhoso. Eu tenho algo magnífico para mostrar a você. Matthew me deu o vestido mais lindo, com mangas bufantes. Eu não poderia imaginar nada melhor.

— Tenho algo para você também — disse Diana sem fôlego. — Aqui, esta caixa. Tia Josephine nos enviou um grande baú com muitas coisas, e isto é para você. Eu ia trazer ontem mesmo, mas já estava escuro quando a caixa chegou, e tenho medo de atravessar o Bosque Assombrado no escuro.

Anne abriu a caixa e espiou lá dentro. Primeiro, um cartão escrito "Para a menina Anne, Feliz Natal", em seguida, um par de sapatilhas muito graciosas, com bico de contas, laços de cetim e fivelas brilhantes.

— Oh — exclamou Anne. — Diana, isso é demais. Eu devo estar sonhando.

— É providencial — disse Diana. — Você não precisará mais pedir emprestado as sapatilhas de Ruby, e isso é uma bênção, pois elas são dois tamanhos maiores que o seu, e seria horrível ouvir uma fada arrastando os pés. Josie Pye ficará pasma. Escute só, Rob Wright foi para casa com Gertie Pye depois do ensaio da noite de anteontem. Já viu isso antes?

Os estudantes de Avonlea estavam em polvorosa naquele dia, pois teriam de decorar o salão e fazer o último grande ensaio.

A apresentação aconteceu no começo da noite e foi um grande sucesso. O pequeno salão estava lotado e todos os participantes se saíram muito bem, mas Anne foi a estrela da ocasião, como nem mesmo a inveja, personificada na figura de Josie Pye, ousou negar.

— Oh! Não foi uma noite brilhante? — suspirou Anne, quando ela e Diana voltavam para casa juntas sob um céu escuro e estrelado.

— Tudo correu muito bem — disse Diana, em seu tom prático. — Acho que arrecadamos bastante dinheiro. Escute só, o senhor Allan vai enviar aos jornais de Charlottetown um artigo sobre a apresentação.

— Oh, Diana, nós veremos nossos nomes no jornal? Fico emocionada só de pensar nisso. Seu solo foi perfeitamente adorável, Diana. Eu me senti ainda mais orgulhosa de você quando o a plateia pediu bis. Pensei comigo mesma: "É a minha melhor amiga que estão aplaudindo".

— Seus recitais deixaram todos boquiabertos, Anne. Aquele triste foi simplesmente incrível.

— Ah, eu estava tão nervosa, Diana. Quando o senhor Allan chamou meu nome, não sei como consegui subir no tablado. Senti como se um milhão de olhares se voltassem para mim, e através de mim e, por um momento terrível, senti que não ia conseguir. Então, pensei em minhas lindas mangas bufantes e tomei coragem. Eu sabia que deveria fazer jus a essas mangas, Diana. Então, comecei, e parecia que minha voz vinha de muito longe. Eu me senti um papagaio. Foi muito bom ter praticado as recitações tantas vezes no meu quarto, ou eu nunca teria conseguido. Meus gemidos foram bons?

— Foram sim, ótimos — assegurou Diana.

— Eu vi a velha senhora Sloane enxugando as lágrimas quando me sentei. Foi fascinante pensar que eu havia tocado o coração de alguém. É tão romântico participar de uma apresentação, não é? Oh, realmente foi uma ocasião memorável.

— Não foi belo o diálogo dos meninos? — disse Diana. — Gilbert Blythe foi inacreditável. Anne, eu acho horrível a maneira como você trata o Gilbert. Espere para ouvir isso... Quando você saiu depressa do tablado, após o diálogo das fadas, uma das rosas caiu do seu cabelo. Pois vi Gilbert pegá-la e colocá-la no bolso da camisa. Veja só. Você, que é tão romântica, não fica feliz em saber disso?

— Não me diga nada do que essa pessoa faz — disse Anne altivamente. — Não desperdiço sequer um pensamento com ele, Diana.

Naquela noite, Marilla e Matthew, que haviam ido a uma apresentação pela primeira vez em vinte anos, sentaram-se um pouco perto do fogo, na cozinha, depois que Anne foi para a cama.

— Bem, acho que nossa Anne se saiu tão bem quanto os outros — disse Matthew com orgulho.

— Sim, de fato — admitiu Marilla. — Ela é uma criança brilhante, Matthew. E estava linda também. Eu me opus a essa história de apresentação, mas acho que não há nenhum mal nisso. De qualquer forma, fiquei orgulhosa de Anne, mas não direi isso a ela.

— Ah, eu fiquei orgulhoso, e disse antes de ela subir — comentou Matthew. — Precisamos começar a pensar no que podemos fazer por ela, Marilla. Acho que, mais dia, menos dia, Anne precisará de algo mais do que a escola de Avonlea.

— Há tempo para pensarmos nisso — disse Marilla. — Ela fará apenas 13 anos em março. Embora esta noite eu tenha me dado conta de que ela está se tornando uma menina crescida. A senhora Lynde fez aquele vestido um pouco longo demais, Anne parece tão alta com ele. Ela é rápida para aprender, e acho que a melhor coisa que podemos fazer por ela será mandá-la para a Queen's daqui a um tempo. Mas não precisamos falar nisso pelos próximos dois anos.

— Bem, não fará mal nenhum pensar sobre isso de tempos em tempos — disse Matthew. — Coisas assim devem ser decididas depois de muito pensar.

capítulo 26

Nasce o Clube de Histórias

Os jovens de Avonlea tiveram dificuldades em voltar à velha vida de sempre. Para Anne, em particular, as coisas pareciam terrivelmente monótonas, aborrecidas e inúteis depois de ter passado semanas bebendo direto da fonte do mais puro entusiasmo. Conseguiria ela apreciar os antigos prazeres pacatos daqueles dias distantes, muito anteriores à apresentação? A princípio, como contou a Diana, ela achava impossível.

— Tenho absoluta certeza, Diana, de que a vida nunca mais será a mesma de antigamente — lamentou Anne, como se se referisse a um período de pelo menos cinquenta anos atrás. — Talvez depois de um tempo eu me acostume, mas acho que as apresentações fazem isso com a vida das pessoas. Acho que por isso Marilla as desaprova. Marilla é uma mulher muito sensata. Deve ser muito melhor ser sensato; mas, ainda assim, não acredito que eu queira ser uma pessoa sensata, porque elas são tão pouco românticas. A senhora Lynde diz que não há perigo de eu me tornar uma delas, mas nunca se sabe. Acho que posso ser uma pessoa sensata quando eu crescer, pensando bem. Mas talvez seja só porque estou cansada. Não consegui dormir bem na noite passada; fiquei acordada na cama, lembrando da apresentação. Isso é algo fantástico sobre as coisas, ficar lembrando delas.

No entanto, a escola de Avonlea retomou o ritmo e os interesses habituais. Mas o evento deixou vestígios. Ruby Gillis e Emma White, que haviam discutido sobre a posição delas no palco, não se sentaram mais à mesma mesa, e este foi o fim de uma amizade promissora de três anos. Josie Pye e Julia Bell não trocaram uma palavra por três meses, porque Josie Pye disse a Bessie Wright que a reverência de Julia Bell quando se levantou para recitar parecia uma galinha balançando a cabeça, e Bessie contou isso a Julia. Os Sloane cortaram relações com os Bell, porque os Bell disseram que os Sloane tiveram uma participação muito maior, e os Sloane disseram que os Bells não eram capazes de fazer o pouco que tinham de fazer corretamente. Por fim, Charlie Sloane brigou com Moody Spurgeon MacPherson, porque Moody disse que Anne Shirley gabava-se de suas recitações, e Moody levou uma surra. Consequentemente, a irmã de Moody Spurgeon, Ella May, não "se dirigiria" a Anne Shirley durante todo o resto do inverno. Com exceção desses pequenos contratempos, o trabalho no pequeno reino da senhorita Stacy prosseguia com estabilidade e suavidade.

As semanas de inverno foram passando. Foi um inverno excepcionalmente ameno, com tão pouca neve que Anne e Diana podiam ir para a escola quase todos os dias pelo Caminho das Bétulas. No aniversário de Anne, elas caminhavam a leves tropeços, mantendo olhos e ouvidos alertas em meio à tagarelice, pois a senhorita Stacy havia lhes passado uma redação sobre "Um passeio de inverno no bosque" e convinha que fossem observadoras.

— Pense bem, Diana, hoje faço 13 anos — comentou Anne, com uma voz admirada. — É difícil acreditar que estou na adolescência. Quando acordei esta manhã, tive a impressão de que tudo seria diferente. Você está com 13 anos há um mês, então acho que não é novidade para você como é para mim. A vida parece tão mais interessante. Em mais dois anos, serei realmente grande. É um grande alívio pensar que poderei usar palavras difíceis sem ser motivo de riso.

— Ruby Gillis disse que pretende namorar assim que fizer 15 anos — disse Diana.

— Ruby Gillis só pensa em namorados — disse Anne, com desdém. — Ela fica muito satisfeita quando alguém espalha boatos sobre ela, e por fora finge não ter gostado. Mas talvez isso seja algo maldoso de se dizer. A senhora Allan diz que não devemos fazer comentários maldosos, mas eles escapam antes mesmo de você perceber, não é? Simplesmente não consigo falar sobre Josie Pye sem soltar palavras maldosas, então nunca a menciono; você deve ter notado isso. Estou tentando ser o mais parecida com a senhora Allan quanto possível, pois a acho perfeita. O senhor Allan também acha. A senhora Lynde diz que ele venera o chão que ela pisa, e que não acha certo um pastor depositar todo o seu afeto em um ser mortal. Mas então, Diana, até os pastores são humanos e têm pecados, assim como todo mundo. Tive uma conversa muito interessante com a senhora Allan sobre pecados no domingo à tarde. São poucas as coisas sobre as quais é apropriado falar aos domingos, e esta é uma delas. Meu pecado é imaginar demais e esquecer meus deveres. Estou me esforçando muito para superar isso, e agora que tenho 13 anos completos, talvez eu melhore.

— Daqui a quatro anos, poderemos prender nosso cabelo no alto — disse Diana. — Alice Bell tem apenas 16 anos e está usando o dela assim, mas acho ridículo. Vou esperar até os 17 anos.

— Se eu tivesse o nariz torto de Alice Bell — disse Anne decididamente —, eu não... espere! Não vou terminar de dizer isso, seria extremamente maldoso. Além disso, ia comparar com meu próprio nariz, e isso é vaidade. Receio que tenha pensado muito no meu nariz desde que ouvi aquele elogio sobre ele há muito tempo. É realmente um grande conforto para mim. Oh, Diana, olhe, um coelho! Isso é algo para lembrarmos, para a nossa redação sobre o bosque. Eu realmente acho que o bosque é tão lindo no inverno quanto no verão. Ele está tão branco e sereno, como se estivesse dormindo e sonhando lindos sonhos.

— Não me preocupo muito com essa redação — suspirou Diana. — Consigo escrever sobre o bosque, mas o que vamos entregar na segunda-feira é terrível. Aquela ideia da senhorita Stacy de escrevermos uma história que tenhamos inventado!

— Ora, isso é tão simples quanto piscar os olhos — disse Anne.

— É fácil para você porque você tem imaginação — retrucou Diana —, mas o que você faria se tivesse nascido sem? Aposto que você já tem essa redação pronta.

Anne assentiu com a cabeça, tentando não parecer convencida, mas fracassando miseravelmente.

— Eu escrevi na noite de segunda-feira passada. O título é "A inimiga invejosa" ou "Nem a morte os separa". Eu li para Marilla, e ela disse que era uma bobagem sem sentido. Depois eu li para Matthew, e ele disse que estava boa. É uma linda história triste. Eu chorava como uma criança enquanto a escrevia. É sobre duas lindas donzelas chamadas Cordelia Montmorency e Geraldine Seymour, que viviam na mesma aldeia e eram muito ligadas uma à outra. Cordelia tinhas cabelos castanhos majestosos, usava uma tiara e tinha olhos brilhantes como o crepúsculo. Geraldine tinha cabelos dourados como de uma rainha e olhos violetas aveludados.

— Nunca vi ninguém de olhos violeta — disse Diana, pensativa.

— Nem eu. Apenas os imaginei. Queria algo fora do comum. Geraldine também tinha pele de alabastro. Descobri o que é uma pele de alabastro. Essa é uma das vantagens de se ter 13 anos. Você sabe muito mais do que quando tinha apenas 12.

— Bem, o que aconteceu com Cordelia e Geraldine? — perguntou Diana, que estava começando a se interessar pelo destino delas.

— Eles cresceram cercadas de beleza, lado a lado, até os 16 anos. Então Bertram DeVere chegou à aldeia onde moravam e se apaixonou pela bela Geraldine. Ele salvou a vida dela quando seu cavalo escapou da carruagem onde ela estava; ela desmaiou em seus braços e ele a carregou para casa por cinco quilômetros; porque, você entende, a carruagem ficou toda destruída. Foi um pouco difícil imaginar o pedido de casamento, porque eu não tinha experiência para servir de inspiração. Perguntei a Ruby Gillis se ela sabia como os homens faziam pedidos de casamento, porque achei que ela provavelmente saberia tudo sobre o assunto, tendo tantas irmãs casadas. Ruby me disse que estava escondida na despensa do corredor quando Malcolm Andres pediu sua irmã, Susan, em casamento. Ela disse que Malcolm contou a Susan que seu pai tinha passado a fazenda para o nome dele, e então disse: "O que você me diz, meu docinho, se nos amarrarmos neste outono?", e Susan disse: "Sim... não... eu não sei, talvez", e lá estavam eles, noivos, de uma hora para outra. Mas não achei esse tipo de pedido muito romântico, então, no fim, tive de imaginar tudo da melhor forma que pude. Ficou muito floreado e poético; Bertram ficou de joelhos, embora Ruby Gillis diga que hoje em dia não fazem mais assim. Geraldine aceitou o pedido, após um discurso que tomou uma página inteira. Posso dizer que tive muitos problemas com esse discurso. Reescrevi cinco vezes e considero-o minha obra-prima. Bertram deu a ela um anel de diamante e um colar de rubis, e disse-lhe que eles iriam para a Europa em uma viagem de casamento, pois ele estava muito rico. Mas então, infelizmente, as sombras começaram a cruzar seu caminho.

"Pois Cordelia estava secretamente apaixonada por Bertram, e, quando Geraldine lhe contou sobre o noivado, ela ficou enfurecida, especialmente ao ver o colar e o anel de diamante. Todo o seu carinho por Geraldine se transformou em um amargo ódio, e ela jurou que Geraldine jamais se casaria com Bertram.

"Mas ela fingiu continuar amiga de Geraldine como sempre foi. Uma noite, elas estavam paradas na ponte sobre um rio de águas turbulentas, e Cordelia, pensando que estavam sozinhas, empurrou Geraldine até a beirada com um selvagem e zombeteiro 'Há, há, há', mas Bertram viu tudo e imediatamente mergulhou no rio, bradando: 'Eu vou salvá-la, minha inigualável Geraldine!'. Mas, pobre homem, ele havia esquecido que não sabia nadar, e os dois morreram afogados, abraçados um ao outro. Seus corpos foram carregados para as margens do rio logo depois. Foram enterrados juntos em um túmulo e seu funeral foi muito impressionante, Diana. É muito mais romântico terminar uma história com um funeral do que com um casamento. Quanto a Cordelia, ela enlouqueceu de remorso e foi internada em um manicômio. Achei que essa seria uma retribuição poética pelo crime dela."

— Que adorável! — suspirou Diana, que pertencia à escola de críticos de Matthew. — Não sei como você pode inventar coisas tão emocionantes, Anne, da sua própria cabeça. Eu gostaria que minha imaginação fosse tão boa quanto a sua.

— E pode ser, se você a alimentar! — disse Anne alegremente. — Acabei de pensar em um plano, Diana. Vamos criar um Clube de Histórias só nosso, e escrever histórias para praticar! Vou ajudá-la até que você possa inventar suas próprias histórias sozinha. Você deve cultivar sua imaginação, você sabe. A senhorita Stacy também diz isso. Só devemos seguir o caminho certo. Contei a ela sobre o Bosque Assombrado, mas ela disse que, nesse caso, agimos errado.

Foi assim que nasceu o Clube de Histórias. No início, os únicos membros eram Anne e Diana, mas logo Jane Andrews e Ruby Gillis, e outras meninas que sentiram que sua imaginação precisava ser cultivada, também entraram. Não era permitido nenhum menino — embora Ruby Gillis achasse que isso poderia tornar o clube mais emocionante — e cada membro tinha de escrever uma história por semana.

— É extremamente interessante — disse Anne a Marilla. — Cada menina tem de ler sua história em voz alta, e depois falamos sobre ela. Vamos mantê-las todas cuidadosamente guardadas, para depois ler para nossos descendentes. Cada uma de nós escreve com um pseudônimo, o meu é Rosamond Montmorency. Todas as meninas estão indo muito bem. Ruby Gillis é bastante sentimental. Ela coloca muito namoro em suas histórias, e você sabe que muito é pior do que pouco. Jane nunca coloca namoro, porque diz que a faz se sentir boba na hora de ler em voz alta. As histórias de Jane são extremamente maduras. Já as de Diana são cheias de assassinatos. Ela diz que na maioria das vezes não sabe o que fazer com as personagens, então as mata para se livrar delas. Na maioria das vezes, sempre tenho de dizer a elas sobre o que escrever, mas isso não é difícil, tenho sempre tantas ideias.

— Acho que esse negócio de escrever histórias é uma grande tolice — Marilla desdenhou. — Vocês ocupam a cabeça com um monte de bobagens e desperdiçam tempo que deveria ser dedicado às lições. Ler histórias é ruim o suficiente, mas escrevê-las é ainda pior.

— Mas somos muito cuidadosas, e colocamos uma moral em todos elas, Marilla — explicou Anne. — Eu insisto nisso. Todas as pessoas boas são recompensadas e todas as más são devidamente punidas. Tenho certeza de que isso tem um efeito bom. A moral é a melhor parte. O senhor Allan diz isso. Eu li uma de minhas histórias para ele e a senhora Allan, e os dois concordaram que a moral era excelente. A única coisa é que eles riram nos momentos errados.

"Eu gosto mais quando as pessoas choram. Jane e Ruby quase sempre choram quando chego às partes dramáticas. Diana escreveu à sua tia Josephine sobre nosso clube, e ela respondeu que deveríamos enviar algumas de nossas histórias para ela. Então, copiamos as nossas quatro melhores histórias e as enviamos. A senhorita Josephine Barry respondeu que nunca havia lido nada tão divertido na vida. Isso meio que nos intrigou porque as histórias eram todas muito patéticas e quase todos morreram. Mas fiquei feliz que a senhorita Barry tenha gostado delas. Isso mostra que nosso clube está trazendo algo de bom para o mundo. A senhora Allan diz que esse deve ser nosso objetivo em tudo o que fizermos, e eu realmente tento seguir isso à risca, mas acabo me esquecendo quando estou me divertindo. Espero ser um pouco como a senhora Allan quando crescer. Acha que há uma possibilidade de isso acontecer, Marilla?

— Não acho que exista uma grande possibilidade — foi a resposta encorajadora de Marilla. — Tenho certeza de que a senhora Allan nunca foi uma garotinha tão boba e distraída quanto você.

— Não, mas ela nem sempre foi tão boa quanto é agora — disse Anne seriamente. — Ela mesma me disse isso, quer dizer... ela disse que, quando menina, aprontava terríveis travessuras, e estava sempre metida em encrencas. Eu me senti muito encorajada quando ouvi isso! É muito perverso da minha parte, Marilla, sentir-me encorajada quando ouço que outras pessoas foram más e travessas? A senhora Lynde diz que sim. Diz que sempre fica chocada quando ouve falar de alguém cometendo travessuras, não importa a idade. A senhora Lynde disse que certa vez ouviu um pastor confessar que, quando menino, roubou uma torta de morango da despensa da tia, e desde então ela nunca mais teve respeito nenhum por ele. Eu já não teria visto dessa forma. Eu acreditaria ter sido muito nobre da parte dele confessar, e teria pensado que encorajador seria para os meninos que fazem travessuras e se arrependem delas pensar que podem se tornar pastores um dia, apesar disso. É assim que eu me sentiria, Marilla.

— O que sinto agora, Anne — disse Marilla —, é que está na hora de você lavar os pratos. Essa sua tagarelice demorou mais do que deveria. Aprenda a trabalhar primeiro e a falar depois.

capítulo 27

Vaidade e irritação de espírito

Voltando para casa, em uma noite de fim de abril, de uma reunião da Sociedade Beneficente, Marilla percebeu que o inverno havia acabado, e se foi com a emoção do deleite que a primavera nunca deixa de levar aos mais velhos e tristes, bem como aos mais jovens e alegres. Marilla não era afeita à análise subjetiva de seus pensamentos e sentimentos. Provavelmente imaginou que estava pensando sobre a Sociedade Beneficente, sua caixa missionária e o novo tapete para o vestiário, mas, nessas reflexões, havia uma consciência harmoniosa dos campos vermelhos em névoas pálidas e púrpura ao pôr do sol, de as longas e nítidas sombras pontiagudas dos abetos sobre o prado além do riacho, dos bordos avermelhados imóveis ao redor do lago espelhado, de um despertar do mundo e de uma agitação na grama cinzenta. A primavera havia chegado e o passo sóbrio da meia-idade de Marilla era mais leve e rápido devido à sua profunda e primitiva alegria.

Os olhos dela se voltaram afetuosamente para Green Gables, espiando através de sua rede de árvores e refletindo a luz do sol de suas janelas em vários pequenos fulgores de glória. Marilla, enquanto avançava pela longa trilha úmida, achou que era realmente uma satisfação voltar para casa, com uma lareira cheia de lenha estalando e uma mesa bem-posta para o chá, em vez do conforto frio das noites de reunião da antiga Sociedade Beneficente antes de Anne chegar a Green Gables.

Consequentemente, quando Marilla entrou na cozinha e encontrou a lareira apagada, sem sinal de Anne, ficou desapontada e irritada. Ela dissera a Anne para preparar o chá para as cinco horas, mas agora tinha de se apressar em tirar o seu segundo melhor vestido e prepará-lo para o retorno de Matthew.

— Vou resolver isso com a senhorita Anne quando chegar — disse Marilla, taciturna, enquanto raspava os gravetos com uma faca com mais força do que era necessário. Matthew entrou e esperava pacientemente pelo chá em seu canto. — Ela está por aí em algum lugar com Diana, escrevendo histórias ou ensaiando diálogos ou coisas do tipo, e nunca pensando na hora ou em suas tarefas. Anne precisa que alguém chame a sua atenção para esse tipo de coisa. Não me importo se a senhora Allan diz que ela é a criança mais brilhante e mais doce que já conheceu. Ela pode até ser muito brilhante e doce, mas sua cabeça está cheia de bobagens e nunca conseguimos saber o que vai sair dali. Assim que termina alguma coisa que imaginou, já vem com outra. Mas enfim! Aqui estou eu dizendo exatamente a mesma coisa que Rachel Lynde disse hoje na reunião e me deixou irritada. Fiquei muito feliz quando a senhora Allan defendeu Anne, caso contrário, eu teria dito algo muito ríspido a Rachel. Anne tem muitas falhas, só Deus sabe, e longe de mim negar. Mas sou eu quem a está criando, não Rachel Lynde, que apontaria falhas no próprio anjo Gabriel se ele morasse em Avonlea. Da mesma forma, Anne não tem motivos para sair de casa assim, pois disse ela para ficar aqui esta tarde e cuidar das coisas. Com todas as suas falhas, nunca a achei desobediente ou não confiável e lamento muito que isso tenha acontecido agora.

— Bem, não sei — disse Matthew, que, paciente e sábio e, acima de tudo, faminto, achou melhor deixar Marilla expor sua raiva, pois sabia, pela própria experiência, que ela fazia qualquer coisa muito mais rápido se não fosse atrasada por um questionamento inoportuno. — Talvez você a esteja julgando muito cedo, Marilla. Não diga que não confia nela até ter certeza do que aconteceu. Talvez ela possa explicar... Anne é ótima para explicar as coisas.

— Ela não está aqui, mesmo depois de pedir a ela que não saísse — replicou Marilla. — Acho difícil explicar isso. Claro que você ficaria do lado dela, Matthew. Mas sou eu quem vai educá-la, não você.

Estava escuro quando o jantar ficou pronto, e ainda não havia sinal de Anne, que vinha apressadamente pela ponte de troncos e pela Alameda dos Enamorados, sem fôlego e arrependida de não ter cumprido sua promessa. Marilla lavou e guardou as louças seriamente. Então, procurando uma vela para iluminar o caminho até a despensa, foi ao sótão para a pegar a vela que geralmente ficava na mesa de Anne. Ao acendê-la, ela se virou e viu Anne deitada na cama, de bruços entre os travesseiros.

— Misericórdia — disse Marilla atônita —, estava dormindo, Anne?

— Não — respondeu com a voz abafada.

— Está doente então? — questionou Marilla ansiosamente, indo até a cama.

Anne se encolheu nos travesseiros, como se desejasse se esconder para sempre dos olhos mortais de Marilla.

— Não. Mas, por favor, Marilla, vá embora e não olhe para mim. Estou nas profundezas do desespero e não me importo se alguém for melhor do que eu na aula ou fizer a melhor redação ou cantar melhor no coral da escola dominical. Essas coisas não têm importância agora, porque acho que nunca mais poderei ir a lugar algum. Minha vida está encerrada. Por favor, Marilla, vá embora e não olhe para mim.

— Onde já se viu isso? — quis saber a intrigada Marilla. Anne Shirley, qual é o seu problema? O que é que você fez? Levante-se agora mesmo e me diga. Agora, eu disse. O que está havendo?

Anne deslizou para o chão em desesperada obediência.

— Olhe para o meu cabelo, Marilla — sussurrou.

Então, Marilla ergueu a vela e olhou minuciosamente os cabelos de Anne, fluindo em camadas pelas costas. Certamente tinha uma aparência muito estranha.

— Anne Shirley, o que você fez com seu cabelo? Por que, está... verde!

Podia ser chamado de verde, se isso fosse uma cor deste mundo. Um verde esquisito, opaco e bronzeado, com faixas aqui e ali do ruivo original para aumentar o efeito horroroso. Nunca em toda a vida Marilla tinha visto algo tão feio quanto o cabelo de Anne naquele momento.

— Sim, está verde — gemeu Anne. — Achei que nada poderia ser pior que meu cabelo ruivo. Mas agora sei que é dez vezes pior ter cabelo verde. Ah, Marilla, você não tem ideia de quão desesperada estou.

— Não sei como você se meteu nessa encrenca, mas vou descobrir — disse Marilla. — Venha para a cozinha, está muito frio aqui em cima, e me diga exatamente o que fez. Eu já estava esperando algo estranho acontecer faz um tempo. Faz mais de dois meses que você não arma nenhuma confusão, tinha certeza de que havia acontecido alguma coisa. Agora, então, o que você fez com seu cabelo?

— Eu pintei.

— Pintou! Pintou o cabelo! Anne Shirley, quer dizer que não sabe que é errado fazer isso?

— Sim, eu sei que é um pouco errado — admitiu Anne. — Mas achei que valia a pena para me livrar do cabelo ruivo. Arrisquei, Marilla. Além disso, pretendia ser uma boa garota para compensar isso.

— Bem — disse Marilla sarcasticamente —, se eu achasse que vale a pena pintar o cabelo, escolheria uma cor decente pelo menos. Não pintaria de verde.

— Mas eu não pretendia pintar de verde, Marilla — protestou Anne, desanimada. — Se eu errei, não foi de propósito. Ele me garantiu que meu cabelo ficaria com um lindo tom de preto. Como duvidaria da palavra dele, Marilla? Eu sei como é ser desacreditada. E a senhora Allan diz que nunca devemos suspeitar de que alguém não está dizendo a verdade, a menos que tenhamos provas disso. Eu tenho a prova agora... cabelos verdes são uma prova suficiente disso. Mas eu não tinha até então, e acreditei em cada palavra que ele disse, explicitamente.

— Quem disse? De quem você está falando?

— O mascate que esteve aqui esta tarde. Eu comprei a tintura dele.

— Anne Shirley, quantas vezes disse para nunca deixar aqueles italianos entrarem em casa! Não devemos sequer encorajá-los a aparecer.

— Ah, eu não o deixei entrar em casa. Lembrei do que você me disse e saí, fechei a porta com cuidado e olhei o que ele trouxera nas escadas. Além disso, ele não era italiano, era judeu-alemão. Ele trouxe uma caixa grande, cheia de coisas muito interessantes, e me disse que estava trabalhando duro para ganhar dinheiro para trazer a sua esposa e os filhos da Alemanha. Falou tão emocionado sobre eles que tocou meu coração. Eu queria comprar algo dele para ajudá-lo em um propósito tão digno. Então, de repente, vi a tintura de cabelo. O mascate disse que era garantido que meu cabelo ficaria com um belo tom de preto e que não sairia depois de lavar. Num instante, me vi com lindos cabelos pretos, e a tentação foi irresistível. Mas custava setenta e cinco centavos, e eu só tinha cinquenta centavos das minhas economias. Acho que o mascate tinha um coração muito gentil, pois disse que ele venderia por cinquenta centavos, praticamente a preço de custo. Então eu comprei e, assim que ele se foi, vim para cá e pintei meu cabelo com uma escova de cabelo velha, conforme as instruções. Usei toda a tinta e, ah, Marilla, quando vi a cor horrível que ficou meu cabelo, me arrependi do meu erro. E estou arrependida até agora.

— Espero que você se arrependa por um bom motivo — disse Marilla severamente —, e que abra os olhos para entender aonde a sua vaidade a levou, Anne. Deus sabe o que pode ser feito agora. Acho que a primeira coisa a fazer é lavar bem o cabelo e ver se faz alguma diferença.

Assim, Anne lavou o cabelo, esfregando-o vigorosamente com água e sabão, mas era como se estivesse esfregando o ruivo original. O mascate certamente tinha falado a verdade quando disse que a tintura não sairia ao lavar, no entanto, sua veracidade podia ser questionada em outros aspectos.

— Ah, Marilla, o que faço agora? — questionou Anne em lágrimas. — Não posso viver assim. As pessoas quase se esqueceram de meus outros erros: o bolo de unguento e embebedar Diana, e irritar a senhora Lynde. Mas nunca esquecerão disto. Vão pensar que eu não sou respeitável. Ah, Marilla, que teia emaranhada criamos quando mentimos. Isso é um poema, mas é verdade. E ah, Josie Pye vai rir muito! Marilla, não posso encarar Josie Pye. Sou a garota mais infeliz da ilha do Príncipe Eduardo.

A infelicidade de Anne durou uma semana. Durante esse tempo, ela não foi a lugar nenhum e lavou o cabelo todos os dias. Só Diana conhecia seu segredo fatal, mas prometeu solenemente nunca contar a ninguém, e manteve sua palavra. No fim de semana, Marilla disse decididamente:

— Não adianta, Anne. Isso é uma tintura permanente. Vamos cortar seu cabelo, não há outra maneira. Você não pode sair assim.

Os lábios de Anne tremeram, mas ela percebeu a amarga verdade nos comentários de Marilla. Com um suspiro triste, pegou a tesoura.

— Por favor, corte de uma vez, Marilla, e termine logo com isso. Ah, meu coração está partido. Essa é uma aflição pouco romântica. As garotas dos livros perdem os cabelos quando estão febris ou os vendem para ganhar dinheiro em nome de alguma boa ação, e tenho certeza de que não me importaria de perder meu cabelo dessa maneira. Mas será que há algo de reconfortante em cortar o cabelo porque você o pintou de uma cor terrível? Vou chorar o tempo todo enquanto estiver cortando, se isso não interferir. É muito trágico.

Anne chorou, mas depois, quando subiu as escadas e se olhou no espelho, acalmou seu desespero. Marilla havia feito um trabalho minucioso aparando os cabelos o mais rente possível. O resultado não era animador. Anne prontamente virou o espelho contra a parede.

— Eu nunca, nunca vou me olhar novamente até meu cabelo crescer — exclamou apaixonadamente.

Então, de repente, endireitou o espelho.

— Sim, farei isso. Farei uma penitência por ter errado dessa maneira. Vou me olhar toda vez que vier ao meu quarto para ver como sou feia. E também não vou tentar imaginar que nada aconteceu. Nunca pensei que fosse vaidosa com o meu cabelo, dentre todas as coisas, mas agora sei que fui, apesar de ser ruivo, mas era tão longo, grosso e encaracolado. Agora só falta algo acontecer com o meu nariz da próxima vez.

A cabeça aparada de Anne foi a sensação na escola na segunda-feira seguinte, mas, para seu alívio, ninguém sabia a verdadeira razão daquilo, nem mesmo Josie Pye, que, no entanto, não deixou de comentar que ela parecia um perfeito espantalho.

— Eu não disse nada quando Josie falou isso para mim — confidenciou Anne naquela noite a Marilla, que estava deitada no sofá depois de uma de suas crises de dor de cabeça —, porque achei que isso faz parte do meu castigo e devo suportar pacientemente. É difícil quando alguém diz que você parece um espantalho, e quis retrucar. Mas não o fiz. Apenas olhei com desdém para ela e depois a perdoei. Você se sente muito virtuosa quando perdoa as pessoas, não é? Pretendo dedicar todas as minhas energias para ser uma boa garota depois disso e nunca mais me preocuparei em ser bonita. Claro que é melhor ser boa. Eu sei que é, mas às vezes é muito difícil acreditar em algo mesmo quando sabemos o que é. Eu realmente quero ser boa, Marilla, como você, a senhora Allan e a senhorita Stacy, e quero me tornar um orgulho para você. Diana diz que, quando meu cabelo começar a crescer, devo amarrar uma fita de veludo preta em volta da cabeça com um laço. Ela acha que será muito apropriado. Vou chamar de turbante, é tão romântico. Estou falando demais, Marilla? Isso faz sua cabeça doer?

— Minha dor de cabeça melhorou. No entanto, a dor foi horrível esta tarde. Essas minhas dores de cabeça estão ficando cada vez piores. Vou ter de consultar um médico para ver isso. Quanto ao seu falatório, não me importo, já estou acostumada.

Esse era o jeito de Marilla dizer que gostava de ouvi-la.

capítulo 28

Uma infeliz donzela dos lírios

— Claro que você precisa ser a Elaine, Anne — disse Diana. — Eu nunca teria coragem de flutuar lá.

— Nem eu — disse Ruby Gillis, estremecendo. — Não me importo de flutuar quando há duas ou três de nós no bote e podemos nos sentar. É divertido. Mas deitar e fingir que estou morta, simplesmente não conseguiria. Morreria de medo.

— Claro que seria romântico — admitiu Jane Andrews —, mas sei que não conseguiria ficar parada. Eu levantaria a cada minuto para ver onde estou e se não estou indo muito longe. Sabe, Anne, isso arruinaria o efeito.

— Mas é tão ridículo uma Elaine ruiva — lamentou Anne. — Não tenho medo de flutuar, e adoraria ser a Elaine. Mas é ridículo de qualquer jeito. Ruby deveria ser a Elaine porque é muito bonita e tem cabelos dourados adoráveis. Elaine tinha o cabelo brilhante e arrumado. E Elaine era a donzela dos lírios brancos. Agora, uma garota ruiva não pode ser uma donzela dos lírios.

— Sua pele é tão clara quanto a de Ruby — disse Diana sinceramente —, e seu cabelo está muito mais escuro depois que cortou.

— Ah, você realmente acha isso? — exclamou Anne, corando sensivelmente com prazer. — Às vezes acho que é impressão minha, mas não quis perguntar a ninguém por medo. Você acha que está castanho agora, Diana?

— Sim, e está realmente bonito — disse Diana, olhando com admiração para os cachos curtos e sedosos que se aglomeravam sobre a cabeça de Anne e estavam presos por uma fita de veludo preto muito elegante.

Elas estavam em pé na margem do lago, abaixo da Orchard Slope, onde um pequeno promontório coberto de bétulas saía da margem. Na ponta havia uma pequena plataforma de madeira avançando pela água para a conveniência de pescadores e caçadores de patos. Ruby e Jane estavam passando a tarde de verão com Diana, e Anne tinha vindo brincar com elas.

Anne e Diana haviam passado a maior parte do tempo brincando naquele verão, na lagoa. O Recanto Silvestre era coisa do passado, o senhor Bell havia implacavelmente cortado o pequeno círculo de árvores de seu campo, na primavera. Anne sentou-se no meio dos tocos e chorou, mas antes olhou com um ar de romance. Mas rapidamente se refez, pois, como ela e Diana dizem, meninas grandes de 13 anos, rumo aos 14, são velhas demais para diversões infantis como casa de bonecas, e havia lugares mais fascinantes para conhecer ao redor do lago. Era esplêndido pescar trutas sobre a ponte, e as duas meninas tinham aprendido a remar no pequeno bote de fundo chato que o senhor Barry usava para caçar patos.

Foi ideia de Anne interpretar Elaine. Tinham estudado o poema de Tennyson na escola no inverno passado, o ministro da Educação o indicara para o curso de inglês para as escolas da ilha do Príncipe Eduardo. Elas o analisaram, revisaram e esmiuçaram em partes, a ponto de se admirar que ainda houvesse alguma parte com significado para elas, mas pelo menos a donzela dos lírios, Lancelot, Guinevere e o rei Arthur haviam se tornado pessoas reais para as garotas. Anne foi devorada por um pesar secreto por não ter nascido em Camelot. Aqueles dias, ela disse, eram muito mais românticos que hoje.

O plano de Anne foi saudado com entusiasmo. As meninas descobriram que, se o bote fosse empurrado do ancoradouro, desceria com a corrente passando sob a ponte e finalmente enchalharia em outro promontório mais abaixo, que formava uma curva na lagoa. Elas remaram muitas vezes até lá e nada poderia ser mais conveniente para interpretar Elaine.

— Está bem, serei Elaine — disse Anne, rendendo-se com relutância, pois, embora estivesse encantada em interpretar a personagem principal, seu senso artístico exigia aptidão para aquilo, e ela achava que suas limitações tornavam isso impossível. — Ruby, você será o rei Arthur, Jane será Guinevere e Diana, Lancelot. Mas primeiro seremos os irmãos e o pai. Não teremos o velho empregado, porque não há espaço para dois no bote se um estiver deitado. Vamos forrar todo o bote com tecido bem escuro. Aquele velho xale preto da sua mãe será perfeito para isso, Diana.

Pegaram o xale preto, e Anne o esticou pelo bote e deitou-se, com os olhos fechados e as mãos cruzadas sobre o peito.

— Ah, ela parece realmente morta — sussurrou Ruby Gillis, nervosa, observando o rostinho imóvel e branco sob as sombras tremeluzentes das bétulas. — Isso me dá medo, meninas. É certo fazer isso? A senhora Lynde diz que toda encenação é abominavelmente perversa.

— Ruby, você não deveria falar sobre a senhora Lynde — disse Anne severamente. — Estraga o efeito, porque a história aconteceu muito antes de a senhora Lynde nascer. Jane, arrume isso. É uma tolice Elaine falar quando deveria estar morta.

Jane tomou a frente da situação. Não havia tecido dourado para usar de colcha, mas uma velha echarpe japonesa de crepe resolveria. Não foi possível encontrar um lírio branco naquela época do ano, mas o efeito de um íris azul comprido em uma das mãos cruzadas de Anne era tudo o que se podia desejar.

— Ela está pronta — disse Jane. — Devemos beijar sua testa imóvel e, Diana, você diz: "Irmã, adeus para sempre", e Ruby, você diz: "Adeus, doce irmã", com a maior tristeza possível. Anne, pelo amor de Deus, sorria um pouco. Você sabe que Elaine "estava deitada como se sorrisse". Assim é melhor. Agora empurrem o bote.

O bote foi empurrado, raspando de leve em uma antiga estaca. Diana, Jane e Ruby esperaram para vê-lo ser levado pela correnteza e seguiram pela ponte, passaram pela floresta, atravessaram a estrada e desceram até o outro promontório, onde Lancelot, Guinevere e o rei aguardavam. Estavam prontos para receber a donzela dos lírios.

Por alguns minutos, Anne, vagando calmamente, aproveitou ao máximo o romance da situação. Então, algo nada romântico aconteceu. O bote começou a vazar. Em poucos instantes, Elaine levantou-se, pegou a echarpe dourada e o forro de samito escuro e olhou inexpressivamente para uma grande fenda no fundo do bote pela qual a água entrava. Aquela estaca afiada em que o bote raspou ao sair arrancou o remendo no fundo. Anne não sabia disso, mas não demorou muito para perceber que estava em uma situação perigosa. Nesse ritmo, o bote se encheria e afundaria muito antes de chegar ao outro promontório. Onde estavam os remos? Tinham ficado no ancoradouro!

Anne deu um gritinho ofegante que ninguém jamais tinha ouvido. Até mesmo seus lábios estavam pálidos, mas não perdeu o autocontrole. Havia uma chance — apenas uma.

— Fiquei terrivelmente assustada — disse ela à senhora Allan no dia seguinte—, e os minutos pareciam anos enquanto o bote descia até a ponte e o nível da água subia. Rezei, senhora Allan, sinceramente, mas não fechei os olhos para rezar, pois sabia que a única maneira de Deus me salvar era deixando o bote flutuar perto o suficiente de uma das colunas da ponte para que eu pudesse subir nela. Você sabe que as colunas são apenas troncos de árvores velhas cobertas de nós e galhos presos nelas. Era apropriado rezar, mas eu tinha de fazer minha parte prestando atenção, e sabia muito bem disso. Disse mais de uma vez: "Querido Deus, por favor, leve o bote para perto de uma coluna e eu farei o resto". Sob essas circunstâncias, você não pensa muito em fazer uma oração floreada. Mas a minha foi atendida, pois logo depois o bote esbarrou em uma coluna, joguei a echarpe e o xale por cima do ombro e subi em um grande e providencial toco. E lá estava eu, senhora Allan, agarrada àquela coluna velha e escorregadia, sem meios de subir ou descer. Era uma posição muito pouco romântica, mas eu não estava preocupada com isso naquele momento. Não se pensa muito em romance quando se acaba de escapar de uma cova cheia de água. Fiz uma oração de agradecimento imediatamente e depois concentrei toda a atenção em segurar firme, pois sabia que dependeria de ajuda humana para voltar à terra seca.

O bote flutuou sob a ponte e logo afundou no meio do rio. Ruby, Jane e Diana, aguardando-o no outro promontório, viram-no desaparecer e não tinham dúvida de que Anne afundara com ele. Por um momento ficaram paradas, brancas como lençóis, congeladas de horror pela tragédia. Então, gritando o máximo que podiam, começaram a correr freneticamente pela floresta, sem parar, atravessaram a estrada principal e observaram o caminho até a ponte. Anne, agarrada desesperadamente ao seu precário apoio, viu suas formas esvoaçantes e ouviu seus gritos. A ajuda logo chegaria, mas, enquanto isso, sua posição era muito desconfortável.

Os minutos pareciam horas para a infeliz donzela dos lírios. Por que ninguém tinha vindo ainda? Para onde tinham ido as garotas? Devem ter desmaiado! Ninguém nunca virá! E se ela ficar tão cansada e com cãibras e não aguentar mais? Anne olhou para as horríveis profundezas verdes abaixo dela, oscilando com sombras longas e oleosas, e estremeceu. Sua imaginação começou a sugerir todo tipo de horríveis possibilidades para ela.

Então, quando realmente achou que não suportaria mais a dor nos braços e pulsos por mais um momento sequer, Gilbert Blythe apareceu remando debaixo da ponte no bote de Harmon Andrews!

Gilbert olhou para cima e, para sua surpresa, viu um pequeno rosto branco de desdém olhando para ele com grandes e assustados, mas também desdenhosos, olhos cinzentos.

— Anne Shirley! Como você chegou aí? — exclamou.

Sem esperar uma resposta, aproximou-se da coluna e estendeu a mão. Não havia outro jeito. Anne, agarrada à mão de Gilbert Blythe, desceu com dificuldade até o bote, e sentou-se, enlameada e furiosa, na popa, segurando nos braços o xale e a echarpe pingando de tão molhados. Certamente era muito difícil ser digna nessas circunstâncias!

— O que aconteceu, Anne? — perguntou Gilbert, pegando os remos.

— Estávamos encenando Elaine — explicou Anne friamente, sem sequer olhar para o socorrista —, e tive de flutuar até Camelot na barcaça... quero dizer, no bote. O bote começou a vazar e eu subi na coluna. As meninas foram pedir ajuda. Você poderia fazer a gentileza de remar até o ancoradouro?

Gilbert remou apressadamente até o ancoradouro e Anne, desprezando sua assistência, saltou agilmente na areia.

— Estou muito grata a você — disse ela, arrogante, enquanto se afastava. Mas Gilbert também saltou do bote e segurou-lhe o braço.

— Anne — ele disse, rápido —, olhe aqui. Não podemos ser bons amigos? Sinto muito por ter zombado do seu cabelo aquela vez. Eu não queria envergonhá-la, só quis fazer uma brincadeira. Além disso, faz tanto tempo. Seu cabelo está muito bonito agora. Honestamente. Vamos ser amigos.

Por um momento, Anne hesitou. Estava consciente, embora de forma estranha e recém-despertada, de toda a sua dignidade ultrajada, de que a expressão meio tímida, meio ansiosa nos olhos castanhos de Gilbert era algo bom. Seu coração bateu de maneira rápida e estranha. Mas sua antiga amargura imediatamente endureceu sua determinação vacilante. A cena de dois anos antes a fez recordar sua lembrança tão vividamente como se tivesse acontecido ontem. Gilbert a chamara de "cenoura" e causara sua desgraça diante de toda a escola. Seu ressentimento, que para os adultos pode ser tão ridículo quanto sua causa, não foi de modo algum dissipado e suavizado pelo tempo. Ela odiava Gilbert Blythe! Ela nunca o perdoaria!

— Não — ela disse friamente —, nunca serei sua amiga, Gilbert Blythe, e não quero ser!

— Tudo bem! — Gilbert saltou de volta para o bote com uma cor irada nas bochechas. — Nunca mais pedirei isso, Anne Shirley. E também não me importo!

Ele se afastou com movimentos rápidos e desafiadores, e Anne subiu o caminho pequeno e íngreme sob os bordos. Ela manteve a cabeça alta, mas tinha um estranho sentimento de arrependimento. Quase desejou ter respondido a Gilbert de maneira diferente. Claro, ele a tinha insultado terrivelmente, mas ainda assim! No fim, Anne achou que seria um alívio se sentar e chorar. Ela estava realmente bastante sensível, e agora o medo e a força que fizera se faziam sentir.

No meio do caminho, encontrou Jane e Diana correndo de volta para a lagoa em um estado bem longe de algo positivo. Elas não encontraram ninguém na Orchard Slope, e o senhor e a senhora Barry haviam saído. Então, Ruby Gillis sucumbiu à histeria e foi deixada para se recuperar da melhor forma possível, enquanto Jane e Diana voaram através do Bosque Assombrado e atravessaram o riacho até Green Gables. Lá também não encontraram ninguém, pois Marilla havia ido para Carmody e Matthew estava cuidando do feno no campo.

— Ah, Anne — ofegou Diana, inclinando a cabeça e chorando de alívio e deleite —, ah, Anne... pensamos... que você estava... se afogando... e nos sentimos umas assassinas... porque tínhamos feito... você ser... Elaine. E Ruby está histérica. Ah, Anne, como conseguiu?

— Subi em uma das colunas da ponte — explicou Anne, cansada —, e Gilbert Blythe apareceu no bote do senhor Andrews e me trouxe para terra firme.

— Ah, Anne, que esplêndido! É tão romântico! — disse Jane, encontrando fôlego para se expressar finalmente. — Claro que você vai falar com ele depois disso.

— É claro que não! — flamejou Anne, com o retorno momentâneo de seu antigo humor. — E nunca mais quero ouvir a palavra "romântico", Jane Andrews. Sinto muito que tenham ficado tão assustadas, meninas. É culpa minha. Tenho certeza de que nasci sob uma estrela de azar. Tudo o que faço coloca a mim ou aos meus amigos mais queridos em risco. Perdemos o bote do seu pai, Diana, e acho que não poderemos mais remar na lagoa.

O pressentimento de Anne provou ser mais confiável do que geralmente são os pressentimentos. Foi grande a consternação na casa dos Barry e dos Cuthbert quando souberam dos eventos da tarde.

— Você terá algum juízo um dia, Anne? — resmungou Marilla.

— Ah, sim, acho que sim, Marilla — retrucou Anne, otimista. Um bom choro, acompanhado da grata solidão do sótão, acalmou seus nervos e restabeleceu a sua alegria habitual. — Acho que minhas perspectivas de me tornar mais sensata agora são melhores do que nunca.

— Não vejo como — disse Marilla.

— Bem — explicou Anne —, aprendi uma nova lição valiosa hoje. Desde que cheguei a Green Gables, cometi erros, e cada erro ajudou a curar algumas grandes falhas. O caso do broche de ametistas me mostrou que não devo me intrometer em coisas que não me pertencem. O erro do Bosque Assombrado me curou de deixar minha imaginação fluir. O erro do bolo de unguento me curou do descuido na culinária. Tingir meu cabelo me curou da vaidade. Não penso mais no meu cabelo e no meu nariz agora. Pelo menos, muito raramente. E o erro de hoje vai me curar de ser muito romântica. Cheguei à conclusão de que não adianta tentar ser romântica em Avonlea. Provavelmente, deve ter sido fácil em Camelot, há centenas de anos, mas o romance não é apreciado agora. Tenho certeza de que em breve você verá uma grande melhoria em mim, Marilla.

— Sem dúvida, espero que sim — disse Marilla, cética.

Matthew, que estava sentado silenciosamente no canto, pousou a mão no ombro de Anne quando Marilla saiu.

— Não desista do romance, Anne — ele sussurrou timidamente. — Um pouco de romance é bom. Não muito, é claro, mas um pouco, Anne, tenha um pouco.

capítulo 29

Um marco na vida de Anne

Anne estava trazendo as vacas do pasto para casa pela Alameda dos Enamorados. Era uma tarde de setembro e todas as brechas e clareiras no bosque estavam inundadas da luz rubi do pôr do sol. Aqui e ali, a trilha era salpicada por ela, mas na maior parte já estava bastante sombria sob os bordos, e os espaços sob os abetos eram preenchidos com um crepúsculo violeta como vinho. Os ventos sopravam, e não há música mais doce na terra do que a do vento nos pinheiros à noite.

As vacas desciam balançando placidamente pelo caminho, e Anne as seguiu, sonhadora, repetindo em voz alta o canto de batalha do poema "Marmion" — que também fez parte do curso de inglês no inverno anterior e que a senhorita Stacy os fizera aprender de cor — e exultando os versos ligeiros e a imagem do choque de lanças. Quando chegou a estes versos:

Os lanceiros teimosos ainda batalhavam

Na floresta escura e impenetrável,

parou em êxtase e fechou os olhos, para que assim pudesse se imaginar melhor naquele conto heroico. Quando os abriu novamente, viu Diana entrando pelo portão que dava para o campo dos Barry, e parecia tão importante, que Anne adivinhou o que era no mesmo instante: havia novas notícias. Mas não mostrou nenhuma curiosidade ansiosa.

— Esta tarde não está parecendo um sonho roxo, Diana? Isso me deixa tão feliz por estar viva. Sempre acho as manhãs a melhor parte do dia. Mas quando a tarde chega, acho ainda mais linda.

— Está uma tarde muito bonita — disse Diana —, mas tenho novidades, Anne. Adivinhe. Você pode dar três chutes.

— Charlotte Gillis vai se casar na igreja e a senhora Allan quer que a decoremos — exclamou Anne.

— Não. O namorado de Charlotte não concorda com isso, porque ninguém se casou na igreja ainda, e ele acha que parece mais um funeral. É muito cruel da parte dele, porque seria muito divertido. Tente de novo.

— A mãe de Jane vai dar uma festa de aniversário para ela?

Diana balançou a cabeça, seus olhos negros dançando com alegria.

— Não imagino o que pode ser — disse Anne em desespero. — A menos que Moody Spurgeon MacPherson tenha ido com você até sua casa depois da reunião de orações ontem à noite. É isso?

— Até parece — exclamou Diana, indignada. — E provavelmente não me gabaria disso, que criatura horrível! Sabia que não adivinharia. Mamãe recebeu uma carta de tia Josephine hoje, e ela quer que nós duas a visitemos na cidade na próxima terça-feira para acompanhá-la em uma exposição!

— Ah, Diana — sussurrou Anne, achando necessário apoiar-se em um bordo para não cair —, você está falando sério? Mas acho que Marilla não vai deixar. Ela dirá que não pode incentivar essa busca por prazeres. Foi o que ela disse semana passada, quando Jane me convidou para ir com elas ao recital dos americanos no hotel de White Sands. Eu queria ir, mas Marilla disse que era melhor ficar em casa estudando e Jane também. Fiquei amargamente decepcionada, Diana. Fiquei com o coração tão partido que nem fiz minhas orações quando fui para a cama. Mas me arrependi, levantei no meio da noite e rezei.

— Vamos fazer o seguinte... — disse Diana. — Pediremos a minha mãe que peça a Marilla. Assim, temos mais chances de ela deixar você ir e, se ela deixar, teremos o grande momento de nossa vida, Anne. Nunca fui a uma exposição, e é muito irritante ouvir as outras garotas conversando sobre suas viagens. Jane e Ruby foram duas vezes e vão este ano novamente.

— Não vou pensar nisso até saber se posso ir — disse Anne resolutamente. — Se eu ficar pensando nisso e depois me decepcionar, não suportaria. Mas, caso eu vá, ficarei muito feliz porque meu novo casaco está pronto e poderei usá-lo. Marilla não achou que eu precisasse de um casaco novo. Ela disse que o meu velho serviria muito bem por mais um inverno e que eu deveria estar satisfeita em ter um vestido novo. O vestido é muito bonito, Diana. Ele é azul-marinho e muito elegante. Marilla faz meus vestidos de acordo com a moda agora, porque não quer que Matthew peça à senhora Lynde para fazê-los. Estou muito feliz. É bem mais fácil ser uma garota boa usando roupas da moda. Pelo menos, para mim é. Suponho que não faça diferença para pessoas naturalmente boas. Mas Matthew disse que eu precisava de um casaco novo, então Marilla comprou uma linda peça de tecido azul e uma costureira de verdade em Carmody o está costurando. Deve ficar pronto sábado à tarde, e estou tentando não me imaginar andando pelo corredor da igreja no domingo com meu novo casaco e chapéu, porque acho que não é certo imaginar essas coisas. Mas simplesmente fica na minha cabeça. Meu chapéu é tão bonito. Matthew comprou para mim no dia em que fomos a Carmody. É pequeno, de veludo azul, muito na moda, com cordão dourado e pendões. Seu novo chapéu é elegante, Diana, e cai tão bem em você. Quando a vi entrar na igreja domingo passado, meu coração se encheu de orgulho ao pensar que era minha amiga mais querida. Você acha que é errado pensarmos muito em nossas roupas? Marilla diz que é pecado. Mas é um assunto tão interessante, não é?

Marilla concordou em deixar Anne ir para a cidade e combinou que o senhor Barry levaria as meninas na terça-feira seguinte. Como Charlottetown estava a quarenta e oito quilômetros de distância e o senhor Barry queria ir e voltar no mesmo dia, precisavam sair muito cedo. Mas Anne contou as horas com alegria e acordou antes do nascer do sol na terça-feira. Um olhar pela janela garantiu que o dia seria bom, pois o céu a leste, atrás dos abetos do Bosque Assombrado, estava todo prateado e sem nuvens. Pela brecha das árvores uma luz brilhava no frontão leste de Orchard Slope, um sinal de que Diana também estava em pé.

Anne já estava vestida quando Matthew acendeu o fogo, e o café da manhã estava pronto quando Marilla desceu, mas a garota estava empolgada demais para comer. Depois do café, ela vestiu o novo chapéu e o casaco, e correu pelo riacho e subiu o campo de abetos até Orchard Slope. O senhor Barry e Diana estavam esperando por ela e logo seguiram pela estrada.

Foi uma viagem longa, mas Anne e Diana aproveitaram cada minuto. Era um prazer percorrer as estradas úmidas sob a luz vermelha do sol, que se arrastava pelos campos de colheita. O ar era fresco e puro, e pequenas brumas azuis esfumaçadas se enrolavam pelos vales e flutuavam nas colinas. Às vezes, a estrada passava por bosques onde os bordos começavam a mostrar suas faixas vermelhas. Às vezes atravessava rios sobre pontes que faziam Anne se encolher com seu medo antigo, mas um tanto prazeroso. Às vezes, serpenteava ao longo da costa de um porto e passava por pequenos grupos de cabanas de pesca. Mais uma vez, subia colinas de onde se viam planaltos e céu azul enevoado. Mas, por onde passasse, havia muitas coisas interessantes para discutir. Era quase meio-dia quando chegaram à cidade e encontraram o caminho até Beechwood. Era uma bela mansão antiga, afastada da rua, isolada entre olmos verdes e ramos de faias. A senhorita Barry os encontrou à porta com um brilho nos olhos negros e afiados.

— Veio me ver, finalmente, menina Anne — disse ela. — Misericórdia, criança, como você cresceu! Está mais alta do que eu, certamente. E está muito mais bonita também. Mas você sabe disso, não precisa que alguém lhe diga.

— Na verdade, não — disse Anne, radiante. — Sei que não estou tão sardenta como antes, então tenho muito a agradecer, mas realmente não esperava que tivesse tido outro tipo de melhora. Estou muito feliz que ache que sim, senhorita Barry. —
A casa da senhorita Barry fora mobiliada com "grande magnificência", como Anne disse a Marilla depois. As duas garotas do campo ficaram bastante envergonhadas com o esplendor da sala onde a senhorita Barry as deixou quando foi ver o almoço.

— Não parece um palácio? — sussurrou Diana. — Nunca tinha vindo à casa de tia Josephine e não imaginava que fosse tão grandiosa. Queria que Julia Bell visse isso — ela fala tanto da sala de visitas da mãe.

— Tapete de veludo — suspirou Anne luxuriosamente. — E cortinas de seda! Sonhei com essas coisas, Diana. Mas, sabe, não me sinto muito confortável com tudo isso, afinal. Há tantas coisas esplêndidas nesta sala que não há espaço para a imaginação. Esse é um consolo quando se é pobre... há muito mais coisas que se pode imaginar.

A permanência de Anne e Diana na cidade as marcou por muito tempo depois. Do começo ao fim, foram muitos prazeres.

Na quarta-feira, a senhorita Barry as levou para a exposição e ficaram o dia todo lá.

— Foi esplêndido — relatou Anne mais tarde a Marilla. — Nunca imaginei algo tão interessante. Não sei o que foi mais interessante. Acho que gostei mais dos cavalos, das flores e das roupas. Josie Pye levou o primeiro prêmio por rendas de malha. Fiquei realmente feliz por ela. E fiquei feliz por me sentir feliz, pois mostra que estou melhorando, não acha, Marilla, já que fiquei feliz com o sucesso de Josie? Harmon Andrews recebeu o segundo prêmio pelas maçãs Gravenstein, e o senhor Bell recebeu o primeiro prêmio com seu porco. Diana disse que achava ridículo um superintendente da escola dominical receber um prêmio por causa de porcos, mas não vejo por quê. Você acha? Ela disse que sempre pensaria nisso, quando estivesse orando solenemente. Clara Louise MacPherson recebeu um prêmio por pintura, e a senhora Lynde ganhou o primeiro prêmio por sua manteiga e queijo caseiros. Avonlea foi muito bem representada, não foi? A senhora Lynde estava lá, e eu não sabia o quanto gostava dela até ver seu rosto familiar entre todos aqueles estranhos. Havia milhares de pessoas, Marilla. Isso fez eu me sentir terrivelmente insignificante. E a senhorita Barry nos levou para ver as corridas de cavalos. A senhora Lynde não foi. Ela disse que as corridas de cavalos são uma abominação e, como membro da igreja, era seu dever dar um bom exemplo através da ausência. Mas havia tantas pessoas que não acredito que a ausência da senhora Lynde foi notada. Porém, acho que não devo frequentar as corridas de cavalos, porque elas são estranhamente fascinantes. Diana ficou tão empolgada que quis apostar dez centavos no cavalo castanho. Eu achei que ela não ganharia, mas me recusei a apostar, porque queria contar tudo à senhora Allan, e tinha certeza de que não poderia contar isso. É errado fazer qualquer coisa que não se possa contar à esposa do pastor. Ter a esposa do pastor como sua amiga é como ter uma consciência extra. E fiquei muito feliz por não ter apostado, porque o cavalo castanho ganhou e eu teria perdido dez centavos. Então, veja que a virtude tem a própria recompensa. Vimos um homem subir em um balão. Eu adoraria subir em um balão, Marilla; seria simplesmente emocionante; e vimos um homem vendendo previsões para o futuro. Você pagava a ele dez centavos e um passarinho escolhia uma previsão para você. A senhorita Barry deu a Diana e a mim dez centavos para tirarmos a nossa sorte. A minha era que eu me casaria com um homem moreno muito rico e atravessaria as águas para morar do outro lado. Eu olhei atentamente para todos os homens morenos depois disso, mas não gostei muito de nenhum deles, e de qualquer maneira acho que ainda é muito cedo para procurar por ele. Ah, foi um dia inesquecível, Marilla. Fiquei tão cansada que não conseguia dormir à noite. A senhorita Barry nos colocou no quarto de hóspedes, conforme prometido. É um quarto elegante, Marilla, mas de alguma forma dormir em um quarto de hóspedes não era o que eu pensava. Estou começando a perceber que essa é a parte ruim de ficar mais velha. As coisas que tanto desejava quando criança não parecem mais tão maravilhosas.

Na quinta-feira, as meninas passearam no parque e, à noite, a senhorita Barry as levou a um concerto na Academia de Música, onde uma notável prima-dona cantou. Para Anne, a noite foi uma brilhante visão de prazer.

— Ah, Marilla, foi indescritível. Eu estava tão empolgada que não conseguia nem falar, então deve imaginar como foi. Fique sentada em um silêncio extasiado. Madame Selitsky estava perfeitamente bonita e usava um vestido de cetim branco e diamantes. Quando ela começou a cantar, não pensei em mais nada. Ah, não consigo expressar como me senti. Mas me pareceu que seria fácil a partir de agora ser uma garota boa. Eu me senti como quando olho para as estrelas. Lágrimas vieram aos meus olhos, mas, ah, eram lágrimas de felicidade. Lamentei quando acabou, e disse à senhorita Barry que não sabia como voltar à vida normal novamente. Ela disse que, se fôssemos tomar um sorvete do outro lado da rua, isso poderia me ajudar. Pareceu tão prosaico. Mas, para minha surpresa, vi que era verdade. O sorvete estava delicioso, Marilla, e foi tão adorável e relaxante sentar ali e tomar sorvete às 11 horas da noite. Diana disse que achava que tinha nascido para a vida na cidade. A senhorita Barry me perguntou o que eu achava, mas disse que precisava pensar muito antes de concluir alguma coisa. Então pensei sobre isso quando fui deitar. Essa é a melhor hora para pensar nas coisas. E cheguei à conclusão, Marilla, de que não nasci para a vida na cidade e que sou feliz com isso. É bom tomar sorvete em bons restaurantes às 11 horas da noite de vez em quando. Mas, todo dia, prefiro estar no sótão às 11 horas, dormindo profundamente, mas sabendo que, mesmo durante o sono, as estrelas brilham do lado de fora e o vento sopra nos abetos do outro lado do riacho. Eu disse isso à senhorita Barry no café da manhã e ela riu. A senhorita Barry geralmente ri de qualquer coisa que eu diga, mesmo quando digo as coisas mais solenes. Acho que não gostei, Marilla, porque não estava tentando ser engraçada. Mas ela é uma dama muito hospitaleira e nos tratou como princesas.

Sexta-feira era o dia de voltar para casa, e o senhor Barry foi buscar as meninas.

— Espero que tenham se divertido — disse a senhorita Barry, despedindo-se delas.

— Nós nos divertimos muito — disse Diana.

— E você, menina Anne?

— Aproveitei cada minuto — disse Anne, jogando os braços impulsivamente envolta do pescoço dela e beijando sua bochecha enrugada. Diana nunca teria ousado fazer isso e se sentiu bastante horrorizada com a liberdade de Anne. Mas a senhorita Barry estava satisfeita, e ficou na varanda observando até elas desaparecerem de vista. Então, voltou para sua casa grande com um suspiro. Parecia muito solitária, sem aquelas frescas vidas jovens. A senhorita Barry era uma velhinha bastante egoísta, para dizer a verdade, e nunca se importava muito com ninguém além de si mesma. Ela valorizava as pessoas apenas porque a serviam ou a divertiam. Anne a divertiu e, consequentemente, permaneceu nas boas graças da velha senhora. Mas a senhorita Barry se viu pensando menos nos discursos peculiares de Anne e mais em seu entusiasmo, sua emoção transparente, nas pequenas maneiras de conquistar e na doçura de seus olhos e lábios.

— Achei Marilla Cuthbert uma velha tola quando soube que adotara uma garota órfã — disse a si mesma —, mas acho que não foi um erro, afinal. Se eu tivesse uma criança como Anne em casa o tempo todo, seria uma mulher melhor e mais feliz.

Anne e Diana acharam o caminho de volta para casa tão agradável quanto a ida. De fato, mais agradável, uma vez que havia a deliciosa consciência de que a casa delas as estava esperando. O sol já se punha quando passaram por White Sands e pegaram a estrada costeira. Para além, as colinas de Avonlea escureciam o céu cor de açafrão. Atrás delas, a lua nascia no mar, que se tornava radiante e brilhante à luz do luar. Cada enseada ao longo da estrada curvilínea era uma maravilha de ondulações dançantes. As ondas quebravam com um suave zunido nas rochas abaixo delas, e o cheiro da água do mar era forte e fresco.

— Ah, como é bom estar viva e poder voltar para casa — respirou Anne.

Quando atravessou a ponte sobre o riacho, a luz da cozinha de Green Gables deu-lhe cordiais boas-vindas e, pela porta aberta, brilhava o fogo vermelho da lareira quente na noite fria de outono. Anne correu alegremente morro acima e entrou na cozinha, onde um jantar quente a esperava na mesa.

— Então você voltou? — Marilla disse, dobrando o tricô.

— Sim, e, ah, é tão bom estar de volta — disse Anne alegremente. — Poderia beijar tudo, até o relógio. Marilla, um frango assado! Mão me diga que assou para mim!

— Sim, foi — disse Marilla. — Achei que estaria com fome depois da viagem e precisaria de algo realmente apetitoso. Apresse-se e vá trocar de roupa, vamos jantar assim que Matthew entrar. Estou feliz que tenha voltado. Foi muito solitário aqui sem você, e nunca passei por dias tão longos assim.

Depois do jantar, Anne sentou-se diante do fogo entre Matthew e Marilla e contou a eles sobre a sua visita.

— Foi tudo esplêndido — concluiu ela alegremente. — Acho que foi um marco na minha vida. Mas o melhor de tudo foi voltar para casa.

capítulo 30

A turma da Queen's é organizada

Marilla baixou o tricô no colo e recostou-se na cadeira. Seus olhos estavam cansados, e ela pensou vagamente que precisava trocar os óculos na próxima vez que fosse à cidade, pois estavam ficando cansados com mais frequência ultimamente.

Estava quase escuro, pois crepúsculo de novembro caíra por completo em Green Gables, e a única luz da cozinha vinha das chamas vermelhas que dançavam no fogão.

Anne estava sentada à moda turca no tapete em frente à lareira, contemplando aquele brilho alegre em que a luz do sol de cem verões estava sendo destilada dos troncos de bordo. Estava lendo, mas seu livro havia caído no chão e agora estava sonhando, com um sorriso nos lábios entreabertos. Castelos reluzentes na Espanha formavam-se das brumas e do arco-íris de sua fantasia animada. Aventuras maravilhosas e fascinantes aconteciam com ela na terra das nuvens. Aventuras que sempre eram triunfantes e nunca a envolviam em confusões como na vida real.

Marilla olhou para ela com uma ternura que nunca deixava se revelar sob uma luz mais clara do que aquela suave da linha de fogo e sombra. A lição de um amor que deveria se manifestar facilmente em palavras e pelo olhar aberto era algo que Marilla nunca aprenderia. Mas ela havia aprendido a amar essa garota esbelta de olhos cinzentos com um carinho ainda mais profundo e forte justamente porque tinha dificuldade em demonstrar. Seu amor a deixou com medo de ser muito complacente. Ela tinha a sensação desconfortável de que era pecaminoso dedicar o coração tão intensamente a qualquer criatura humana como ela o dedicava a Anne, e talvez tenha feito uma espécie de penitência inconsciente por conta disso, sendo mais rigorosa e mais crítica, como se a garota fosse menos querida por ela. Certamente, a própria Anne não tinha ideia de como Marilla a amava. Às vezes, pensava melancolicamente que Marilla era muito difícil de agradar e claramente carecia de simpatia e compreensão. Mas reprovava a si mesma, lembrando o que devia a Marilla.

— Anne — disse Marilla abruptamente —, a senhorita Stacy veio aqui esta tarde quando você estava com Diana.

Anne voltou do outro mundo com um sobressalto e um suspiro.

— Veio? Ah, me desculpe, eu não estava aqui. Por que não me chamou, Marilla? Diana e eu estávamos logo ali no Bosque Assombrado. A floresta é adorável nesta época. Todas as coisinhas vivas — as samambaias, as folhas acetinadas e as frutinhas — adormeceram, como se alguém as tivesse escondido até a primavera sob um cobertor de folhas. Eu acho que foi uma pequena fada cinza com um lenço de arco-íris que veio na ponta dos pés na última noite de luar e fez isso. Diana não falou muito a respeito. Diana não consegue esquecer as críticas de sua mãe sobre imaginar fantasmas no Bosque Assombrado. Isso teve um efeito muito ruim na imaginação dela. Estragou tudo. A senhora Lynde diz que Myrtle Bell é um ser arruinado. Perguntei a Ruby Gillis por que Myrtle estava arruinada e Ruby disse que achava que era porque seu jovem companheiro a havia abandonado. Ruby Gillis não pensa em nada além de namorados, e, quanto mais velha fica, pior. Os rapazes são ótimos, se ficarem no lugar deles, mas não é necessário levá-los a todo lugar, não é? Diana e eu pensamos seriamente em prometer nunca nos casarmos, seremos boas velhinhas e viveremos juntas para sempre. Diana ainda não se decidiu, porque acha que talvez seja mais nobre casar-se com um jovem selvagem, ousado e pecaminoso para consertá-lo. Diana e eu conversamos muito sobre assuntos sérios agora, sabe. Como estamos mais crescidas, achamos que não é mais apropriado falarmos de assuntos infantis. É tão solene ter quase 14 anos, Marilla. A senhorita Stacy levou todas as meninas que estão na adolescência até o riacho na quarta-feira passada e conversou conosco sobre isso. Ela disse que precisamos ter cuidado com os hábitos que criamos e os ideais que adquirimos na adolescência, porque assim, aos 20 anos, nosso caráter e alicerces já estarão desenvolvidos para toda a vida futura. E ela disse que, se nossa base for instável, nunca construiremos algo que realmente valha a pena. Diana e eu conversamos sobre isso quando voltamos da escola. Nos sentimos extremamente solenes, Marilla. E decidimos tentar ser muito cuidadosas, criar hábitos respeitáveis e aprender tudo o que pudermos, e ser o mais sensatas possível, para que, aos 20 anos, nosso caráter seja muito bem desenvolvido. É muito assustador pensar em ter 20 anos, Marilla. Parece tão terrivelmente velho e adulto. Mas por que a senhorita Stacy veio aqui esta tarde?

— É o que quero lhe dizer, Anne, se me der chance de falar uma palavra. Ela estava falando de você.

— De mim? — Anne parecia um pouco assustada. Então corou e exclamou: — Ah, já sei o que ela disse. Eu queria lhe contar, Marilla, de verdade, mas esqueci. A senhorita Stacy me pegou lendo *Ben Hur* na escola ontem à tarde, quando eu deveria estar estudando história do Canadá. Jane Andrews me emprestou. Eu estava lendo na hora do almoço e tinha acabado de chegar à parte da corrida de bigas quando a aula começou. Estava doida para saber como as coisas aconteceram — embora soubesse que Ben Hur venceria, porque não teria justiça poética se não fosse assim —, então abri o livro na carteira e depois coloquei Ben Hur entre a carteira e os joelhos. Eu parecia estar estudando história do Canadá, sabe, mas estava me divertindo com Ben Hur. Estava tão entretida que não vi a senhorita Stacy vindo em minha direção, até que de repente apenas olhei para cima e lá estava ela olhando para mim, reprovadora. Não sei dizer a vergonha que senti, Marilla, principalmente quando ouvi Josie Pye rindo. A senhorita Stacy levou *Ben Hur* embora, mas não disse nada. Ela me chamou no intervalo e falou comigo. Disse que eu agi muito errado em dois aspectos. Primeiro, estava gastando o tempo que deveria dedicar aos meus estudos e, segundo, estava enganando minha professora tentando fazer parecer que estava lendo sobre história, mas, na verdade, era um livro de histórias. Não tinha percebido até aquele momento, Marilla, que eu a estava enganando. Fiquei chocada. Chorei amargamente e pedi à senhorita Stacy que me perdoasse, pois nunca mais faria isso, e me ofereci para fazer penitência, sem ler *Ben Hur* por uma semana inteira, nem mesmo para saber como a corrida de bigas termina. Mas a senhorita Stacy disse que não precisava e me perdoou. Acho que não foi muito gentil da parte dela vir aqui falar com você sobre isso, afinal.

— Stacy não mencionou isso para mim, Anne, é apenas sua consciência culpada, que é o problema com você. Não há por que levar livros de histórias para a escola. Você lê romances demais. Quando eu era menina, não podia ter romances.

— Ah, como pode chamar *Ben Hur* de romance se é um livro religioso? — protestou Anne. — Claro que é um pouco emocionante demais para uma leitura no domingo, mas só o leio durante a semana. E não vou ler mais nenhum livro, a menos que a senhorita Stacy ou a senhora Allan achem que é adequado para uma garota de 13 anos e três quartos. A senhorita Stacy me fez prometer isso. Um dia, ela me pegou lendo um livro chamado *O mistério do salão assombrado*. Ruby Gillis me emprestara e, ah, Marilla, era tão fascinante e assustador. Gelou o sangue nas minhas veias. Mas a senhorita Stacy disse que era um livro muito bobo e não era sadio, e me pediu para não ler mais nada parecido. Eu não me importei em prometer não ler mais livros como aquele, mas foi agonizante devolvê-lo sem saber como terminava. Mas eu o fiz, e meu amor pela senhorita Stacy resistiu ao teste. É realmente maravilhoso, Marilla, o que podemos fazer quando realmente queremos agradar a outra pessoa.

— Bem, acho que vou acender a lamparina e trabalhar — disse Marilla. — Você não quer ouvir o que a senhorita Stacy veio fazer aqui. Está mais interessada no som da própria voz do que em qualquer outra coisa.

— Ah, Marilla, sim, eu quero ouvir — exclamou Anne, arrependida. — Não direi mais uma palavra... nenhuma. Sei que falo demais, mas estou realmente tentando melhorar e, embora fale muito, se soubesse quantas coisas gostaria de falar, mas não falo, você me daria algum crédito por isso. Por favor, me conte, Marilla.

— Pois bem, a senhorita Stacy quer organizar uma aula para os alunos mais avançados, que pretendem estudar para o exame de admissão na Queen's. Ela pretende dar aulas extras depois da escola. E veio perguntar a Matthew e a mim se gostaríamos que você participasse. O que acha disso, Anne? Gostaria de estudar para o exame da Queen's e ser professora?

— Ah, Marilla! — Anne ajoelhou-se e juntou as mãos. — É o sonho da minha vida... digo, nos últimos seis meses, desde que Ruby e Jane começaram a falar em estudar para o exame. Mas não falei nada, porque achei que seria perfeitamente inútil. Adoraria ser professora. Mas não será terrivelmente caro? Andrews diz que lhe custou 150 dólares para que Prissy passasse, e Prissy não era burra em geometria.

— Não precisa se preocupar com isso. Quando Matthew e eu a adotamos, resolvemos fazer o melhor que podíamos por você e dar-lhe uma boa educação. Acho que uma garota deve estar preparada para ganhar a própria vida, quer precise ou não. Você sempre terá uma casa em Green Gables enquanto Matthew e eu estivermos aqui, mas ninguém sabe o que pode acontecer neste mundo incerto, e é melhor estar preparada. Então você pode participar da turma preparatória para o exame da Queen's se quiser, Anne.

— Ah, Marilla, obrigada. — Anne jogou os braços em volta da cintura de Marilla e olhou seriamente para o rosto dela. — Sou extremamente grata a você e ao Matthew. E estudarei o máximo que puder e farei o possível para ser um orgulho para você. Já adianto que não pode esperar muito de mim em geometria, mas acho que dou conta de qualquer outra coisa se trabalhar duro.

— Acredito que você se dará bem em tudo. A senhorita Stacy diz que você é inteligente e diligente.

Por nada no mundo Marilla contaria a Anne exatamente o que a senhorita Stacy havia dito sobre ela. Isso seria mimar a vaidade da garota.

— Não precisa se dedicar demais a ponto de se matar por causa dos livros. Não há pressa. Você tem um ano e meio ainda até o exame de admissão. Mas a senhorita Stacy disse que é bom começar cedo e se preparar bem.

— Vou me interessar mais do que nunca pelos meus estudos agora — disse Anne alegremente. — Afinal, tenho um objetivo na vida. O senhor Allan diz que todos devem ter um objetivo na vida e persegui-lo fielmente, mas que deve ter um propósito digno. Eu diria que é um propósito digno querer ser professora como a senhorita Stacy, não é, Marilla? Acho uma profissão muito nobre.

A turma da Queen's foi organizada no devido tempo. Gilbert Blythe, Anne Shirley, Ruby Gillis, Jane Andrews, Josie Pye, Charlie Sloane e Moody Spurgeon MacPherson se juntaram a ela. Diana Barry não, pois seus pais não pretendiam mandá-la para a Queen's. Para Anne, isso era uma verdadeira calamidade. Nunca, desde a noite em que Minnie May ficou doente, ela e Diana se separaram. Na primeira tarde em que a turma da Queen's se reuniu na escola para as aulas extras, e Anne viu Diana ir embora para casa lentamente com as outras meninas e depois seguir sozinha pelo Caminho das Bétulas e pelo Vale das Violetas, fez um grande esforço para permanecer sentada e abster-se de correr impulsivamente atrás da amiga. Um nó se formou em sua garganta e ela se escondeu às pressas atrás das páginas da gramática latina para ocultar as lágrimas nos olhos. Por nada no mundo Anne deixaria Gilbert Blythe ou Josie Pye ver aquelas lágrimas.

— Mas, ah, Marilla, quando vi Diana ir embora sozinha, realmente senti que havia provado a amargura da morte, como o senhor Allan disse no sermão de domingo passado — disse ela com tristeza naquela noite. Pensei como seria esplêndido se Diana também estudasse para a Queen's. Mas, como diz a senhora Lynde, não podemos querer que as coisas sejam perfeitas neste mundo imperfeito. Às vezes, a senhora Lynde não é exatamente uma pessoa reconfortante, mas não há dúvida de que ela diz muitas coisas verdadeiras. E acho que a turma da Queen's será extremamente interessante. Jane e Ruby vão estudar para serem professoras. É o máximo da ambição delas. Ruby diz que só lecionará por dois anos e depois pretende se casar. Jane diz que dedicará toda a vida a ensinar, e nunca, nunca se casará, porque se recebe um salário para ensinar, mas um marido não paga nada e reclama se a esposa pedir uma parte do dinheiro para comprar ovos e manteiga. Acho que Jane fala por alguma experiência própria, pois a senhora Lynde diz que o pai dela é um velho rabugento perfeito, o que pode ser pior do que ser mesquinho. Josie Pye disse que vai estudar apenas pela formação, porque não terá que ganhar a vida. Ela disse que é claro que é diferente para os órfãos que vivem de caridade — eles precisam trabalhar duro. Moody Spurgeon vai ser pastor. A senhora Lynde diz que ele não poderia ser outra coisa com um nome desse. Espero que não seja maldade minha, Marilla, mas pensar em Moody Spurgeon como pastor me faz rir. Ele é um garoto de aparência engraçada, com aquele rosto grande e gordo, olhinhos azuis e orelhas de abano. Mas talvez pareça mais um intelectual quando crescer. Charlie Sloane diz que ele entrará para a política e será membro do Parlamento, mas a senhora Lynde disse que ele nunca terá sucesso nisso, porque os Sloane são pessoas honestas, e apenas os malandros entram na política hoje em dia.

— E Gilbert Blythe? — perguntou Marilla, vendo que Anne estava abrindo o livro.

— Sabe que não sei qual é a ambição de Gilbert Blythe na vida, se é que ele tem alguma — disse Anne com desdém.

Havia uma rivalidade aberta entre Gilbert e Anne. Anteriormente, a rivalidade era unilateral, mas não havia mais dúvida de que Gilbert estava tão determinado quanto Anne a ser o primeiro da classe. Ele era um inimigo à altura. Os outros alunos reconheciam tacitamente a superioridade deles e nem sonhavam em tentar competir.

Desde o dia em que Anne se recusara a ouvir o pedido de perdão de Gilbert, exceto pela rivalidade na escola, ele agia como se não existisse Anne Shirley. Ele conversava e brincava com as outras meninas, trocava livros e quebra-cabeças com elas, discutia as lições e projetos, às vezes voltava para casa com uma ou outra delas depois das reuniões de oração ou do Clube de Debates. Mas simplesmente ignorava Anne Shirley, e ela descobriu, assim, que não é agradável ser ignorada. Ela disse a si mesma com um movimento de cabeça que não se importava, mas foi em vão. No fundo de seu pequeno coração rebelde e feminino, sabia que se importava e que, se tivesse a chance de voltar àquele dia no Lago das Águas Cintilantes, responderia diferentemente. De repente, ao que parecia, e para sua consternação secreta, descobriu que o antigo ressentimento que acalentara contra ele havia desaparecido — havia ido embora exatamente quando ela mais precisava de sua força. Foi em vão também que tentou rememorar os incidentes e as emoções daquela ocasião para procurar a antiga raiva. Naquele dia, perto da lagoa, havia testemunhado a última faísca. Anne percebeu que havia perdoado e esquecido sem saber. Mas era tarde demais.

E pelo menos nem Gilbert, nem ninguém, nem mesmo Diana, suspeitava o quanto ela sentia e o de quanto desejava não ter sido tão orgulhosa e horrível! Ela decidiu "encobrir seus sentimentos no mais profundo esquecimento", e teve tanto sucesso nisso, que Gilbert, que possivelmente não era tão indiferente quanto parecia, não conseguiu consolar-se com a crença de que Anne sentia seu desprezo. O único conforto dele era que ela desprezava Charlie Sloane, sem misericórdia, o tempo todo e sem que ele merecesse.

De qualquer forma, o inverno passou com rodadas agradáveis de deveres e estudos. Para Anne, os dias passavam como contas douradas no colar do ano. Ela estava feliz, ansiosa, interessada — havia lições para aprender e honra a ser conquistada, livros deliciosos para ler, novas peças para o coral da escola dominical, tardes de sábado agradáveis no presbitério com a senhora Allan e, então, sem que Anne percebesse, a primavera chegara novamente a Green Gables e todo o mundo florescia mais uma vez.

E então os estudos empalideceram apenas um pouquinho. Os alunos da turma da Queen's, que ficaram para trás na escola, enquanto os outros se espalhavam por ruas verdes e pelos caminhos dos bosques e dos prados, olhavam melancolicamente pelas janelas e descobriam que verbos latinos e exercícios de francês de alguma forma haviam perdido o sabor e o entusiasmo que possuíam nos meses frios de inverno. Até Anne e Gilbert ficaram para trás e estavam indiferentes. Professora e alunos ficaram igualmente contentes quando o ano terminou e os dias felizes de férias se apresentaram diante deles.

— Vocês fizeram um bom trabalho no ano que passou — disse a senhorita Stacy na última tarde. — E merecem umas boas férias. Aproveitem o tempo ao máximo fora da escola e acumulem um bom estoque de saúde, vitalidade e ambição para o próximo ano. O último ano antes da admissão será uma guerra, vocês sabem.

— Voltará no ano que vem, senhorita Stacy? — perguntou Josie Pye.

Josie Pye nunca pensava muito antes de fazer perguntas. Nesse caso, o restante da turma sentiu-se grato, pois nenhum deles ousaria perguntar à senhorita Stacy, mas todos queriam, pois havia rumores alarmantes circulando pela escola há algum tempo de que a senhorita Stacy não voltaria no ano seguinte, pois lhe haviam oferecido uma posição na escola primária de seu próprio distrito e ela pretendia aceitar. A turma da Queen's ouviu a resposta em um suspense ofegante.

— Sim, acho que sim — disse a senhorita Stacy. — Pensei em lecionar em outra escola, mas decidi voltar para Avonlea. Para dizer a verdade, fiquei tão interessada em vocês que descobri que não poderia deixá-los. Então vou ficar e ver vocês entrarem na Queen's.

— Uhuuu! — gritou Moody Spurgeon. Ele nunca se sentiu tão empolgado antes, e, na semana que se seguiu, corava desconfortavelmente toda vez que pensava nisso.

— Ah, estou tão feliz — disse Anne, com os olhos brilhantes. — Querida senhorita Stacy, seria perfeitamente terrível se não voltasse. Não teria coragem de continuar os estudos com outra professora.

Quando Anne chegou em casa naquela noite, empilhou os livros em um velho baú no sótão, trancou-o e jogou a chave na caixa de cobertores.

— Não vou abrir nenhum livro da escola nas férias — disse ela a Marilla. — Estudei o máximo que pude durante o ano e examinei essa geometria até conhecer todas as proposições do primeiro livro de cor, mesmo quando as letras mudavam. Estou cansada de tudo o que é sensato e vou deixar minha imaginação fluir livremente durante o verão. Ah, não se preocupe, Marilla. Vou deixar que ela flua livremente dentro de limites razoáveis. Mas quero me divertir muito neste verão, pois talvez seja o último verão em que serei uma garotinha. A senhora Lynde diz que, se eu continuar crescendo no próximo ano como cresci neste, terei de usar saias mais longas. Ela diz que sou toda pernas e olhos. E que quando começar a usar saias mais longas, sentirei que tenho de viver de acordo e ser digna delas. Acho que não valerá mais a pena acreditar em fadas, então vou acreditar nelas com todo o meu coração neste verão. Acho que serão férias muito felizes. Ruby Gillis fará uma festa de aniversário em breve e teremos o piquenique da escola dominical e o concerto dos missionários no próximo mês. E o senhor Barry diz que uma noite vai levar a mim e Diana ao hotel de White Sands para almoçar. Eles têm almoço lá à tarde, sabe. Jane Andrews foi lá uma vez no verão passado e disse que foi deslumbrante a visão das luzes elétricas, das flores e de todas as senhoras em vestidos tão bonitos. Jane diz que foi seu primeiro vislumbre da vida agitada e que nunca esquecerá disso até a morte.

A senhora Lynde apareceu na tarde seguinte para descobrir por que Marilla não havia ido à reunião da Sociedade Beneficente na quinta-feira. Se Marilla não ia à reunião da Sociedade Beneficente, as pessoas sabiam que havia algo errado em Green Gables.

— Matthew teve um mal súbito do coração na quinta-feira — explicou Marilla. — E não me senti bem em deixá-lo. Ah, sim, ele está bem agora, mas tem se sentido mal com mais frequência e estou preocupada com ele. O médico disse que ele deve evitar agitação. Isso é fácil, pois Matthew não procura agitação de forma alguma e nunca o fez, mas também não deve fazer trabalhos muitos pesados, e, para Matthew, não trabalhar é o mesmo que não respirar. Venha e guarde suas coisas, Rachel. Vai ficar para o chá?

— Bem, como insiste, talvez eu fique — disse a senhora Rachel, que não tinha a menor intenção de fazer outra coisa.

A senhora Rachel e Marilla sentaram-se confortavelmente na sala, enquanto Anne preparava o chá e os biscoitos, tão leves e brancos que desafiavam até as críticas da senhora Rachel.

— Anne se tornou uma garota realmente esperta — admitiu a senhora Rachel, enquanto Marilla a acompanhava até o fim da trilha ao pôr do sol. — Ela deve ser uma grande ajuda para você.

— Ela é — disse Marilla —, e está realmente tranquila e responsável agora. Tinha medo de que não mudasse o jeito, mas hoje já posso confiar nela para qualquer coisa.

— Naquele primeiro dia há três anos não achei que ela se sairia tão bem — disse a senhora Rachel. — Falo de coração, jamais esquecerei sua birra! Quando voltei para casa naquela noite, disse a Thomas: "Guarde minhas palavras, Thomas, Marilla Cuthbert viverá para lamentar a escolha que fez". Mas estava enganada e fico realmente feliz com isso. Não sou o tipo de pessoa que não admite que cometeu um erro, Marilla. Não, esse nunca foi o meu caminho, graças a Deus. Cometi um erro ao julgar Anne, mas não foi à toa, ela realmente era uma bruxinha estranha como eu nunca havia visto na vida. Não era possível decifrá-la com as mesmas regras que regem as outras crianças. É maravilhoso o quanto ela melhorou nestes três anos, especialmente na aparência. Está realmente uma garota bonita, embora não goste muito desse estilo pálido e olhos grandes. Eu gosto de mais cor, como Diana Barry ou Ruby Gillis. A aparência de Ruby Gillis chama bastante a atenção. Mas de alguma forma, quando as meninas estão juntas — não sei como, já que ela não tem nem metade da beleza delas —, ela as faz parecer meio comuns, como os lírios brancos de junho que ela chama de narcisos e nascem ao lado das grandes peônias vermelhas, é isso.

capítulo 31

Onde o riacho e o rio se encontram

Anne teve um verão "bom" e aproveitou-o de todo o coração. Ela e Diana ficaram bastante ao ar livre, aproveitando todas as delícias que a Alameda dos Enamorados, a Fonte da Dríade, a Lagoa dos Salgueiros e a Ilha Victoria proporcionavam. Marilla não fez objeções às saídas de Anne. O médico de Spencervale — que havia atendido Minnie May — encontrou Anne na casa de uma paciente uma tarde no início das férias, olhou-a bruscamente, fechou a boca, sacudiu a cabeça e enviou uma mensagem a Marilla Cuthbert por outra pessoa. Dizia assim:

— Mantenha essa ruivinha ao ar livre o verão inteiro e não a deixe ler livros até que esteja saltitante.

Essa mensagem assustou Marilla. Ela leu uma sentença de morte para Anne naquelas instruções, a menos que fossem obedecidas. Como resultado, Anne teve o verão dourado de sua vida, tanto quanto a liberdade e a diversão permitiram. Ela andou, remou, colheu frutas e sonhou com a felicidade do seu coração. E quando setembro chegou, ela estava com os olhos brilhantes e alertas, tão saltitante que teria satisfeito o médico de Spencervale, e um coração cheio de ambição e entusiasmo mais uma vez.

— Estou com vontade de estudar com força e dedicação — declarou ela enquanto pegava os livros no baú do sótão. — Ah, meus bons velhos amigos, fico feliz em vê-los mais uma vez... sim, até você, geometria. Tive um verão perfeitamente lindo, Marilla, e agora estou alegre como um homem forte que corre uma corrida, como o senhor Allan disse no domingo passado. O senhor Allan não prega sermões magníficos? A senhora Lynde diz que ele está melhorando a cada dia e, pelo que sabemos, alguma igreja da cidade o chamará, e então ficaremos sem ele e teremos de recorrer a outro pregador, verde. Mas não vejo por que criar problemas antes da hora, não é, Marilla? Eu acho que seria melhor aproveitar o senhor Allan enquanto o temos. Se eu fosse homem, acho que seria pastor. Eles podem influenciar para o bem, se a teologia for sólida. E deve ser emocionante pregar sermões esplêndidos e animar o coração dos espectadores. Por que as mulheres não podem ser pastoras, Marilla? Perguntei isso à senhora Lynde; ela ficou chocada e disse que seria algo escandaloso. Disse que acha que existem pastoras nos Estados Unidos, mas que, graças a Deus, ainda não tínhamos chegado a esse estágio no Canadá e esperava que nunca chegássemos. Mas não por que não podemos? Acho que as mulheres seriam esplêndidas pastoras. Para organizar um encontro social, um chá da igreja ou qualquer outra coisa para arrecadar dinheiro, as mulheres comparecem e fazem o trabalho. Tenho certeza de que a senhora Lynde consegue rezar tão bem quanto o superintendente Bell e não tenho dúvida de que ela também poderia pregar se praticasse um pouco.

— Sim, acho que poderia — disse Marilla secamente. — Ela faz muitas pregações não oficiais, na verdade. Ninguém tem oportunidade de fazer coisas erradas em Avonlea com Rachel supervisionando.

— Marilla — disse Anne, confusa —, quero lhe contar uma coisa e saber o que pensa sobre isso. É algo que me preocupou muito, nas tardes de domingo, ou seja, quando penso especialmente nesses assuntos. Realmente quero ser boa. E quando estou com você ou com a senhora Allan ou com a senhorita Stacy, quero ainda mais e quero fazer exatamente o que a agradaria e o que você aprovaria. Mas principalmente quando estou com a senhora Lynde, me sinto desesperadamente má e como se quisesse fazer exatamente o que me diz que não devo. Sinto-me irresistivelmente tentada a fazê-lo. Por que acha que me sinto assim? Acha que sou realmente ruim e degenerada?

Marilla pareceu em dúvida por um momento. Então riu.

— Se você for, acho que sou também, Anne, porque Rachel muitas vezes tem esse mesmo efeito em mim. Às vezes, acho que ela teria mais influência para o bem, como você diz, se não insistisse que as pessoas têm de fazer o que é certo. Deveria haver um mandamento especial contra chateação. Mas não posso falar assim. Rachel é uma boa mulher cristã e tem boas intenções. Não existe uma alma mais gentil em Avonlea e ela nunca se esquiva do que é preciso fazer.

— Fico feliz que se sinta assim também — disse Anne decididamente. — É tão encorajador. Não me preocuparei mais com isso. Mas haverá outras coisas com que me preocupar. Elas surgem o tempo todo — coisas para confundir, sabe. Você resolve um problema e vem outro depois. Há tantas coisas para pensar e decidir quando se está começando a crescer. Isso me mantém ocupada o tempo todo, pensando nelas e decidindo o que é certo. Crescer é coisa séria, não é, Marilla? Mas quando se tem bons amigos como você, Matthew, a senhora Allan e a senhorita Stacy, sei que vou crescer bem e tenho certeza de que será minha culpa se isso não acontecer. É uma grande responsabilidade, porque só tenho uma chance. Se eu não me tornar uma adulta boa, não posso voltar e recomeçar. Eu cresci cinco centímetros neste verão, Marilla. A senhora Gillis me mediu na festa de Ruby. Estou muito feliz que você fez meus novos vestidos mais longos. Aquele verde-escuro é tão bonito e foi muito gentil de sua parte colocar babados. Sei que não eram realmente necessários, mas os babados estão tão na moda neste outono e todos os vestidos de Josie Pye têm babados. Sei que meus estudos serão melhores por causa dos meus babados. Terei a sensação confortável no fundo da minha mente ao pensar nesses babados.

— Valeu a pena só por ouvir isso — admitiu Marilla.

A senhorita Stacy voltou para a escola de Avonlea e encontrou os alunos ansiosos para estudar. Especialmente a turma da Queen's, que se debruçou sobre os livros pronta para a guerra, pois, no final do próximo ano, já sombreando o caminho, estava a prova de "admissão", que só de pensar nela já fazia os alunos sentir o coração sair pela boca. Imagine se não passassem! Esse pensamento assombrou Anne durante aquele inverno, inclusive nas tardes de domingo, chegando a nem pensar nos problemas morais e teológicos. Nos pesadelos de Anne, ela se via olhando miseravelmente para as listas de aprovação dos exames de admissão cujo topo era emplacado pelo nome de Gilbert Blythe e nas quais seu nome não aparecia.

Mas foi um inverno alegre, ocupado e feliz, que passou rápido. O trabalho escolar era tão interessante, e a rivalidade da turma tão envolvente quanto antes. Novos mundos de pensamento, sentimento e ambição, novos e fascinantes campos de conhecimento inexplorados pareciam se abrir diante dos olhos ansiosos de Anne.

"Colinas despontavam sobre outras colinas e surgiam Alpes sobre os Alpes."

Muito disso tudo se deveu às orientações atenciosas e cuidadosas e à mente aberta da senhorita Stacy. Ela levou a turma a pensar, explorar e descobrir por si mesma, e encorajou-os a se afastar dos velhos caminhos batidos até um nível que chocou bastante a senhora Lynde e os administradores da escola, que viam com dúvidas todas as inovações de seus métodos.

Além de seus estudos, Anne expandiu-se socialmente, pois Marilla, atenta ao que havia dito o médico de Spencervale, não vetava saídas ocasionais. O Clube de Debates floresceu e fez várias apresentações. Um ou dois eventos quase se aproximaram de eventos para adultos. E houve muitos passeios de trenó e brincadeiras de patins.

Nesse meio-tempo, Anne cresceu tão rapidamente que Marilla ficou surpresa um dia, quando estavam lado a lado, ao descobrir que a garota estava mais alta que ela.

— Anne, como você cresceu! — ela disse, incrédula. Um suspiro seguiu suas palavras. Marilla sentiu algo estranho com os centímetros a mais de Anne. A criança que ela aprendeu a amar desaparecera de alguma forma e em seu lugar estava uma garota alta, de olhos sérios, de 15 anos, as sobrancelhas pensativas e a cabecinha orgulhosa. Marilla amava a jovem tanto quanto amava a criança, mas estava consciente de uma estranha sensação de perda. E naquela noite, quando Anne foi à reunião de oração com Diana, Marilla sentou-se sozinha ao crepúsculo de inverno e se entregou à fraqueza de um choro. Matthew, entrando com uma lanterna, a flagrou e a olhou com tanta consternação que Marilla teve de rir entre as lágrimas.

— Estava pensando na Anne — explicou ela. — Ela já é uma jovem tão crescida... e provavelmente estará longe de nós no próximo inverno. Sentirei muito a falta dela.

— Ela poderá voltar para casa sempre que quiser — confortou Matthew, para quem Anne ainda era e sempre seria a garotinha ansiosa que ele trouxera de Bright River naquela noite de junho, quatro anos antes. — Até lá a outra ferrovia para Carmody já terá sido construída.

— Não será igual a tê-la aqui o tempo todo — suspirou Marilla, triste, determinada a apreciar seu luxo de uma perda inconsolável. — Os homens não conseguem entender essas coisas!

Havia outras mudanças em Anne não menos reais que a mudança física. Por um lado, ela estava muito mais quieta. Talvez estivesse mais pensativa e sonhadora como sempre, mas certamente falava menos. Marilla notou e comentou sobre isso também.

— Você não fala nem metade do que costumava falar, Anne, nem metade das palavras complicadas que usava. O que aconteceu com você?

Anne corou e riu um pouco, largou o livro e olhou sonhadora pela janela, através da qual via brotar grandes e volumosos botões vermelhos na trepadeira em resposta ao sol da primavera.

— Não sei... não sinto tanta vontade de falar muito — disse ela, amassando o queixo com o dedo indicador, pensativa. — É melhor ter pensamentos queridos e bonitos e mantê-los no coração, como tesouros. Não gosto quando as pessoas riem deles ou questionam. E de alguma forma não quero mais usar palavras complicadas. É quase uma pena, não é, agora que estou realmente crescendo e poderia dizê-las, se quisesse. É divertido estar quase crescida de certa forma, mas não é o tipo de diversão que eu esperava, Marilla. Há tanto o que aprender, fazer e pensar que não há tempo para palavras complicadas. Além disso, a senhorita Stacy diz que as palavras curtas são muito mais fortes e melhores. Escrevemos nossas redações da maneira mais simples possível. Foi difícil no começo. Eu estava tão acostumada a reunir todas as palavras complicados em que conseguia pensar — e pensava em várias delas. Mas agora me acostumei e vejo que é muito melhor assim.

— O que aconteceu com o seu Clube de Histórias? Não ouço você falar disso há um bom tempo.

— Não existe mais. Não tínhamos mais tempo para isso. De qualquer maneira acho que estávamos cansadas dele. Era bobagem escrever sobre amor, assassinato, fugas e mistérios. A senhorita Stacy às vezes nos faz escrever uma história para praticar composição, mas ela não nos deixa escrever nada além do que realmente poderia acontecer em Avonlea em nossa própria vida, faz muitas críticas e nos faz criticar a nós mesmos também. Eu nunca pensei que minhas composições tivessem tantas falhas até começar a corrigi-las. Senti-me tão envergonhada que queria desistir completamente, mas a senhorita Stacy disse que eu poderia aprender a escrever bem se treinasse para ser minha própria crítica. E assim estou fazendo.

— Você tem apenas mais dois meses para a prova de admissão — disse Marilla. — Acha que conseguirá passar?

Anne estremeceu.

— Não sei. Às vezes, acho que sim. E então tenho muito medo. Nós estudamos muito e a senhorita Stacy nos treinou com afinco, mas talvez não consigamos. Cada um de nós tem uma pedra no caminho. A minha é geometria, é claro, a de Jane é latim, e Ruby e Charlie são bons em álgebra, e Josie é em aritmética. Moody Spurgeon diz que sente em seu âmago que vai ser reprovado em história inglesa. A senhorita Stacy aplicará alguns exames em junho tão difíceis quanto os da admissão e nos avaliará muito estritamente, para que tenhamos uma ideia. Queria que tudo acabasse logo, Marilla. Isso me assombra. Às vezes, acordo à noite e me pergunto o que farei se não passar.

— É só voltar para a escola no próximo ano e tentar novamente — disse Marilla despreocupadamente.

— Ah, não acho que teria coragem. Seria uma desgraça ser reprovada, especialmente se Gil... se os outros passarem. E fico tão nervosa em exames, que é provável que eu estrague tudo. Gostaria de ter a frieza de Jane Andrews. Nada a abala.

Anne suspirou e, arrastando os olhos para longe da magia da primavera, do dia azul e da brisa, e do verde que brotava no jardim, enterrou-se resolutamente em seu livro. Haveria outras primaveras, mas, se ela não fosse aprovada na Queen's, nunca se recuperaria para poder apreciá-las.

capítulo 32

A lista de aprovados saiu

Com o fim de junho, chegaram também ao fim o ano escolar e o reinado da senhorita Stacy na escola de Avonlea. Anne e Diana voltaram para casa naquela tarde muito mais sérias. Olhos vermelhos e lenços úmidos deram testemunho convincente de que as palavras de despedida da senhorita Stacy foram tão comoventes quanto as palavras do senhor Phillips em circunstâncias semelhantes três anos antes. Diana olhou mais uma vez para a escola do pé da colina de abetos e suspirou profundamente.

— Parece o fim de tudo, não é? — disse tristemente.

— Acho que você não está se sentindo tão mal quanto eu — disse Anne, procurando em vão um ponto seco no lenço. — Você voltará no próximo inverno, mas talvez eu não volte para a querida velha escola... quero dizer, se eu tiver sorte.

— Não será a mesma. A senhorita Stacy não estará lá, nem você, nem Jane, nem Ruby, provavelmente. Terei de me sentar sozinha, pois não suportaria ter outra colega depois de você. Ah, tivemos momentos alegres, não tivemos, Anne? É horrível pensar que acabaram.

Duas grandes lágrimas rolaram pelo nariz de Diana.

— Se conseguir parar de chorar, eu também consigo — disse Anne implorando. — Assim que guardo o lenço, vejo você transbordando, e isso me faz chorar de novo. Como a senhora Lynde diz: "Se você não consegue ser alegre, seja alegre o mais possível". Afinal, talvez eu volte no próximo ano. Esta é uma das vezes que sei que não vou passar. Elas estão ficando assustadoramente frequentes.

— Você foi esplendidamente bem nas provas que a senhorita Stacy deu.

— Sim, mas essas provas não me deixaram nervosa. Quando penso no exame de verdade, não imagina o frio e a agitação que sinto no coração. E meu número é treze, e Josie Pye diz que dá muito azar. Não sou supersticiosa e sei que não faz diferença, mas ainda assim preferiria que fosse outro número.

— Eu gostaria de ir com você — disse Diana. — Não seria um momento perfeitamente elegante? Mas acho que você terá de se matar de estudar até a noite.

— Não. A senhorita Stacy nos fez prometer não abrir o livro. Ela diz que isso só nos cansaria e nos confundiria; não devemos pensar nos exames e dormir cedo. É um bom conselho, mas acho difícil de seguir. É assim com os bons conselhos, acho. Prissy Andrews me disse que ficava acordada boa parte das noites da semana da prova de admissão e se matava de estudar. Eu tinha decidido me dedicar pelo menos tanto quanto ela. Foi muito gentil sua tia Josephine me deixar ficar em Beechwood enquanto estou na cidade.

— Você vai escrever para mim quando chegar, não vai?

— Vou escrever na terça à noite e contar como foi o primeiro dia — prometeu Anne.

— Vou ficar na porta dos correios na quarta-feira — prometeu Diana.

Anne foi à cidade na segunda-feira seguinte e, na quarta-feira, Diana ficou na porta dos correios, conforme combinado, e recebeu sua carta.

"*Querida Diana,*

Aqui é terça à noite e estou escrevendo da biblioteca de Beechwood. Ontem à noite, fiquei terrivelmente sozinha no quarto e desejei tanto que você estivesse comigo. Eu não podia me matar de estudar, porque prometi à senhorita Stacy que não o faria, mas foi muito difícil evitar abrir meu livro de histórias como sempre faço e ler uma história.

Hoje de manhã, a senhorita Stacy veio me buscar e fomos para a Queen's, e pegamos Jane, Ruby e Josie no caminho. Ruby me pediu para segurar suas mãos, e elas estavam tão frias quanto gelo. Josie disse que parecia que eu não tinha dormido uma piscadela e que ela não acreditava que eu era forte o suficiente para suportar a rotina do curso do professor, mesmo que eu passasse.

Ainda há momentos em que não sinto que fiz grandes progressos em aprender a gostar de Josie Pye!

Quando chegamos à Queen's, havia dezenas de estudantes de toda a ilha. A primeira pessoa que vimos foi Moody Spurgeon sentado nos degraus e murmurando consigo mesmo. Jane perguntou-lhe que diabos ele estava fazendo e ele disse que estava repetindo a tabuada várias vezes para acalmar os nervos, e pediu para não o interromper, porque, se ele parasse por um momento, ficaria com medo e esqueceria o que sabia, mas a tabuada mantinha todos os fatos firmemente em seus lugares!

Quando fomos designados para nossas salas, a senhorita Stacy teve de nos deixar. Jane e eu sentamos juntas e Jane estava tão composta que a invejei. Não há necessidade da tabuada para a boa, firme e sensível Jane! Eu me perguntei se transparecia como me sentia e se eles podiam ouvir meu coração batendo forte por toda a sala. Então um homem entrou e começou a distribuir as folhas da prova de inglês. Minhas mãos esfriaram e minha cabeça girou bastante quando recebi a minha. Um momento terrível, Diana, senti-me exatamente como há quatro anos, quando perguntei a Marilla se poderia ficar em Green Gables. Então tudo ficou claro em minha mente e meu coração começou a bater novamente — esqueci de dizer que tinha parado completamente! —, pois sabia que podia fazer aquela prova de qualquer maneira.

Ao meio-dia, fomos almoçar em casa e depois voltamos para a prova de história, à tarde. História foi bastante difícil e fiquei terrivelmente confusa com as datas. Ainda assim, acho que me saí bem hoje. Mas, Diana, amanhã temos a prova de geometria e, quando penso nisso, preciso de muita determinação para não abrir meu Euclides. Se achasse que a tabuada me ajudaria, eu a recitaria até amanhã de manhã.

Fui ver as outras garotas esta tarde. No caminho, encontrei Moody Spurgeon vagando distraidamente. Ele disse que fora reprovado em história e que nasceu para ser uma decepção para os pais e que estava voltando para casa no trem da manhã, e que seria mais fácil ser carpinteiro do que pastor. Eu o animei e o convenci a ficar, porque seria injusto com a senhorita Stacy se ele não o fizesse. Às vezes, queria ter nascido menino, mas, quando vejo Moody Spurgeon, fico feliz por ser garota e não ser sua irmã.

Ruby estava histérica quando cheguei à pensão. Ela acabara de descobrir um erro terrível que cometera na prova de inglês. Quando se recuperou, fomos para o centro da cidade e tomamos um sorvete. Como queríamos que estivesse conosco.

Ah, Diana, se pelo menos a prova de geometria já tivesse passado! Mas, como diria a senhora Lynde, o sol continuará nascendo e se pondo, quer se passe em geometria ou não. Isso é verdade, mas não é reconfortante. Acho que prefiro que o sol pare se eu reprovar!

Sua amiga dedicada,

Anne"

A prova de geometria e todas as outras terminaram, e Anne voltou para a casa na sexta-feira à noite, bastante cansada, mas com um ar de triunfo. Diana foi a Green Gables e parecia que não se viam havia anos.

— Minha velha querida amiga, é perfeitamente esplêndido vê-la de volta. Parece uma eternidade desde que você foi à cidade. Como você se saiu?

— Acho que bem em tudo, menos em geometria. Não sei se passei, e tenho um pressentimento arrepiante de que não. Ah, como é bom estar de volta! Green Gables é o local mais querido e encantador do mundo.

— Como os outros se saíram?

— As meninas disseram que não passaram, mas acho que foram muito bem. Josie diz que geometria estava tão fácil que uma criança de 10 anos conseguiria fazer a prova! Moody Spurgeon ainda acha que reprovou em história e Charlie diz que foi não passou em álgebra. Mas realmente não sabemos nada e não saberemos até que a lista de aprovados saia. Só daqui a duas semanas. Imagine viver quinze dias em tanto suspense! Queria dormir e acordar só depois que terminarem.

Diana sabia que era inútil perguntar como Gilbert Blythe se saiu, então apenas disse:

— Ah, você vai passar. Não se preocupe.

— Prefiro não passar a ficar em posição ruim na lista — piscou Anne, com o que quis dizer, e Diana sabia, que o sucesso seria incompleto e amargo se ela não ficasse à frente de Gilbert Blythe.

Com esse objetivo, Anne havia se esforçado o máximo possível durante os exames. Gilbert também. Eles se encontraram e se cruzaram na rua uma dúzia de vezes sem se cumprimentarem, e todas as vezes Anne manteve a cabeça um pouco mais alta e desejou um pouco mais ter feito amizade com Gilbert quando ele pediu, e jurou de forma um pouco mais decidida a superá-lo nas provas. Ela sabia que todos em Avonlea estavam se perguntando quem ficaria em primeiro. Ela até sabia que Jimmy Glover e Ned Wright tinham apostado e que Josie Pye não tinha dúvida de que Gilbert seria o primeiro. E sentiu que sua humilhação seria insuportável se fosse reprovada.

Mas tinha outro motivo mais nobre para se dar bem nas provas. Ela queria "passar no topo da lista" por causa de Matthew e Marilla — especialmente Matthew. Ele tinha a convicção de que ela "venceria toda a ilha". Anne achou que era tolice esperar por isso, mesmo nos sonhos mais loucos. Mas esperava fervorosamente estar entre as dez primeiras, pelo menos, para poder ver os gentis olhos castanhos de Matthew brilharem com orgulho por sua conquista. Achava que seria uma recompensa doce por todo o seu trabalho árduo e paciente dedicação com as equações e conjugações sem imaginação.

No fim dos quinze dias, Anne passou a "assombrar" os correios, na companhia distraída de Jane, Ruby e Josie, abrindo os diários de Charlottetown com mãos trêmulas e sentimentos frios e ruins, tão ruins quanto os experimentados durante a semana de admissão. Charlie e Gilbert estavam fazendo isso também, mas Moody Spurgeon ficou resolutamente longe.

— Não tenho coragem de ir até lá nem sangue-frio de olhar o jornal — disse a Anne. —Vou esperar até que alguém me diga se passei ou não.

Depois de três semanas sem a publicação da lista de aprovados, Anne começou a sentir que não aguentaria mais a tensão. Seu apetite acabou e seu interesse pelas tarefas de Avonlea diminuiu. A senhora Lynde comentou que nada mais se poderia esperar de um ministro da Educação conservador comandando esses assuntos, e

Matthew, observando a palidez e a indiferença de Anne e os passos arrastados que a levavam dos correios até sua casa toda tarde, começou a se perguntar seriamente se não seria melhor votar nos liberais na próxima eleição.

Mas uma tarde a notícia chegou. Anne estava sentada à sua janela aberta, por algum tempo longe do assunto das provas e das preocupações do mundo, enquanto bebia da beleza do crepúsculo do verão, com um aroma doce de flores no jardim abaixo e a sibilante e farfalhante agitação dos choupos. O céu a leste, acima dos abetos, estava corado, levemente rosado pelo reflexo do lado oeste, e Anne se perguntava sonhadora se o espírito da cor se assemelhava a isso, quando viu Diana correndo pelos abetos, pela ponte de troncos e subindo o aclive, com um jornal na mão.

Anne ficou de pé, imediatamente ciente do que o jornal continha. A lista de aprovados havia saído! Sua cabeça girou e seu coração bateu tão forte que chegou a doer. Ela não conseguiu dar um passo. Pareceu passar uma hora até que Diana viesse correndo pelo corredor e invadisse o quarto sem nem bater, tão grande era sua excitação.

— Anne, você passou! — ela gritou. — Passou em primeiro lugar, você e Gilbert, vocês empataram, mas seu nome está em primeiro. Ah, eu estou tão orgulhosa!

Diana jogou o jornal sobre a mesa e se jogou na cama de Anne, completamente sem fôlego e incapaz de falar mais. Anne acendeu a lamparina, pegando os fósforos em segurança e usando meia dúzia deles antes que suas mãos trêmulas pudessem realizar a tarefa. Então pegou o jornal. Sim, ela havia passado, seu nome estava no topo de uma lista de duzentos nomes! Valia a pena viver aquele momento.

— Você foi esplendidamente bem, Anne — bufou Diana, recuperando-se o suficiente para sentar-se e falar, pois Anne, com os olhos sonhadores e extasiada, não pronunciara uma palavra. — Papai trouxe o jornal de Bright River, há dez minutos. Ele saiu no trem da tarde, você sabe, e só chegará aqui amanhã pelo correio. Quando eu vi a lista de aprovados, corri como uma criatura selvagem. Todos vocês passaram, cada um de vocês, Moody Spurgeon e todos, embora ele esteja pendente em história. Jane e Ruby se saíram muito bem — estão no meio da lista — e Charlie também. Josie passou raspando com três pontos, mas ela continuará exibida como se estivesse na liderança. A senhorita Stacy não ficará encantada? Ah, Anne, como é bom ver seu nome no topo de uma lista de aprovados como essa? Se fosse eu, ficaria louca de alegria. Estou quase louca por você, mas você é tão calma e fria como uma noite de primavera.

— Estou deslumbrada por dentro — disse Anne. — Quero dizer uma centena de coisas e não consigo encontrar palavras para dizê-las. Nunca sonhei com isso... sim, sonhei, apenas uma vez! Eu me permiti sonhar com isso apenas uma vez: "E se eu ficasse em primeiro lugar?", tremendo, sabe, pois parecia tão vaidoso e presunçoso pensar que eu poderia ser a primeira da ilha. Com licença, Diana. Preciso correr para o campo e contar ao Matthew. Então vamos subir a estrada e contar as boas-novas para os outros.

Elas correram para o campo de feno abaixo do celeiro onde Matthew trabalhava e, por sorte, a senhora Lynde estava conversando com Marilla na cerca da trilha.

— Ah, Matthew — exclamou Anne —, eu passei e fiquei em primeiro lugar... ou em um dos primeiros! Não sou vaidosa, mas sou grata.

— Muito bem, eu já sabia disso — disse Matthew, olhando para a lista de aprovações com prazer. — Sabia que você venceria todos eles com facilidade.

— Você se saiu muito bem, Anne — disse Marilla, tentando esconder seu extremo orgulho do olhar crítico da senhora Rachel.

Mas aquela boa alma disse com entusiasmo:

— Também acho que se saiu bem, e longe de mim não dizer isso. Você é um exemplo para suas amigas, Anne, é isso, estamos todos orgulhosos de você.

Naquela noite, Anne, que encerrara a tarde agradável com uma séria conversa com a senhora Allan no presbitério, ajoelhou-se docemente junto à janela aberta sob o brilho do luar e murmurou uma oração de gratidão e esperança que vinha diretamente de seu coração. Havia gratidão nela pelo passado e pedidos reverentes para o futuro. E enquanto dormia em seu travesseiro branco, seus sonhos foram tão claros e bonitos quanto uma donzela poderia aspirar.

capítulo 33

O recital do hotel

—V**ista seu organdi branco, de qualquer jeito, Anne — aconselhou Diana decididamente.

Elas estavam juntas no quarto do sótão. Do lado de fora havia apenas o crepúsculo — um lindo crepúsculo verde-amarelado com um céu azul-claro sem nuvens. Uma grande lua redonda, que lentamente escurecia e ia de seu brilho pálido para um prata polido, pairava sobre o Bosque Assombrado. O ar estava cheio de doces sons de verão — pássaros sonolentos cantando, brisas, vozes distantes e risadas. Mas, no quarto de Anne, a cortina estava fechada e a lâmpada acesa, pois estava sendo feita uma toalete importante.

O sótão era um lugar muito diferente do que era quatro anos antes, quando Anne sentiu seu vazio penetrar na medula de seu espírito com seu frio inóspito. Mudanças vieram, Marilla se dedicou a isso com resignação, até transformar aquele local em um ninho tão doce e delicado quanto uma menina poderia desejar.

O tapete de veludo com as rosas e as cortinas de seda cor-de-rosa das primeiras visões de Anne certamente nunca se materializaram. Mas seus sonhos acompanharam seu crescimento, e era pouco provável que os lamentasse. O chão estava coberto por um bonito tapete, e as cortinas que suavizavam a janela alta e tremulavam na vaga brisa eram de musselina verde-clara. As paredes, revestidas com um delicado papel com figuras de macieiras em vez da tapeçaria de brocado dourado e prata, estavam adornadas com alguns quadros que a senhora Allan dera a Anne. A fotografia da senhorita Stacy ocupava o lugar de honra, e Anne fez questão de manter flores frescas no vaso debaixo dela. Naquela noite, um buquê de lírios brancos perfumava o quarto como o sonho de uma fragrância. Não havia "móveis de mogno", mas uma estante pintada de branco cheia de livros, uma cadeira de vime almofadada, um toucador de banheiro com uma faixa de musselina branca, um espelho pitoresco, com moldura dourada e protuberantes cupidos cor-de-rosa e uvas roxas pintados no topo arqueado, que costumava ficar no quarto de hóspedes, e uma cama branca baixa.

Anne estava se vestindo para o recital no hotel de White Sands. Os hóspedes do hotel o haviam organizado para apoiar o Hospital de Charlottetown e procuraram todos os talentos amadores disponíveis nos distritos vizinhos para participar. Bertha Sampson e Pearl Clay, do coral batista de White Sands, foram convidadas para um dueto; Milton Clark, de Newbridge, faria um solo de violino; Winnie Adella Blair, de Carmody, cantaria uma balada escocesa; e Laura Spencer, de Spencervale, e Anne Shirley, de Avonlea, recitariam.

Como Anne disse certa vez, foi "um marco na minha vida", e ela ficou deliciosamente emocionada com toda a empolgação. Matthew estava no sétimo céu de orgulho gratificante pela honra conferida a sua Anne, e Marilla não estava muito atrás, embora preferisse morrer a ter de admitir isso, e disse que não achava muito apropriado os jovens viajarem até o hotel sem nenhum responsável.

Anne e Diana iriam com Jane Andrews e seu irmão Billy, e várias outras meninas e meninos de Avonlea também iam. Esperava-se um grupo de visitantes de fora da cidade e, após o recital, haveria um jantar para os artistas.

— Você realmente acha que o vestido de organdi é melhor? — perguntou Anne, ansiosa. — Não acho tão bonito quanto o de musselina de flores azuis — e não está tão na moda.

— Mas combina muito mais com você — disse Diana. — É tão macio, com babados, e justinho em você. O de musselina é duro e você fica muito séria nele. O de organdi parece que foi feito para você.

Anne suspirou e cedeu. Diana estava começando a ter reputação pelo bom gosto em vestir-se, e seus conselhos sobre o assunto eram muito procurados. Ela estava muito bonita naquela noite em particular, em um vestido adorável rosa-silvestre, o qual Anne era sempre impedida de usar. Mas ela não se apresentaria, então sua aparência não tinha tanta importância. Todas as suas preocupações eram para Anne, que, ela prometeu, para o crédito de Avonlea, deveria estar vestida, penteada e adornada ao estilo da Queen's.

— Puxe esse babado um pouco mais. Aqui, deixe-me amarrar sua faixa; agora suas sandálias. Vou fazer duas tranças grossas no seu cabelo e amarrá-las até a metade com grandes laços brancos. Não, não puxe uma mecha de cabelo por cima da testa, apenas deixe o cabelo fofo na frente. Esse é o melhor penteado para você, Anne, e a senhora Allan diz que você parece uma Madonna quando o faz. Vou prender esta rosinha branca atrás da sua orelha. Havia apenas uma no meu arbusto, e guardei para você.

— Devo colocar minhas pérolas? — perguntou Anne. — Matthew me trouxe um colar da cidade na semana passada, e eu sei que ele gostaria que eu usasse.

Diana apertou os lábios, virou a cabeça para o lado criticamente e, por fim, pronunciou-se a favor das pérolas, que estavam amarradas em torno da esguia garganta branca de Anne.

— Você é tão estilosa, Anne! — disse Diana, com admiração, sem inveja. — Tem tanta atitude. Acho que é sua aparência. Eu sou apenas um bolinho. Sempre tive medo de ser assim, e agora sei como é. Bem, terei de me resignar a isso.

— Mas você tem covinhas — disse Anne, sorrindo afetuosamente para o rosto bonito e vivaz tão próximo do seu. — Adoráveis covinhas, como buraquinhos no creme. Eu perdi toda a esperança nas covinhas. Meu sonho nunca se tornará realidade. Mas muitos dos meus sonhos se realizaram, não posso reclamar. Estou pronta agora?

— Sim, pronta — garantiu Diana, quando Marilla apareceu na porta, uma figura magra com cabelos mais grisalhos do que antes e um rosto não menos anguloso, mas muito mais suave. — Entre e olhe para a nossa declamadora, Marilla. Ela não está adorável?

Marilla emitiu um som entre um fungado e um grunhido.

— Ela parece bem arrumada e adequada. Gosto do cabelo dela assim. Mas acho que ela vai estragar o vestido indo para lá no meio do pó e orvalho, e parece muito fino para noites úmidas. De qualquer maneira, organdi não é nada prático, eu disse a Matthew quando ele comprou. Mas não adianta dizer nada a Matthew. Foi-se o tempo em que ele seguia os meus conselhos; agora ele compra coisas para a Anne sozinho, e as pessoas de Carmody sabem que sempre podem lhe oferecer alguma coisa. Deixe que lhe digam que algo é bonito e elegante, e Matthew gasta seu dinheiro com isso. Lembre-se de manter a saia longe das rodas, Anne, e vista seu casaco quente.

Então Marilla desceu as escadas, pensando orgulhosamente em quão bonita Anne estava, com aquele

...raio de lua da testa até o topo da cabeça...

e lamentando não poder ir ao recital para ouvir sua garota declamar.

— Será que está muito úmido para o meu vestido? — perguntou Anne, ansiosa.

— Nem um pouco — disse Diana, fechando a janela. — A noite está perfeita, e não haverá orvalho. Veja o luar.

— Estou tão feliz que minha janela seja voltada para o nascer do sol — disse Anne, indo até Diana. — É tão esplêndido ver a manhã surgir por aquelas longas colinas e brilhando através daqueles abetos altos e pontiagudos. É tudo novo todas as manhãs, e sinto como se lavasse a alma naquele banho de sol matutino. Ah, Diana, amo este quarto com tanto carinho. Não sei como ficarei quando for à cidade no próximo mês.

— Não fale em ir embora esta noite — implorou Diana. — Não quero pensar nisso, fico muito triste e quero me divertir esta noite. O que você vai recitar, Anne? Está nervosa?

— Nem um pouco. Recitei tantas vezes em público que não me preocupo mais. Vou recitar "O juramento da donzela". É tão emocionante. Laura Spencer vai recitar a parte cômica, mas prefiro fazer as pessoas chorarem a fazê-las rirem.

— E se pedirem bis?

— Eles não vão nem sonhar em me pedir bis — zombou Anne, que não escondia suas próprias esperanças, e já se imaginava contando tudo a Matthew à mesa do café da manhã seguinte. — Billy e Jane estão aí, ouço-os chegarem. Vamos.

Billy Andrews insistiu que Anne viesse com ele no banco da frente, então ela foi, a contragosto. Preferiria sentar-se com as meninas, para poder rir e conversar para aquietar o seu coração. Não havia muito riso nem conversa com Billy. Ele era um jovem alto, gordo e estúpido, de 20 anos, com um rosto redondo e sem expressão, e uma dolorosa falta de dom para conversa. Mas ele admirava imensamente Anne e estava todo orgulhoso pela perspectiva de dirigir até White Sands com aquela figura esbelta e ereta ao lado dele.

Anne, falando por cima do ombro com as garotas e ocasionalmente trocando um pouco de civilidade com Billy — que sorria e não conseguia pensar em uma resposta até ser tarde demais —, conseguiu aproveitar o passeio apesar de tudo. Era uma noite divertida. A estrada estava cheia de veículos, todos com destino ao hotel, e gargalhadas ecoavam sem parar ao longo dela. Quando chegaram ao hotel, havia um brilho reluzente de cima a baixo. Foram recebidos pelas senhoras da comissão do recital, uma das quais levou Anne para o camarim dos artistas, que estava cheio de membros de um Clube de Sinfonia de Charlottetown, entre os quais Anne se sentiu subitamente tímida, assustada e desajeitada. Seu vestido, que, no sótão, parecia tão delicado e bonito, agora parecia simples e sem graça — muito simples e sem graça, ela pensou, entre todas as sedas e os laços que brilhavam e farfalhavam ao seu redor. O que eram as suas pérolas em comparação com os diamantes daquela senhora alta e bonita perto dela? E que pobre sua única rosa branca pareceria ao lado de todas as flores de estufa que as outras usavam! Anne tirou o chapéu e o casaco e se encolheu miseravelmente em um canto. Desejou voltar ao quarto branco de Green Gables.

Ainda era pior na plataforma da grande sala de concertos do hotel. As luzes elétricas ofuscaram seus olhos, o perfume e o zumbido a deixaram atordoada. Ela desejou estar na plateia com Diana e Jane, que pareciam estar passando um momento esplêndido. Estava entre uma senhora robusta vestida de seda rosa e uma garota alta e desdenhosa em um vestido de renda branca. A senhora robusta ocasionalmente girava a cabeça e olhava Anne através dos óculos, até que Anne, extremamente sensível por ser tão examinada, achou que começaria a gritar. E a garota de renda branca continuava conversando audivelmente com sua vizinha sobre os "caipiras do campo" e as "belas rústicas" na plateia, antecipando languidamente que as exibições dos talentos locais seriam "a diversão" da noite. Anne achou que odiaria aquela garota de renda branca até o fim da vida.

Infelizmente, para Anne, uma declamadora profissional estava hospedada no hotel e concordou em recitar. Era uma mulher ágil e de olhos escuros, com um maravilhoso vestido cintilante cinza, como raios de lua trançados, com pedras preciosas no pescoço e nos cabelos escuros. Ela tinha uma voz maravilhosamente expressiva e um espetacular poder de atuação. O público enlouqueceu com sua apresentação. Anne, esquecendo-se de si e de seus problemas, ouviu-a com olhos extasiados e brilhantes. Mas, quando o recital terminou, repentinamente colocou as mãos sobre o rosto. Não poderia recitar nada depois disso, jamais. Como pensou alguma vez que sabia recitar? Ah, como queria estar em Green Gables!

Nesse momento pouco propício, seu nome foi chamado. De alguma forma, Anne — que não notou a expressão de surpresa um tanto culpada da garota de renda branca, e, assim, não entendeu o elogio sutil implícito nessa ação — levantou-se e dirigiu-se vertiginosamente para o palco. Estava tão pálida que Diana e Jane, na plateia, apertaram as mãos uma da outra em apoio.

Anne foi vítima de um ataque esmagador de medo do palco. De todas as vezes que recitou em público, não havia enfrentado uma audiência como aquela, e a visão a paralisou completamente. Tudo era tão estranho, tão brilhante, tão desconcertante — as filas de mulheres em trajes de noite, os rostos críticos, toda a atmosfera de riqueza e cultura. Muito diferente dos bancos simples do Clube de Debates, cheios dos rostos familiares e simpáticos de amigos e vizinhos. Essas pessoas, ela pensou, seriam críticas impiedosas. Talvez, como a garota de renda branca, antecipassem a diversão por seus esforços "rústicos". Ela se sentiu desesperada, impotente, envergonhada e infeliz. Seus joelhos tremiam, seu coração palpitava, uma fraqueza horrível tomou-lhe conta do corpo. Nem uma palavra ela conseguia dizer, e teria fugido do palco, apesar da humilhação, que sabia que sempre a acompanharia, caso se decidisse por isso.

Mas, de repente, enquanto seus olhos dilatados e assustados olhavam para a plateia, viu Gilbert Blythe ao fundo, curvando-se para a frente com um sorriso no rosto — um sorriso que pareceu a Anne ao mesmo tempo triunfante e provocador. Na realidade, não era nada disso. Gilbert estava apenas sorrindo, apreciando a noite e o efeito que o fundo de palmeiras produzia na figura esbelta e no rosto espiritual de Anne. Josie Pye, que havia ido com ele, sentou-se ao seu lado, e seu rosto certamente era triunfante e provocador. Mas Anne não viu Josie e não se importaria se tivesse visto. Ela respirou fundo e levantou a cabeça com orgulho, coragem e determinação, formigando toda ela como um choque elétrico. Não falharia diante de Gilbert Blythe — ele nunca mais riria dela, nunca, nunca! Seu medo e nervosismo desapareceram, e ela começou a declamar com a voz clara e doce, alcançando o canto mais distante da sala, sem tremor ou pausa. A posse de si foi-lhe totalmente restaurada, e como reação àquele momento horrível de impotência, recitou como nunca havia feito antes. Quando terminou, houve rajadas de aplausos honestos. Anne, recuando para seu assento, corando de timidez e alegria, encontrou a mão vigorosamente apertada e sacudida pela robusta dama de seda rosa.

— Minha querida, você atuou esplendidamente — ela declarou. — Chorei como um bebê, na verdade. Ouça, eles estão pedindo bis, certamente a querem de volta!

— Ah, não posso — disse Anne, confusa. — Mas devo ir, ou Matthew ficará desapontado. Ele disse que fariam isso.

— Então não decepcione Matthew — disse a senhora de rosa, rindo.

Sorrindo, corada e com os olhos límpidos, Anne voltou ao palco e fez uma pequena seleção curiosa e engraçada que cativou ainda mais sua audiência. O resto da noite foi um grande triunfo para ela.

Quando a apresentação terminou, a robusta dama de rosa — que era esposa de um milionário americano — tomou-a sob sua proteção e a apresentou a todos. E todos foram muito gentis com ela. A declamadora profissional, senhora Evans, veio e conversou com Anne, dizendo que ela tinha uma voz encantadora e que havia "interpretado" suas seleções lindamente. Até a garota de renda branca prestou-lhe um pequeno elogio lânguido. Elas jantaram na grande sala lindamente decorada. Diana e Jane foram convidadas a participar também, uma vez que tinham vindo com Anne, mas Billy não estava em lugar algum, depois de ter se recuperado do medo mortal de um convite como esse. Mas quando acabou, ele estava esperando por elas, e as três garotas saíram alegremente para o brilho calmo e branco do luar. Anne respirou fundo e olhou para o céu além dos ramos escuros dos abetos.

Ah, como era bom sair de novo na pureza e no silêncio da noite! Como tudo era grande, calmo e maravilhoso, com o murmúrio do mar soando através do lugar e os penhascos escuros como gigantes sombrios guardando costas encantadas.

— Não foi uma noite perfeitamente esplêndida? — Jane suspirou enquanto se afastavam. — Queria ser uma americana rica para poder passar o verão em um hotel, usar joias e vestidos com decote e tomar sorvete e comer salada de frango todos os dias. Seria muito mais divertido do que ser professora. Anne, seu recital foi simplesmente ótimo, apesar de ter achado que não conseguiria no começo. Foi melhor do que o da senhora Evans.

— Ah, não, não diga isso, Jane — falou Anne rapidamente. — É uma grande bobagem. Não poderia ser melhor do que o da senhora Evans, você sabe, pois ela é profissional, e eu sou uma aluna ainda, com um pouco de habilidade para recitar. Estou bastante satisfeita de saber que as pessoas gostaram.

— Eu tenho um elogio para você, Anne — disse Diana. — Pelo menos acho que é um elogio por causa do tom que ele usou. Parte dele foi, de qualquer maneira. Havia um americano sentado atrás de nós — um homem de aparência romântica, com cabelos e olhos pretos como carvão. Josie Pye disse que ele é um artista distinto e que a prima de sua mãe em Boston é casada com um homem que estudava com ele. Bem, nós o ouvimos perguntar — não é, Jane? — "Quem é aquela garota no palco com o esplêndido cabelo ticiano? Gostaria de pintar o rosto dela." Viu só, Anne. Mas o que significa cabelo ticiano?

— Acho que significa ruivo — riu Anne. — Ticiano era um artista muito famoso que gostava de pintar mulheres ruivas.

— Você viu quantos diamantes as mulheres estavam usando? — Jane suspirou. — Eram simplesmente deslumbrantes. Vocês não adorariam ser ricas, meninas?

— Nós somos ricas — disse Anne firmemente. — Temos 16 anos a nosso favor e somos felizes como rainhas, e temos imaginação, mais ou menos. Olhem para aquele mar, meninas... todo prata, cheio de sombras e a visão das coisas que nada não foram vistas. Não desfrutaríamos nada mais de sua beleza se tivéssemos milhões de dólares e colares de diamantes. Vocês não seriam como uma dessas mulheres se pudessem. Gostariam de ser aquela garota de renda branca e ser amarga a vida toda, como se tivesse nascido com o nariz torcido para o mundo? Ou a senhora de rosa que, mesmo gentil e bondosa, de tão robusta e baixa, quase não se veem suas pernas? Ou até a senhora Evans, com aquele olhar triste? Ela deve ter sido terrivelmente infeliz em algum momento da vida para ter essa aparência. Você sabe que não seria assim, Jane Andrews!

— Não sei, exatamente — disse Jane, não convencida. — Acho que os diamantes confortariam qualquer um por um bom tempo.

— Bem, não quero ser ninguém além de mim ainda, mesmo que nunca seja confortada com diamantes na vida — declarou Anne. — Estou muito contente em ser a Anne de Green Gables, com meu simples colar de pérolas. Sei pelo menos que Matthew me deu o colar com muito mais amor do que joias da senhora de rosa conseguiriam.

capítulo 34

A garota da Queen's

As três semanas seguintes foram movimentadas em Green Gables, pois Anne estava se preparando para ir para Queen's, então, havia muito a ser costurado e muito a ser discutido e organizado. A roupa de Anne era vistosa e bonita, pois Matthew havia cuidado disso, e Marilla, pela primeira vez, não fez objeção em relação às suas compras e sugestões. Além disso, uma noite foi ao sótão carregando nos braços um delicado tecido verde-pálido.

— Anne, este tecido pode servir para um belo vestido leve para você. Suponho que de fato não precise. Você tem uma cintura muito bonita, mas achei que talvez quisesse algo realmente elegante caso seja convidada para sair alguma noite na cidade, para uma festa ou algo do tipo. Ouvi dizer que Jane, Ruby e Josie têm "vestidos para a noite", como elas os chamam, e não quero que você fique para trás. Pedi à senhora Allan que me ajudasse a buscá-lo na cidade semana passada, e pediremos a Emily Gillis que o costure para você. Emily tem bom gosto, e seus trabalhos são inigualáveis.

— Ah, Marilla, é simplesmente adorável — disse Anne. — Muito obrigada. Você tem sido tão gentil comigo... cada dia é mais difícil ir embora.

O vestido verde tinha uma abundância de dobras, babados e pregas ao gosto de Emily. Anne colocou-o certa noite para mostrar a Matthew e Marilla, e recitou "O voto da donzela" para eles na cozinha. Enquanto Marilla observava o rosto animado e alegre e os movimentos graciosos da garota, seus pensamentos se voltaram para a noite em que Anne chegara a Green Gables, e a memória resgatou uma imagem vívida da criança estranha e assustada em seu feio vestido marrom, e o desgosto que transparecia em seus olhos chorosos. Algo na memória trouxe lágrimas aos olhos de Marilla.

— Minha declamação fez você chorar, Marilla — disse Anne alegremente, inclinando-se sobre a cadeira de Marilla para dar um beijo na bochecha dela. — Chamo isso de um grande triunfo.

— Não, eu não estava chorando por isso — disse Marilla, que relutava em ser traída por tanta fraqueza diante de uma poesia qualquer. — Não pude deixar de pensar na menininha que você era, Anne. E queria que continuasse uma garotinha, mesmo com todos os seus modos esquisitos. Você cresceu e está indo embora, e tem uma aparência tão alta e elegante e tão... tão diferente nesse vestido, como se não pertencesse mais a Avonlea, então me senti solitária pensando em tudo isso.

— Marilla! — Anne sentou-se no colo dela, agarrou o seu rosto enrugado entre as mãos e olhou com seriedade e ternura nos olhos de Marilla. — Eu não mudei nem um pouco, nadinha. Estou apenas comportada e crescida. Meu eu verdadeiro é exatamente o mesmo. Não fará muita diferença para onde for ou quanto minha aparência mude. No fundo, sempre serei sua pequena Anne, que amará você e Matthew e a querida Green Gables cada vez mais a cada dia de sua vida.

Anne encostou a bochecha jovem no rosto enrugado de Marilla e estendeu a mão para dar um tapinha no ombro de Matthew. Marilla daria tudo naquele momento para ter o poder de Anne em expressar seus sentimentos em palavras, mas a sua natureza e o costume desejavam o contrário, e ela só podia segurar a garota e abraçá-la com ternura no coração, desejando nunca ter de deixá-la partir.

Matthew, com uma umidade suspeita nos olhos, levantou-se e saiu. Sob as estrelas da noite azul de verão, caminhou agitado pelo quintal até o portão sob os choupos.

— Bem, acho que ela não foi muito mimada — murmurou orgulhoso. — Acho que ter dado alguns palpites eventualmente não prejudicou muito, afinal. Ela é inteligente e bonita, e amorosa também, o que compensa todo o resto. Tem sido uma bênção para nós, e nunca houve um mal-entendido que trouxesse tanta sorte quanto o que a senhora Spencer cometeu — se é que foi sorte. Não acredito que tenha sido. Foi providência, porque o Todo-Poderoso viu que precisávamos dela, eu acho.

Finalmente chegou o dia em que Anne partiria para a cidade. Ela e Matthew pegaram a estrada em uma bela manhã de setembro, depois de uma despedida chorosa com Diana e de outra muito prática e sem choros, pelo menos do lado de Marilla. Mas, quando Anne se foi, Diana secou as lágrimas e foi a um piquenique na praia, em White Sands, com algumas de suas primas de Carmody, e se divertiram razoavelmente bem. Enquanto isso, Marilla se dedicava ferozmente a trabalhos desnecessários e continuava o dia todo sentindo o pior tipo de dor de cabeça — a dor que queima e corrói e não pode ser lavada com simples lágrimas. Mas naquela noite, quando Marilla foi para a cama, triste e miseravelmente consciente de que o pequeno quarto no sótão não era mais habitado por uma jovem e viva alma, e não era perturbado por nenhuma leve respiração, enterrou o rosto no travesseiro e chorou pela sua garota com soluços apaixonados que até a assustaram, quando então se acalmou o suficiente para refletir que errado seria se importar com uma criatura pecadora.

Anne e os demais alunos de Avonlea chegaram à cidade a tempo de se apressarem para ir à Queen's. Aquele primeiro dia passou de maneira agradável com um turbilhão de excitações, conhecendo todos os novos alunos, aprendendo a reconhecer os professores de vista e sendo separados e organizados em classes. Anne pretendia assumir os trabalhos do segundo ano, de acordo com os conselhos da senhorita Stacy. Gilbert Blythe decidiu fazer o mesmo. Isso significava tirar uma licença de professor de primeira classe em um ano, em vez de dois, se tivesse êxito, mas também significava um trabalho muito mais árduo. Jane, Ruby, Josie, Charlie e Moody Spurgeon, não sendo muito afeitos à agitação da ambição, contentaram-se em começar os trabalhos na segunda classe. Anne reconheceu uma pontada de solidão quando se viu em uma sala com cinquenta outros estudantes, nenhum dos quais conhecia, exceto o garoto alto de cabelos castanhos do outro lado da sala. E conhecê-lo da maneira como o conhecia não a ajudaria muito, pois soava pessimista. No entanto, ela estava inegavelmente feliz por estarem na mesma turma. A antiga rivalidade poderia continuar, e Anne dificilmente saberia o que fazer se não tivesse mais isso.

"Eu não me sentiria confortável sem isso", pensou ela. "Gilbert parece terrivelmente determinado. Suponho que ele esteja decidindo, aqui e agora, ganhar a medalha. Que queixo esplêndido ele tem! Eu nunca havia percebido isso. Gostaria que Jane e Ruby também tivessem entrado na primeira classe. Suponho que não me sentirei como um gato perdido em um sótão estranho depois de me familiarizar. Gostaria de saber quais dessas meninas serão minhas amigas. De fato, é uma especulação interessante. É claro que prometi a Diana que nenhuma garota da Queen's, por mais que eu me afeiçoe, seria tão querida quanto ela. Mas tenho várias segundas melhores amigas às quais me dedicar. Gosto do olhar daquela garota de olhos castanhos e cintura fina. Ela parece viva e corada. Tem aquela menina pálida e calma olhando pela janela. Ela tem um cabelo adorável e parece gostar de sonhar. Gostaria de conhecer as duas — conhecê-las bem — o suficiente para andar de braço dado com elas e chamá-las pelos apelidos. Mas neste momento eu não as conheço, e elas não me conhecem, e provavelmente não querem muito me conhecer. Ah, é tão solitário!

A solidão permaneceu quando Anne se viu sozinha em seu quarto naquela noite, no crepúsculo. Ela não se juntou às outras garotas, que tinham parentes na cidade para tomar conta delas. Josephine Barry gostaria de tê-la como hóspede, mas Beechwood era tão longe da Queen's que estava fora de questão. Então a senhorita Barry procurou uma pensão, assegurando a Matthew e Marilla que era o lugar certo para Anne.

— A senhora que a mantém é muito discreta — explicara a senhorita Barry. — O marido dela era um oficial britânico e ela é muito cuidadosa com os hóspedes que aceita. Anne não encontrará nenhuma pessoa censurável sob seu teto. A mesa é farta e a casa fica perto da Queen's, em um bairro tranquilo.

Tudo isso pode ser bem verdade e, de fato, provou ser, mas não ajudou Anne de forma concreta na primeira agonia de saudade que tomou conta dela. Ela olhou tristemente para o seu quarto pequeno e estreito, com as paredes sem papel, sem molduras, sua pequena cama de ferro e estante de livros vazia, e sentiu um horrível aperto na garganta ao pensar em seu próprio quarto todo branco em Green Gables, onde ela tinha a agradável sensação de um espaço grande e verde ao ar livre, das flores que cresciam no jardim e da luz da lua caindo sobre o pomar, o riacho abaixo da encosta e os ramos de abetos balançando ao vento noturno mais além, de um vasto céu estrelado e a luz da janela de Diana brilhando por entre as árvores. Ali não havia nada disso. Anne sabia que, do lado de fora da janela, havia uma rua de chão duro, com uma rede de fios telefônicos fechando o céu, as passadas de desconhecidos e mil luzes brilhando em rostos estranhos. Ela sabia que choraria e lutou contra isso.

"Eu não vou chorar. É bobo... e fraco — e lá se vai a terceira lágrima escorrendo pelo meu nariz. Há mais por vir! Devo pensar em algo engraçado para impedi-las.

Mas não há nada engraçado, exceto o que está relacionado a Avonlea, e isso só piora as coisas — quatro — cinco — vou para casa na próxima sexta-feira, mas parece estar a cem anos de distância. Ah, Matthew deve estar chegando em casa agora — e Marilla está no portão, olhando para ele na rua — seis — sete — oito — ah, não adianta contar! Elas estão vindo em forma de inundação. Não consigo me animar — não quero me animar. É melhor ser infeliz!"

O dilúvio de lágrimas sem dúvida teria chegado se Josie Pye não tivesse aparecido naquele momento. Na alegria de ver um rosto familiar, Anne esqueceu que nunca houve muito amor entre as duas. Como parte da vida em Avonlea, até um membro da família Pye era bem-vindo.

— Estou tão feliz que tenha vindo — disse Anne com sinceridade.

— Você estava chorando — comentou Josie, sentindo grande pena. — Deve estar com saudades de casa — algumas pessoas não têm muito autocontrole nesse aspecto. Não pretendo sentir saudades de casa. A cidade é muito alegre comparada à pequena e antiga Avonlea. Eu me pergunto como fiquei lá por tanto tempo. Você não deveria chorar, Anne. Não é certo, pois seu nariz e seus olhos ficam vermelhos e você fica toda vermelha. Tive um dia perfeitamente delicioso na Queen's hoje. Nosso professor de francês é simplesmente um trouxa. O bigode dele causaria uma taquicardia em você. Tem alguma coisa para comer aí, Anne? Estou literalmente morrendo de fome. Ah, achei que Marilla mandaria um bolo. Por isso decidi vir até aqui. Do contrário, eu teria ido ao parque com Frank Stockley para ouvir a banda tocar. Ele está hospedado no mesmo lugar que eu, ele é esportista. Ele notou você na aula hoje e me perguntou quem era a garota ruiva. Eu disse a ele que você era a órfã que os Cuthbert a haviam adotado, e ninguém sabia muito sobre você antes disso.

Anne estava se perguntando se, afinal, a solidão e as lágrimas não eram mais vantajosas do que a companhia de Josie Pye até Jane e Ruby aparecerem, cada uma com uma pequena fita roxa e escarlate da Queen's presa com orgulho no casaco. Como Josie não estava "falando" com Jane naquele momento, ela permaneceu com um tom inofensivo.

— Bem — disse Jane com um suspiro —, sinto como se tivessem passado dias desde esta manhã. Eu deveria estar em casa estudando meu Virgílio — aquele professor velho e horrível nos deu vinte falas para começar amanhã. Mas não consegui me organizar para estudar hoje à noite. Anne, acho que vejo traços de lágrimas. Se você esteve chorando, não se preocupe. Posso recuperar meu respeito próprio, pois estava derramando lágrimas à vontade antes de Ruby aparecer. Eu não me importo tanto de ser um ganso se a outra pessoa também é um ganso. E o bolo? Você vai me dar um pedacinho, não vai? Obrigada. Tem o verdadeiro sabor de Avonlea.

Ruby, percebendo o calendário da Queen's em cima da mesa, queria saber se Anne tentaria ganhar a medalha de ouro.

Anne corou e admitiu que estava pensando nisso.

— Ah, isso me faz lembrar — disse Josie — que a Queen's deve conseguir uma das bolsas de estudos da Avery, afinal. A notícia chegou hoje. Frank Stockley me disse – o tio dele é um dos membros do conselho de governadores, sabe. Será anunciado amanhã.

Uma bolsa de estudos da Avery! Anne sentiu seu coração bater mais rápido, e os horizontes de sua ambição mudaram e se ampliaram como que por mágica. Antes de Josie ter contado a notícia, o ponto mais alto da aspiração de Anne havia sido a licença provincial de professora de primeira classe no fim do ano, e talvez a medalha! Mas agora, por um momento, Anne se viu ganhando a bolsa de estudos da Avery, fazendo um curso de artes no Redmond College e se formando vestindo uma beca, antes do eco das palavras de Josie desaparecer. Pois a bolsa de estudos da Avery era para inglês e Anne sentiu que poderia caminhar com segurança por ali.

Um rico fabricante de Nova Brunswick morreu e deixou parte de sua fortuna para distribuir entre várias bolsas de estudos entre as escolas de ensino médio e academias das províncias marítimas, de acordo com suas respectivas classificações. Havia muita dúvida de que alguma seria atribuída à Queen's, mas o assunto foi finalmente resolvido e, no fim do ano, o formando que tirasse a maior nota em inglês e literatura inglesa ganharia a bolsa — 250 dólares por ano, por quatro anos, no Redmond College. Não é de admirar que Anne tenha ido dormir naquela noite com as bochechas formigando!

— Ganharei essa bolsa se for pelo trabalho duro — ela resolveu. — Matthew não ficaria orgulhoso se eu me tornasse bacharel? Ah, é delicioso ter ambições. Estou tão feliz por ter tantas. E parece que elas nunca têm fim — essa é a melhor parte. Assim que você atinge uma ambição, vê outra brilhando ainda mais alto. Isso torna a vida tão interessante.

capítulo 35

O inverno na Queen's

A saudade de Anne de sua casa desapareceu, ajudada em grande parte pelo cansaço de suas visitas de fim de semana. Enquanto o clima estivesse bom, os estudantes de Avonlea iam para Carmody pela nova ferrovia toda sexta-feira à noite. Diana e vários jovens de Avonlea geralmente estavam dispostos a recebê-los, e todos iam até Avonlea fazendo uma grande festa. Anne achava que aquelas festas das noites de sexta-feira sobre as colinas de outono, no ar dourado e fresco com as luzes das casas de Avonlea brilhando além, eram as melhores e mais desejadas horas da semana.

Gilbert Blythe quase sempre andava com Ruby Gillis e carregava a mochila para ela. Ruby era uma jovem muito bonita, e agora se sentia tão crescida quanto de fato era. Usava saias quando sua mãe deixava e arrumava os cabelos na cidade, embora tivesse que desarrumá-los quando voltava para casa. Ela tinha grandes olhos azuis brilhantes, uma pele reluzente e uma aparência corpulenta e vistosa. Ria bastante, era alegre e tinha bom humor, e gostava de verdade das coisas boas da vida.

— Mas não acho que ela seja o tipo de garota para o gosto de Gilbert — sussurrou Jane para Anne. Anne também não achava isso, mas não diria nada por causa da bolsa de estudos da Avery. Também não deixou de pensar que seria muito agradável ter um amigo como Gilbert para brincar, conversar e trocar ideias sobre livros, estudos e ambições. Gilbert tinha ambições, ela sabia, e Ruby Gillis não parecia ser o tipo de pessoa com quem ele poderia discutir essas coisas de maneira proveitosa.

Não havia nenhum sentimento tolo nas ideias de Anne a respeito de Gilbert. Quando pensava nos meninos, eles representavam para ela apenas possíveis bons colegas. Se ela e Gilbert fossem amigos, não importaria quantos outros ele tivesse nem com quem andava. Ela tinha um talento para amizades. Amigas ela tinha em abundância, mas tinha uma vaga noção de que a amizade masculina também poderia ser uma coisa boa para completar as suas concepções de companhia e fornecer pontos de vista mais amplos em termos de julgamento e comparação. Não que Anne tivesse uma definição tão clara de seus sentimentos sobre o assunto. Mas achou que, se Gilbert tivesse voltado alguma vez para casa com ela no trem, atravessando os limpos campos e os caminhos de samambaias, poderiam ter tido muitas conversas alegres e interessantes sobre o novo mundo que estava se abrindo para eles, suas esperanças e ambições. Gilbert era um jovem inteligente, com as próprias ideias sobre as coisas e uma determinação em tirar o melhor proveito da vida e dedicar o melhor de si. Ruby Gillis disse a Jane Andrews que ela não entendia nem metade das coisas que Gilbert Blythe dizia. Ele falava exatamente como Anne Shirley depois de ter se adaptado e, de sua parte, não achava divertido se preocupar com livros e esse tipo de coisas se não precisasse. Frank Stockley era muito mais determinado, mas não era tão bonito quanto Gilbert, e ela realmente não conseguia decidir de quem gostava mais!

Na Queen's, Anne atraiu gradativamente um pequeno círculo de amigos ao redor dela, estudantes pensativos, imaginativos e ambiciosos como ela. Ela logo se tornou íntima da garota "rosa avermelhada", Stella Maynard, e da "garota dos sonhos", Priscilla Grant, e via esta última como uma donzela de aparência pálida e espírito cheio de travessuras, brincadeiras e diversão, enquanto a vívida Stella, de olhos negros, tinha um coração cheio de sonhos e fantasias melancólicas, tão aéreas e parecidas com o arco-íris quanto as de Anne.

Após as férias de Natal, os alunos de Avonlea desistiram de ir para casa às sextas-feiras e começaram a trabalhar duro. A essa altura, todos na Queen's haviam encontrado seus lugares fixos nas fileiras da sala de aula e as turmas haviam assumido características distintas e bem estabelecidas de individualidade. Certos fatos se tornaram em geral aceitos. Admitiu-se que os competidores em busca de medalhas haviam se reduzido praticamente a três: Gilbert Blythe, Anne Shirley e Lewis Wilson. A bolsa de estudos da Avery era mais duvidosa, pois qualquer um dentre seis candidatos poderia ganhá-la. A medalha de bronze em matemática era considerada muito boa, levando em conta que fora conquistada por um menino gordo e engraçado do interior, com testa irregular e um casaco remendado.

Ruby Gillis foi a garota mais bonita do ano na Queen's. Nas aulas do segundo ano, Stella Maynard ostentava o título da beleza, com uma pequena, mas crítica minoria a favor de Anne Shirley. Todos os juízes designados admitiram que Ethel Marr tinha o jeito mais elegante de arrumar os cabelos, e Jane Andrews — a Jane simples, exigente e consciente — recebeu as honras no curso de ciências domésticas. Até Josie Pye conquistou certo destaque como a jovem de língua mais afiada na Queen's. Portanto, pode-se afirmar claramente que os antigos alunos da senhorita Stacy se mantiveram nesse grande círculo no meio acadêmico.

Anne trabalhou duro e com determinação. Sua rivalidade com Gilbert era tão intensa quanto jamais fora na escola de Avonlea, embora não fosse conhecida pela classe de maneira geral, mas de alguma forma a angústia havia desaparecido. Anne não queria mais vencer apenas para derrotar Gilbert. Em vez disso, era pela orgulhosa sensação de uma vitória bem conquistada sobre um inimigo digno. Valeria a pena ganhar, mas ela não achava mais que a vida seria insuportável se não conseguisse.

Apesar das lições, os alunos encontraram oportunidades para momentos agradáveis. Anne passava muitas horas livres em Beechwood e geralmente jantava aos domingos e ia à igreja com a senhorita Barry. Esta última estava, como ela admitiu, envelhecendo, mas seus olhos negros não estavam turvos e o vigor de sua língua não havia diminuído nem um pouco. Mas ela nunca usou de palavras contra Anne, que continuou sendo uma das meninas favoritas da velha e crítica senhora.

— Essa menina Anne melhora o tempo todo — disse ela. — Eu me canso das outras garotas — há uma igualdade muito provocadora e permanente nelas. Mas Anne tem tantas nuances quanto um arco-íris e cada uma é sempre a mais bonita enquanto dura. Não sei se ela é tão divertida quanto quando era criança, mas me faz amá-la e eu gosto de pessoas que me fazem amá-las. Isso me poupa muitos problemas para conseguir amá-las.

Então, antes que alguém percebesse, a primavera chegou. Lá em Avonlea, as flores da primavera espreitavam, rosadas, nas terras estéreis, onde as grinaldas de neve persistiam e a "névoa verde" ocupava a floresta e os vales. Porém, em Charlottetown, os alunos atormentados da Queen's só pensavam e falavam nos exames.

— Não parece que o ano esteja quase no fim — disse Anne. — Ora, no outono passado, parecia que faltava tanto tempo ainda — um inverno inteiro de estudos e aulas. E aqui estamos nós, com os exames chegando na próxima semana. Meninas, às vezes sinto que esses exames significam tudo, mas, quando olho para os grandes brotos que se sobressaem naqueles castanheiros e o ar azul e nebuloso no final das ruas, não parecem tão importantes.

Jane, Ruby e Josie, que apareceram por ali, não aceitavam essa visão. Para elas, os exames continuavam muito importantes — muito mais importantes do que os brotos de castanheiro ou as neblinas de maio. Tudo andava muito bem para Anne para ter seus momentos de menosprezar os exames, pois tinha pelo menos a certeza de que iria passar, mas quando todo o seu futuro depende deles — como as meninas realmente achavam —, não se pode interpretá-los filosoficamente.

— Eu perdi sete quilos nas últimas duas semanas — suspirou Jane. — Não adianta dizer para não me preocupar. Eu vou me preocupar. Preocupar-se ajuda um pouco — parece que se está sendo produtiva quando se está preocupada. Seria terrível se eu não conseguisse minha licença depois de passar o inverno inteiro na Queen's e gastar tanto dinheiro.

— Eu não me importo — disse Josie Pye. — Se eu não passar este ano, voltarei no próximo. Meu pai pode se dar ao luxo de me mandar. Anne, Frank Stockley disse que o professor Tremaine falou que Gilbert Blythe certamente ganharia a medalha e que Emily Clay provavelmente ganharia a bolsa da Avery.

— Isso pode me ajudar amanhã, Josie — riu Anne —, mas neste momento, sinceramente, acho que, desde que eu saiba que as violetas roxas estão brotando no vale abaixo de Green Gables e que as pequenas samambaias estão cutucando nossas cabeças na Alameda dos Enamorados, não faz muita diferença se eu conseguir a Avery ou não. Fiz o melhor que pude e comecei a entender o que significa a "alegria do esforço". Depois de tentar e vencer, a melhor coisa é tentar e perder. Meninas, não vamos falar sobre os exames! Olhe para aquele arco de céu verde-pálido sobre aquelas casas e imaginem como deve estar brilhando nos bosques de faia totalmente escuros no horizonte de Avonlea.

— O que você vai usar na formatura, Jane? — perguntou Ruby de forma direta.

Jane e Josie responderam ao mesmo tempo, e a conversa se transformou em um falatório paralelo de moda. Mas Anne, com os cotovelos no peitoril da janela, a bochecha macia apoiada nas mãos entrelaçadas e os olhos cheios de visões, olhava desatenta por cima dos telhados da cidade e se projetava para aquela cúpula gloriosa do pôr do sol no céu e, tecia seus sonhos de um futuro possível com o tecido dourado do próprio otimismo da juventude. Todo o além era dela, com suas possibilidades ocultas nos próximos anos — a cada ano uma rosa da promessa a ser tecida em um rosário infinito.

capítulo 36

A glória e o sonho

Na manhã em que os resultados finais de todos os exames seriam afixados no quadro de avisos da Queen's, Anne e Jane caminharam juntas pela rua. Jane estava sorrindo e feliz. Os exames haviam terminado e ela tinha certeza de que havia pelo menos passado. As considerações adicionais não incomodavam Jane de maneira alguma. Ela não tinha maiores ambições e, consequentemente, não era afetada pelos colegas inquietos que a acompanhavam. Pois se paga um preço por tudo o que se ganha ou recebe neste mundo e, embora valha a pena ter ambições, elas não devem ser conquistadas a qualquer custo, pois cobram cada centavo dessa dívida de trabalho e abnegação, ansiedade e desânimo. Anne estava pálida e quieta. Em dez minutos saberia quem ganhou a medalha e quem levou a Avery. Para além desses dez minutos, naquele momento, não parecia haver nada que valesse a pena ser chamado de tempo.

— É claro que você ganhará uma delas de qualquer maneira — disse Jane, que não conseguia entender como os professores poderiam ser tão injustos a ponto de decidir o contrário.

— Não tenho esperança na Avery — disse Anne. — Todo mundo diz que Emily Clay vai ganhar. E eu não vou me dirigir até o quadro de avisos e olhar para ele antes de todos. Não tenho coragem moral. Vou direto para o vestiário das meninas. Você precisa ler os anúncios e depois me contar, Jane. E eu imploro, em nome da nossa antiga amizade, que o faça o mais rápido possível. Se eu perdi, apenas diga, sem tentar suavizar e, não importa o que fizer, não tenha pena de mim. Me prometa isso, Jane.

Jane prometeu solenemente, mas, por acaso, não havia necessidade. Quando subiram os degraus da entrada da Queen's, encontraram o salão cheio de garotos que carregavam Gilbert Blythe nos ombros e gritavam do alto de suas vozes: "Um viva para o Blythe, medalhista!".

Por um momento, Anne sentiu uma pontada dolorosa de derrota e decepção. Então ela perdeu e Gilbert venceu! Bem, Matthew lamentaria — ele tinha tanta certeza de que ela venceria.

Mas então!

Alguém chamou:

— Três vivas para a senhorita Shirley, vencedora da Avery!

— Ah, Anne — ofegou Jane, quando elas correram para o vestiário das meninas em meio aos aplausos. — Ah, Anne, estou tão orgulhosa! Não é esplêndido?

Logo depois as meninas estavam ao seu redor e Anne estava no centro de um grupo que ria e a parabenizava. Deram tapinhas em seus ombros e suas mãos tremiam vigorosamente. Ela foi empurrada, puxada e abraçada e, no meio de tudo isso, sussurrou para Jane:

— Ah, Matthew e Marilla ficarão tão felizes! Preciso mandar as notícias para casa imediatamente.

A formatura era o próximo acontecimento importante. Os ensaios foram realizados no grande salão de reuniões da Queen's. Discursos estavam sendo proferidos, redações lidas, músicas cantadas, outorga pública de diplomas, prêmios e medalhas.

Matthew e Marilla estavam lá, com olhos e ouvidos somente para uma aluna no palco — uma garota alta vestida de verde-pálido, com bochechas levemente coradas e olhos cintilantes, que leu a melhor redação e era apontada e comentada como a vencedora da Avery.

— Acho que você está feliz por nós a termos adotado, não é Marilla? — sussurrou Matthew, falando pela primeira vez desde que entrara no salão, quando Anne terminou sua redação.

— Não é a primeira vez que fico feliz — replicou Marilla. — Você gosta de me provocar, não é mesmo, Matthew Cuthbert?

A senhorita Barry, que estava sentada atrás deles, inclinou-se para frente e a cutucou Marilla nas costas com sua sombrinha.

— Você não tem orgulho daquela menina Anne? Eu tenho — ela disse.

Anne foi para casa em Avonlea com Matthew e Marilla naquela noite. Ela não ia para casa desde abril e não poderia esperar mais nem um dia. As flores das macieiras estavam brotando e o clima estava fresco e jovial. Diana estava em Green Gables para recebê-la. Em seu quarto branco, onde Marilla colocara uma roseira florida no parapeito da janela, Anne olhou em volta e deu um longo suspiro de felicidade.

— Ah, Diana, é tão bom estar de volta. É tão bom ver aqueles abetos pontudos se sobrepondo ao céu rosa — e aquele pomar branco e a velha Rainha Branca. O cheiro de hortelã, não é delicioso? E esse rosa-chá — é uma canção, uma esperança e uma oração, tudo junto. E é bom vê-la novamente, Diana!

— Pensei que você gostasse mais de Stella Maynard do que de mim — disse Diana, reprovadora. Josie Pye me disse isso. Josie disse que você estava apaixonada por ela.

Anne riu e jogou em Diana os "lírios" desbotados de seu buquê.

— Stella Maynard é a segunda garota mais querida do mundo, pois você é a primeira, Diana — disse ela. — Eu a amo mais do que nunca — e tenho muitas coisas para lhe contar. Mas agora é suficiente me sentar aqui e olhar para você. Estou cansada, acho — cansada de ser estudiosa e ambiciosa. Quero passar pelo menos duas horas amanhã deitada na grama do pomar, sem pensar em absolutamente nada.

— Você fez tudo esplendidamente bem, Anne. Suponho que não irá lecionar agora que ganhou a Avery.

— Não. Vou para Redmond em setembro. Não é maravilhoso? Terei uma nova carga de ambição acumulada nessa época, depois de três meses gloriosos e dourados de férias. Jane e Ruby vão lecionar. Não é esplêndido pensar que todos nós conseguimos superar tudo isso, até Moody Spurgeon e Josie Pye?

— Os administradores de Newbridge já ofereceram sua escola a Jane — disse Diana. — Gilbert Blythe também vai lecionar. Ele precisa disso. Afinal, seu pai não pode se dar ao luxo de mandá-lo para a faculdade no próximo ano, então ele pretende ganhar o próprio sustento. Espero que ele consiga a escola daqui se a senhorita Ames decidir sair.

Anne sentiu uma estranha e inesperada sensação de consternação. Ela não sabia disso. Ela esperava que Gilbert também fosse para Redmond. O que ela faria sem a rivalidade inspiradora? Será que sentiria, mesmo em uma faculdade coeducacional com um grau real de perspectiva, que sua vida seria muito corriqueira sem o amigo inimigo?

No dia seguinte, no café da manhã, Anne percebeu que Matthew não estava bem. Certamente ele estava muito mais grisalho do que um ano antes.

— Marilla — ela disse hesitante quando ele saiu —, Matthew não parece muito bem.

— Não, não está — disse Marilla com um semblante perturbado. — Ele teve alguns desconfortos muito intensos no coração nesta primavera e não está se poupando. Fiquei realmente preocupada com ele, mas está um pouco melhor e já temos um bom ajudante contratado, então espero que ele descanse um pouco. Talvez agora ele fique em casa. Você sempre o anima.

Anne se inclinou sobre a mesa e pegou o rosto de Marilla nas mãos.

— Você também não está tão bem quanto eu gostaria de vê-la, Marilla. Parece cansada. Receio que esteja trabalhando demais. Precisa descansar, agora que estou em casa. Só vou tirar um dia de folga para visitar todos os antigos lugares queridos e buscar meus velhos sonhos, e depois será a sua vez de ficar preguiçosa enquanto eu faço o trabalho.

Marilla sorriu carinhosamente para a garota.

— Não é o trabalho, é a minha cabeça. A dor é bem frequente agora, atrás dos meus olhos. O doutor Spencer modificando com os óculos, mas eles não me ajudam. Um oculista famoso está chegando à ilha no final de junho e o médico disse que devo vê-lo. Acho que vou precisar. Já não consigo ler nem costurar confortavelmente. Bem, Anne, devo dizer que você foi muito bem na Queen's. Tirar a licença de primeira classe em um ano e ganhar a bolsa de estudos da Avery — bem, bem, a senhora Lynde disse que o orgulho é o precursor de uma queda e que não acredita no ensino superior das mulheres. Ela disse que isso não é adequado para a verdadeira vocação da mulher. Eu não acredito em uma palavra que ela diz. Falando na Rachel, isso me lembra... você ouviu alguma coisa sobre o Abbey Bank ultimamente, Anne?

— Ouvi dizer que estava instável — respondeu Anne. — Por quê?

— Foi o que Rachel disse. Ela esteve aqui semana passada e disse que havia uma conversa sobre isso. Matthew ficou realmente preocupado. Tudo o que economizamos está naquele banco — cada centavo. No início, eu queria que Matthew colocasse o dinheiro no Savings Bank, mas o velho senhor Abbey era um grande amigo de nosso pai e ele sempre depositou lá. Matthew disse que qualquer banco que tivesse ele no comando era bom o suficiente para qualquer pessoa.

— Acho que ele está no comando há muitos anos apenas no papel — disse Anne. — É um homem muito velho, seus sobrinhos é que estão realmente à frente da instituição.

— Bem, quando Rachel nos disse isso, eu queria que Matthew sacasse nosso dinheiro, e ele disse que pensaria a respeito disso. Mas o senhor Russell disse ontem que o banco estava bem.

Anne teve um bom dia na companhia do mundo ao ar livre. Ela nunca se esqueceu daquele dia. Era tão brilhante, dourado e claro, tão livre de sombras e tão luxuriante de flores. Anne passou algumas de suas ricas horas no pomar. Foi à Fonte da Dríade, à Lagoa dos Salgueiros e ao Vale das Violetas, foi até o presbitério e teve uma boa conversa com a senhora Allan e, finalmente, à noite, foi cuidar das vacas com Matthew, atravessando a Alameda dos Enamorados até o pasto. Todos os bosques estavam gloriosos com o pôr do sol e o seu quente esplendor escorria pelas fendas das colinas a oeste. Matthew andava devagar, com a cabeça inclinada. Anne, alta e ereta, combinava sua passada com a dele.

— Você está trabalhando demais hoje, Matthew — disse ela, reprovadora. — Por que não descansa um pouco?

— Bem, agora não posso — disse Matthew, enquanto abria o portão do quintal para deixar as vacas passarem. — Só estou ficando velho, Anne, e continuo me esquecendo disso. Bem, bem, sempre trabalhei bastante e prefiro assim.

— Se eu fosse o garoto que você queria adotar — disse Anne, melancolicamente

—, poderia ajudá-lo muito agora e poupar você de inúmeras formas. Poderia até achar no meu coração o desejo de ter sido ele, apenas para fazer isso.

— Mas prefiro ter você a uma dúzia de meninos, Anne — disse Matthew batendo na mão dela. — Apenas lembre-se disso — melhor do que uma dúzia de meninos. Bem, acho que não foi um garoto que ganhou a bolsa de estudos da Avery, foi? Foi uma garota — a minha garota, — minha garota da qual me orgulho.

Ele mostrou seu sorriso tímido para ela quando entrou no quintal. Anne carregou essa lembrança quando foi para o quarto naquela noite e sentou-se por um longo tempo à janela aberta, pensando no passado e sonhando com o futuro. Do lado de fora, a Rainha Branca estava enevoada ao luar, os sapos cantavam no pântano além da Orchard Slope. Anne sempre se lembraria da beleza prateada e pacífica e da calma perfumada daquela noite. Foi a última noite antes que a tristeza atingisse sua vida, e nenhuma vida continua a mesma quando se sente aquele toque frio e santificador pela primeira vez.

capítulo 37

A ceifadora cujo nome é morte

—Matthew — Matthew — o que houve? Matthew, está passando mal? Era Marilla falando, alarmada a cada palavra que gritava. Anne entrou pelo corredor, com as mãos cheias de narcisos brancos. Muito antes de Anne conseguir apreciar a visão ou o odor dos narcisos brancos novamente, ela ouviu e viu Matthew em pé na porta da varanda, com um papel dobrado na mão e o rosto estranhamente deformado e cinza. Anne largou as flores e atravessou a cozinha até ele, junto com Marilla. Ambas chegaram atrasadas. Antes que pudessem alcançá-lo, Matthew havia caído do outro lado.

— Ele desmaiou — ofegou Marilla. — Anne, vá correndo chamar Martin — rápido, rápido! Ele está no celeiro.

Martin, o ajudante contratado, que acabara de voltar dos correios, procurou imediatamente o médico, ligando para Orchard Slope e pedindo que o senhor e a senhora Barry fossem para lá. A senhora Lynde, que estava lá em uma missão, também se aproximou. Eles encontraram Anne e Marilla tentando reanimar Matthew em vão.

A senhora Lynde as afastou gentilmente para o lado, tomou o pulso dele e depois colocou o ouvido sobre o coração. Ela olhou para os rostos ansiosos com tristeza e as lágrimas vieram aos seus olhos.

— Ah, Marilla — disse ela seriamente. — Eu não acho... que possamos fazer alguma coisa por ele.

— Senhora Lynde, acha que... não está achando que Matthew está... está... — Anne não podia dizer a palavra terrível, ela ficou enjoada e pálida.

— Sim, minha criança, receio que sim. Olhe para o rosto dele. Quando você vê essa expressão tantas vezes quanto eu, sabe o que significa.

Anne olhou para o rosto imóvel e viu o selo da Grande Presença.

Quando o médico chegou, ele disse que a morte havia sido instantânea e provavelmente indolor, possivelmente causada por algum choque repentino. O segredo do choque foi descoberto no jornal que Matthew segurava e que Martin trouxera dos correios naquela manhã. Lá estava a notícia da falência do Abbey Bank.

A notícia se espalhou rapidamente por Avonlea e, durante todo o dia, amigos e vizinhos lotaram Green Gables, chegavam e saíam trazendo mensagens de bondade aos mortos e aos vivos. Pela primeira vez o tímido e quieto Matthew Cuthbert era uma pessoa de importância central. A majestade branca da morte caíra sobre ele e o destacava como um coroado.

Quando a noite calma caiu suavemente sobre Green Gables, a velha casa estava silenciosa e tranquila. Na sala, estava Matthew Cuthbert em seu caixão, seus longos cabelos grisalhos emoldurando-lhe o seu rosto plácido no qual havia um sorriso gentil, como se ele apenas dormisse tendo sonhos agradáveis. Havia flores sobre ele — doces flores antigas que sua mãe havia plantado no jardim da fazenda nos dias de seu noivado e pelas quais Matthew sempre teve um amor secreto e sem palavras. Anne as colheu e trouxe para ele, com seus olhos angustiados e lágrimas caindo pelo seu rosto branco. Foi a última coisa que ela pôde fazer por ele.

Os Barry e a senhora Lynde ficaram com eles naquela noite. Diana, foi ao sótão, onde Anne estava parada diante da janela, e disse gentilmente:

— Anne, querida, quer que eu durma com você hoje à noite?

— Obrigada, Diana. — Anne olhou seriamente para o rosto da amiga. — Acho que não vai me entender mal se eu disser que quero ficar sozinha. Não estou com medo. Não estive sozinha um minuto desde que tudo aconteceu — e quero ficar sozinha. Quero ficar bem quieta e calma e tentar aceitar isso. Não consigo aceitar. Parte do tempo sinto como se Matthew não tivesse morrido, e outra parte sinto como se ele estivesse morto há muito tempo, e tenho sentido uma dor horrível desde então.

Diana não entendeu tudo. Ela conseguia compreender melhor a tristeza apaixonada de Marilla, quebrando todos os limites de sua natureza reservada e do hábito de toda uma vida em sua correria atormentada, do que a agonia sem lágrimas de Anne. Mas foi embora gentilmente, deixando Anne sozinha para fazer sua primeira vigília com tristeza.

Anne esperava que as lágrimas viessem na solidão. Parecia uma coisa terrível para ela não conseguir derramar uma lágrima por Matthew, a quem tanto amava e que tinha sido tão gentil com ela. Matthew, que havia caminhado com ela na noite anterior, ao pôr do sol, agora estava deitado no quarto escuro no andar de baixo com aquela paz terrível na testa. Mas nenhuma lágrima veio a princípio, mesmo quando ela se ajoelhou junto à janela na escuridão e rezou, olhando para as estrelas além das colinas. Sem lágrimas, apenas a mesma dor horrível e triste da angústia que continuou doendo até ela adormecer, desgastada com a dor e a agitação do dia.

À noite, ela acordou, com a quietude e a escuridão ao seu redor, e a lembrança do dia anterior tomou conta dela como uma onda de tristeza. Podia ver o rosto de Matthew sorrindo para ela como ele sorriu quando se separaram no portão naquela noite passada. Podia ouvir a voz dele dizendo: "Minha garota — minha garota, da qual me orgulho". Então as lágrimas vieram e Anne chorou. Marilla a ouviu e entrou para confortá-la.

— Ora, ora, não chore, querida. Não pode trazê-lo de volta. Não é certo chorar assim. Eu soube disso hoje, mas não consegui evitar. Ele sempre foi um irmão tão bom e gentil comigo, mas Deus sabe o que é melhor.

— Ah, deixe-me chorar, Marilla — soluçou Anne. — As lágrimas não me machucam tanto quanto aquela dor. Fique aqui um pouco comigo e me abrace. Eu não podia deixar Diana ficar, ela é boa, gentil e doce, mas essa tristeza não é dela. Ela não faz parte disso e não consegue chegar perto o suficiente do meu coração para me ajudar. É a nossa tristeza — a sua e a minha. Ah, Marilla, o que faremos sem ele?

— Nós nos encontramos, Anne. Não sei o que faria se você não estivesse aqui — se nunca tivesse vindo. Ah, Anne, eu sei que talvez tenha sido meio rigorosa e dura com você, mas não pense que eu não a amava tanto quanto Matthew por causa disso. Quero lhe dizer, sempre que puder. Nunca foi fácil para mim dizer coisas do meu coração, mas em momentos como este é mais fácil. Eu te amo tanto como se você fosse minha própria carne e sangue, e você tem sido minha alegria e conforto desde que chegou a Green Gables.

Dois dias depois, elas levaram Matthew Cuthbert por toda a sua propriedade e para longe dos campos que cultivara, dos pomares que amara e das árvores que plantara. E, então, Avonlea voltou à sua habitual placidez e, mesmo em Green Gables, os assuntos voltaram ao ritmo normal, o trabalho era realizado e os deveres cumpridos com regularidade como antes, embora sempre com a dolorosa sensação de "perda em todas as coisas familiares". Anne, iniciante no luto, achou que era meio triste que fosse assim — que eles pudessem continuar à moda antiga sem Matthew. Sentiu um pouco de vergonha e remorso ao descobrir que o nascer do sol por trás dos abetos e os botões rosa-pálidos que se abriam no jardim lhe proporcionavam uma velha onda de alegria quando os via, que as visitas de Diana eram agradáveis para ela e que as palavras e o jeito alegre de Diana a faziam sorrir e gargalhar. Que, afinal, o belo mundo das flores, do amor e da amizade não havia perdido seu poder de agradar sua fantasia e emocionar seu coração, que a vida ainda a chamava com muitas vozes insistentes.

— De alguma forma, parece desleal com Matthew encontrar prazer nessas coisas depois que ele se foi — disse Anne melancolicamente à senhora Allan uma noite, quando estavam juntas no jardim da mansão. — Sinto muita falta dele — o tempo todo — e, no entanto, senhora Allan, o mundo e a vida parecem continuar bonitos e interessantes para mim. Hoje Diana disse algo engraçado e me vi rindo. Eu achava que, quando isso acontecesse, jamais poderia rir novamente. E, de certa forma, parece que eu não deveria me sentir assim.

— Quando Matthew estava aqui, ele gostava de ouvir você rir e gostava de saber que você sentia prazer nas coisas agradáveis ao seu redor — disse a senhora Allan, gentilmente. —Agora que ele se foi, ia gostar de saber que tudo está da mesma forma. Estou certa de que não devemos fechar nosso coração para os poderes curativos que a natureza nos oferece. Mas entendo o seu sentimento. Acho que todos sentimos a mesma coisa. Nós nos ressentimos de pensar que qualquer coisa possa nos agradar quando alguém que amamos não está mais aqui para compartilhar o prazer conosco, e quase sentimos como se fôssemos infiéis à nossa tristeza quando vemos que nosso interesse pela vida está voltando.

— Eu estive no cemitério para plantar uma roseira no túmulo de Matthew esta tarde — disse Anne, sonhadora. — Peguei a pequena roseira branca que a mãe dele trouxe da Escócia há muito tempo. Matthew sempre gostou mais dessas rosas — elas eram tão pequenas e doces em suas hastes espinhosas. Isso me fez sentir feliz por poder plantá-las no túmulo dele, como levá-las para perto dele fosse algo que poderia agradá-lo. Espero que ele encontre rosas como essas no céu. Talvez as almas de todas aquelas pequenas rosas brancas que ele amou por tantos verões estivessem lá para encontrá-lo. Eu preciso ir para casa agora. Marilla está sozinha e se sente solitária no crepúsculo.

— Receio que ela ficará mais solitária ainda quando você for embora novamente para a faculdade — disse a senhora Allan.

Anne não respondeu, disse boa-noite e voltou lentamente para Green Gables. Marilla estava sentada nos degraus da porta da frente e Anne sentou-se ao lado dela. A porta estava aberta atrás delas, emoldurada por uma grande concha rosa com notas de pôr do sol no mar, em suas suaves nuanças.

Anne juntou alguns ramos de madressilva amarelo-pálido e os colocou nos cabelos. Ela gostava da deliciosa fragrância, como um ar abençoado toda vez que se movia.

— O doutor Spencer esteve aqui enquanto você estava fora — disse Marilla. — Ele disse que o especialista estará na cidade amanhã e insiste que eu o veja para examinar meus olhos. Suponho que é melhor eu ir e acabar logo com isso. Ficarei mais do que agradecida se o homem puder me dar o tipo certo de óculos para os meus olhos. Você não se importa de ficar aqui sozinha enquanto eu estiver fora, não é? Martin terá de me levar, e há roupas para passar e comida para preparar.

— Eu ficarei bem. Diana virá para me fazer companhia. Vou cuidar da roupa e preparar a comida direitinho — você não precisa ter medo de que eu desbote os lenços ou faça um bolo com unguento.

Marilla riu.

— Que garota para cometer erros naquela época, Anne. Você estava sempre se metendo em confusões. Eu achava que você estava possuída. Você se lembra da época em que pintou o cabelo?

— Sim, me lembro. Nunca esquecerei isso — sorriu Anne, tocando a pesada trança, que estava enrolada em sua cabeça bem torneada. — Às vezes dou risada quando penso no quarto me preocupava com meu cabelo — mas não rio muito, porque era um problema muito real na época. Sofri bastante com meus cabelos e sardas. Minhas sardas realmente se foram, e as pessoas são legais em me dizer que meu cabelo está castanho agora — todas menos Josie Pye. Ela me disse ontem que realmente achava que estava mais vermelho do que nunca, ou pelo menos meu vestido preto fazia com que parecesse mais vermelho, e me perguntou se as pessoas ruivas se acostumavam com isso. Marilla, quase desisti de gostar de Josie Pye. Eu fazia o que antes poderia chamar de esforço heroico para gostar dela, mas Josie Pye não merece.

— Josie é uma Pye — disse Marilla bruscamente —, então não pode deixar de ser desagradável. Suponho que pessoas desse tipo sirvam a algum propósito útil na sociedade, mas devo dizer que não faço ideia de qual seja. Josie vai lecionar?

— Não, ela voltará no próximo ano para a Queen's. Moody Spurgeon e Charlie Sloane também. Jane e Ruby vão lecionar, e os dois já têm escolas — Jane em Newbridge e Ruby em algum lugar a oeste.

— Gilbert Blythe também vai lecionar, não é?

— Sim — disse, brevemente.

— Que sujeito bonito ele é — disse Marilla, distraída. — Eu o vi na igreja no domingo passado e parecia tão alto e viril. Ele se parece muito com o pai quando tinha a mesma idade. John Blythe era um garoto legal. Nós sempre fomos bons amigos, ele e eu. As pessoas diziam que ele era meu namorado.

Anne olhou com rápido interesse.

— Ah, Marilla, e o que aconteceu? Por que vocês não...

— Tivemos uma briga. Eu não o perdoei quando me pediu. Eu pretendia, depois de um tempo, mas estava aborrecida e com raiva e queria puni-lo primeiro. Ele nunca voltou — os Blythe eram todo-poderosos e independentes. Mas sempre lamentei – lamentei muito. Eu sempre desejei tê-lo perdoado quando tive a chance.

— Então você teve um pouco de romance na sua vida também — disse Anne suavemente.

— Sim, acho que podemos chamar assim. Você não imaginaria isso olhando para mim, não é? Mas não se pode julgar as pessoas pela aparência. Todo mundo se esqueceu de mim e John. Eu tinha me esquecido. Mas tudo me fez relembrar quando vi Gilbert no domingo passado.

capítulo 38

A curva na estrada

Marilla foi à cidade no dia seguinte e voltou à noite. Anne foi até Orchard Slope com Diana e, ao voltar, encontrou Marilla na cozinha, sentada ao lado da mesa com a cabeça apoiada na mão. Algo em seu semblante abatido atingiu o coração de Anne como um calafrio. Ela nunca tinha visto Marilla sentar-se tão inerte assim.

— Está cansada, Marilla?

— Sim... não... não sei — disse Marilla, cansada, olhando para cima. — Acho que estou cansada, mas não estava pensando nisso. Não é isso.

— Você viu o oculista? O que ele disse? — perguntou Anne, ansiosa.

— Sim, fui vê-lo. Ele examinou meus olhos. Disse que, se eu desistir de toda a leitura e costura e qualquer tipo de trabalho que force os olhos, e se tiver cuidado para não chorar, e se usar os óculos que ele me deu, acha que meus olhos talvez não piorem e minhas dores de cabeça sejam curadas. Mas, se não o fizer, disse que certamente ficarei cega em seis meses. Cega! Anne, pense nisso!

Por um minuto, Anne, após sua primeira exclamação de consternação, ficou em silêncio. Parecia que ela não conseguia falar. Então disse corajosamente, mas com um tom sereno na voz:

— Marilla, não pense nisso. Você sabe que ele lhe deu esperança. Se você for cuidadosa, não perderá completamente a visão, e se os óculos dele curarem suas dores de cabeça, será uma grande coisa.

— Não chamo isso de esperança — disse Marilla amargamente. — Pelo que devo viver se não posso ler, costurar ou fazer algo assim? Eu poderia muito bem ficar cega — ou estar morta. E, quanto ao choro, não posso evitá-lo quando fico sozinha. Mas não é bom falar sobre isso. Se você me der uma xícara de chá, ficarei agradecida. Estou quase recomposta. Por enquanto, não diga nada sobre isso a ninguém, nem uma palavra, de nenhuma maneira. Não suporto que as pessoas venham aqui para questionar, simpatizar e falar sobre isso.

Depois que Marilla almoçou, Anne convenceu-a a ir para a cama. Então, Anne foi para o sótão e sentou-se junto à janela na escuridão, sozinha, com as lágrimas e o peso do coração. Como as coisas haviam se tornado tão tristes desde que ela se sentara lá na noite após voltar para casa! Até então ela estava cheia de esperança e alegria, e o futuro parecia promissor. Anne sentiu-se como se tivesse vivido anos desde então, mas, antes de se deitar, tinha um sorriso nos lábios e paz no coração. Olhou seu rosto com coragem e encontrou um amigo — como sempre, é o dever quando o assumimos de forma franca.

Em uma tarde, alguns dias depois, Marilla entrou devagar pelo jardim da frente, onde estava conversando com uma pessoa — um homem que Anne conhecia de vista como Sadler, de Carmody. Anne tentou imaginar o que ele poderia estar dizendo para provocar aquele olhar no rosto de Marilla.

— O que o senhor Sadler queria, Marilla?

Marilla sentou-se junto à janela e olhou para Anne. Havia lágrimas em seus olhos, desafiando a proibição do oculista, e sua voz falhou quando disse:

— Ele ouviu que eu ia vender Green Gables e quer comprá-la.

— Comprá-la! Comprar Green Gables? — Anne se perguntou se tinha ouvido direito. — Ah, Marilla, você não pretende vender Green Gables!

— Anne, não sei mais o que fazer. Pensei em tudo. Se meus olhos estivessem fortes, eu poderia ficar aqui, cuidar de tudo e administrar, com um bom contratado. Mas do jeito que estou, não posso. E posso perder minha visão completamente e, de qualquer maneira, não vou estar apta para gerenciar as coisas. Ah, nunca pensei que viveria para ver o dia em que teria de vender minha casa. Mas as coisas só vão piorar cada vez mais, até que ninguém queira comprá-la. Cada centavo do nosso dinheiro foi embora com aquele banco, e há algumas contas que Matthew deixou pendentes no último outono para pagar. A senhora Lynde me aconselhou a vender a fazenda e a me hospedar em algum lugar — suponho que com ela. Não vai valer muito — é pequena e as construções são antigas. Mas será o suficiente para eu viver, acho. Sou grata por você ter conquistado essa bolsa, Anne. Sinto muito que você não tenha um lar para visitar nas suas férias, só isso, mas suponho que você consiga resolver isso de outra forma.

Marilla desmoronou e chorou amargamente.

— Você não deve vender Green Gables — disse Anne resolutamente.

— Ah, Anne, eu gostaria de não precisar. Mas você pode ver por si mesma. Eu não posso ficar aqui sozinha. Enlouqueceria com os problemas e a solidão. E minha visão iria embora — eu sei que iria.

— Você não terá de ficar aqui sozinha, Marilla. Eu ficarei com você. Não vou para Redmond.

— Não vai para Redmond! — Marilla levantou o rosto cansado das mãos e olhou para Anne. — O que você quer dizer com isso?

— Foi o que eu disse. Não vou aceitar a bolsa. Decidi isso na noite em que você foi para a cidade. Certamente não acha que eu deixaria você sozinha aqui com seu problema, Marilla, depois de tudo o que fez por mim. Tenho pensado e planejado. Deixe-me contar meus planos. O senhor Barry quer alugar a fazenda para o próximo ano. Então você não terá nenhum problema com isso. E vou lecionar. Eu me inscrevi na escola aqui, mas não espero conseguir a vaga, pois entendo que os diretores a prometeram a Gilbert Blythe. Mas posso conseguir a escola de Carmody — o senhor Blair me disse isso ontem à noite na loja. Claro que não será tão agradável ou conveniente como se eu estivesse na escola de Avonlea. Mas posso ficar em casa e ir até Carmody e voltar, pelo menos com o clima quente. E mesmo no inverno posso voltar para casa às sextas-feiras. Vamos manter um cavalo para isso. Ah, tenho tudo planejado, Marilla. E vou ler para você e mantê-la animada. Você não sentirá monotonia nem solidão. E ficaremos muito aconchegantes e felizes aqui juntas, você e eu.

Marilla ouvira como se fosse uma mulher em um sonho.

— Ah, Anne, poderia ficar muito bem se você estivesse aqui, eu sei. Mas não posso deixar se sacrificar por mim. Seria terrível.

— Que absurdo! — Anne riu alegremente. — Não é sacrifício. Nada poderia ser pior do que desistir de Green Gables — nada poderia me machucar mais. Devemos manter este lugar antigo e querido. Estou decidida, Marilla. Não vou para Redmond, e vou ficar aqui e lecionar. Não se preocupe nem um pouco comigo.

— Mas suas ambições... e...

— Sou tão ambiciosa como sempre fui. Apenas mudei o objeto das minhas ambições. Vou ser uma boa professora e vou salvar sua visão. Além disso, pretendo estudar aqui em casa e fazer um pequeno curso universitário por conta própria. Ah, tenho dezenas de planos, Marilla. Estou pensando neles há uma semana. Dedicarei o melhor de mim à vida e acredito que ela me devolverá o melhor dela em troca. Quando saí da Queen's, meu futuro parecia se estender diante de mim como uma estrada reta. E pensei que poderia ver todos os marcos passando por ela. Agora há uma curva nela. Não sei o que há na curva, mas vou acreditar que seja o melhor. Essa curva tem um fascínio próprio, Marilla. Eu me pergunto como deve ser a estrada para além dela — o que há de glorioso, de luz e de sombras suaves e quadriculadas, que novas paisagens, novas belezas, curvas, colinas e vales encontrarei mais adiante.

— Não acho que devo deixar você desistir — disse Marilla, referindo-se à bolsa de estudos.

— Mas você não pode me impedir. Tenho 16 anos e meio, sou teimosa, como a senhora Lynde me disse uma vez — riu Anne. — Ah, Marilla, não tenha pena de mim. Não gosto de pena, e não há necessidade disso. Estou muito feliz com a ideia de ficar na querida Green Gables. Ninguém poderia amá-la como você e eu, por isso devemos ficar com ela.

— Você é uma garota abençoada! — disse Marilla, cedendo. — É como se você tivesse me dado uma nova vida. Acho que deveria insistir e fazer você ir para a faculdade, mas sei que não consigo, então nem vou tentar. Mas vou deixar você decidir, Anne.

Quando se espalhou em Avonlea o burburinho de que Anne Shirley havia desistido da ideia de ir para a faculdade e pretendia ficar em casa e lecionar, houve muita discussão a respeito. A maioria das pessoas de bem, sem saber do problema nos olhos de Marilla, achava que ela era tola. A senhora Allan, não. Ela disse isso a Anne com palavras de aprovação que trouxeram lágrimas prazerosas aos olhos da garota. A boa senhora Lynde também. Ela apareceu uma noite e encontrou Anne e Marilla sentadas na porta da frente, no crepúsculo quente e perfumado do verão. Elas gostavam de ficar sentadas ali quando o crepúsculo caía e as mariposas brancas voavam pelo jardim e o cheiro de menta enchia o ar úmido.

Com um longo suspiro de cansaço e alívio, a senhora Rachel sentou-se com seu corpo avantajado no banco de pedra perto da porta, atrás do qual crescia uma fileira elevada de malvas rosadas e amarelas.

— Sinto-me feliz em me sentar. Fiquei de pé o dia todo, e cem quilos é um bom peso para dois pés carregarem por aí. É uma grande bênção não ser gorda, Marilla. Espero que você goste disso. Bem, Anne, ouvi dizer que você desistiu da ideia de ir para a faculdade. Fiquei realmente feliz em ouvir isso. Você tem agora educação suficiente para uma mulher ficar confortável. Não acredito em garotas que vão para a faculdade com os homens e enchem a cabeça de latim e grego e toda essa bobagem.

— Mas vou estudar latim e grego da mesma forma, senhora Lynde — disse Anne rindo. — Vou fazer meu curso de artes aqui mesmo em Green Gables e estudar tudo o que eu estudaria na faculdade.

A senhora Lynde levantou as mãos com horror sagrado.

— Anne Shirley, você vai se matar.

— Nem um pouco. Eu vou prosperar com isso. Ah, não vou exagerar nas coisas. Como diz a esposa de Josiah Allen, ficarei "na média". Mas terei muito tempo livre nas longas noites de inverno e não tenho vocação para trabalhos sofisticados. Vou lecionar em Carmody, a senhora sabe.

— Não sabia. Achei que fosse lecionar aqui em Avonlea. Os diretores decidiram dar a escola a você.

— Senhora Lynde! — gritou Anne, levantando-se de surpresa. — Pensei que eles a haviam prometido a Gilbert Blythe!

— E eles prometeram. Mas, assim que Gilbert soube que você havia se inscrito, ele foi até eles, tiveram uma reunião na escola ontem à noite e ele lhes disse que retirou a candidatura e sugeriu que aceitassem a sua. Ele disse que iria lecionar em White Sands. É claro que ele sabe o quanto você quer ficar com Marilla, e devo dizer que achei muito gentil e atencioso da parte dele. Realmente abnegado, também, pois ele terá de arcar com a hospedagem em White Sands, e todo mundo sabe que ele precisa ganhar o próprio dinheiro para ir para a faculdade. Então, decidiram aceitá-la. Eu tive até comichões quando Thomas chegou em casa e me contou.

— Acho que não devo aceitar — murmurou Anne. — Quero dizer — acho que não devo deixar que Gilbert faça um sacrifício por... por mim.

— Acho que você não pode impedi-lo agora. Ele já assinou os documentos com os administradores de White Sands. Portanto, não lhe faria nenhum bem se você recusasse. Claro que você vai aceitar a escola. Você vai se dar bem, agora que não temos os Pye. Josie era a última deles, e ela era uma boa pessoa, era sim. Houve uns e outros Pye frequentando a escola de Avonlea nos últimos vinte anos, e acho que a missão deles na vida era fazer com que os professores da escola se lembrassem de que este mundo não era para eles. Deus que me perdoe! O que significa aquela luz piscando e cintilando no frontão dos Barry?

— Diana está sinalizando para eu ir até lá — riu Anne. — Ainda mantemos esse velho costume. Desculpe-me, preciso correr e ver o que ela quer.

Anne desceu a encosta correndo como um cervo e desapareceu nas sombras firmes do Bosque Assombrado. A senhora Lynde a observou com misericórdia.

— Ainda há muito de criança nela, de certa forma.

— Há muito mais de mulher nela do que em outras — retrucou Marilla, com um retorno momentâneo de sua antiga rigidez.

Mas a rigidez não era mais a característica distintiva de Marilla. Como a senhora Lynde disse a Thomas naquela noite.

— Marilla Cuthbert está amolecida. Isso é verdade.

Na tarde seguinte, Anne foi ao cemitério de Avonlea colocar flores frescas no túmulo de Matthew e regar a roseira escocesa. Ficou ali até o anoitecer, apreciando a paz e a calma do pequeno local, com seus choupos cujo farfalhar era como um discurso baixo e amistoso, e suas ervas sussurrantes crescendo à vontade entre os túmulos. Quando ela finalmente o deixou e desceu a longa colina que levava ao Lago das Águas Cintilantes, já era quase noite e toda Avonlea estava diante dela em um cenário de sonho — "um local de paz ancestral". Havia uma frescura no ar, como de um vento que soprava sobre os campos de trevos, doces como o mel. As luzes da casa brilhavam aqui e ali entre as árvores. Para além, havia o mar, enevoado e púrpura, com seu murmúrio assombroso e incessante. A oeste se via uma glória de tons suaves e misturados, e o lago refletia todos eles em sombras ainda mais suaves. A beleza de tudo emocionou o coração de Anne, e ela abriu os portões de sua alma com gratidão.

— Querido velho mundo — ela murmurou —, você é muito adorável e fico feliz por estar viva em você.

No meio da colina, um rapaz alto saiu assoviando por um portão diante da propriedade dos Blythe. Era Gilbert, e o assovio morreu em seus lábios quando reconheceu Anne. Ele levantou o boné em cortesia, mas teria passado em silêncio se Anne não tivesse parado e estendido a mão.

— Gilbert — ela disse, com as bochechas escarlates —, quero agradecer por ter desistido da escola por mim. Foi muito bondoso de sua parte e quero que saiba que eu aprecio isso.

Gilbert segurou a mão ofertada ansiosamente.

— Não foi nenhuma bondade da minha parte, Anne. Fiquei satisfeito por poder realizar esse pequeno gesto. Podemos ser amigos depois disso? Você realmente perdoou a minha antiga falha?

Anne riu e tentou, sem sucesso, retirar a mão.

— Eu te perdoei naquele dia na lagoa, embora eu não soubesse. Eu era muito teimosa. Posso muito bem confessar agora, mas lamentei muito desde então.

— Seremos melhores amigos — disse Gilbert, com grande alegria. — Nascemos para ser bons amigos, Anne. Você já frustrou demais o destino. Eu sei que podemos nos ajudar de várias maneiras. Você vai continuar seus estudos, não é? Eu também. Venha, eu vou acompanhá-la até sua casa.

Marilla olhou curiosa para Anne quando ela entrou na cozinha.

— Quem foi que veio com você, Anne?

— Gilbert Blythe — respondeu Anne, irritada ao sentir-se corada. — Eu o encontrei na colina dos Barry.

— Não achei que você e Gilbert Blythe fossem tão bons amigos para ficarem meia hora no portão conversando — disse Marilla com um sorriso discreto.

— Nós não éramos — sempre fomos bons inimigos. Mas decidimos que será muito mais sensato sermos bons amigos de agora em diante. Ficamos realmente meia hora lá? Pareceram apenas alguns minutos. Veja bem, temos cinco anos de conversas para nos atualizarmos, Marilla.

Naquela noite, Anne ficou sentada à janela, acompanhada de um sentimento de felicidade. O vento ronronava suavemente nos galhos da cerejeira, e o cheiro de menta chegava até ela. As estrelas brilhavam sobre os abetos pontiagudos no imenso vazio, e a luz de Diana brilhava através da antiga fenda.

Os horizontes de Anne se fecharam desde a noite em que ela se sentara lá depois de voltar para casa vinda da Queen's, mas, se o caminho diante de seus pés seria estreito, ela sabia que as flores tranquilas da felicidade floresceriam ao longo dele. Ela teria a alegria do trabalho sincero, da aspiração digna e da amizade agradável. Nada poderia privá-la de seu direito nato de fantasiar a vida ou de idealizar seu mundo de sonhos. E sempre haveria uma curva na estrada!

"Deus está no céu, está tudo bem com o mundo", sussurrou Anne suavemente.

Impressão e acabamento
Gráfica Oceano